TOD EINES KRIMIAUTORS

KRIMINAL-
GESCHICHTE

D1719388

Thomas Bornhauser

TOD EINES KRIMIAUTORS

KRIMINAL-
GESCHICHTE

WEBERVERLAG.CH

ERKLÄRUNG

Die in diesem Kriminalroman beschriebenen Schauplätze sind originalgetreu wiedergegeben. Die Handlung der Geschichte hingegen ist eine Fiktion. Dies gilt insbesondere für die Namensnennung der Akteure, Unternehmungen und Organisationen. Um die Verbindung zwischen Fiktion und Handlungsschauplatz sicherzustellen, sind juristische Personen zum Teil namentlich genannt. Die auf diese Weise beschriebenen Unternehmen haben mit der fiktiven Geschichte nichts zu tun. Ihre im Roman beschriebenen Tätigkeiten sind frei erfunden, ein Zusammenhang mit der realen Welt ist nicht gegeben. Wenn sich aus dem Zusammenhang Parallelen zu real existierenden Personen oder Unternehmen ergeben, so ist dies rein zufällig, weder beabsichtigt noch gewollt. Real existierende Personen sind unter «real existierende Personen, die ebenfalls in ‹Tod eines Krimiautors› vorkommen» namentlich aufgeführt.

IMPRESSUM

Alle Angaben in diesem Buch wurden vom Autor nach bestem Wissen und Gewissen erstellt und von ihm und dem Verlag mit Sorgfalt geprüft. Inhaltliche Fehler sind dennoch nicht auszuschliessen. Daher erfolgen alle Angaben ohne Gewähr. Weder Autor noch Verlag übernehmen Verantwortung für etwaige Unstimmigkeiten.

Alle Rechte vorbehalten, einschliesslich diejenigen des auszugsweisen Abdrucks und der elektronischen Wiedergabe.

© 2024 Weber Verlag AG, CH-3645 Thun/Gwatt

TEXT
Thomas Bornhauser, CH-3033 Wohlen, www.bosaugenblicke.ch

FOTOS
Bruno Petroni (Cover, Backcover, Seite 16 und Seite 40), Christine Kehrli (Seite 22), David Zweifel (Seite 28), Swisshelicopter (Seite 36), Sammlung Bernhard Eggimann, berndamals.ch (Seite 46), zvg (Seite 52), Gemeinde Diemtigen (Seite 80), Thomas Bornhauser (Seite 146 und 192), istockphoto.com (Seite 190).

WEBER VERLAG AG

Gestaltung Titelbild Sonja Berger
Gestaltung/Satz Bettina Ogi
Bildbearbeitung Adrian Aellig
Lektorat Alice Stadler
Korrektorat Heinz Zürcher

ISBN 978-3-03818-598-7
www.weberverlag.ch

Die Weber Verlag AG wird vom Bundesamt für Kultur mit einem Strukturbeitrag für die Jahre 2021–2025 unterstützt.

Inhalt

Vorwort

Liebe Leserinnen, liebe Leser

Das hier ist meine zehnte Kriminalgeschichte. Unter uns, und um ganz ehrlich zu sein, eigentlich ist es die elfte, denn «Adam und Eva» habe ich vor sieben Jahren zwar fertig geschrieben, das Manuskript dann allerdings ganz zum Schluss geschreddert, weil die Story nicht funktionierte … Zu meinem Schreibstil: Ich bin allgemein interessiert. Diesen Gwunder zu aktuellen Themen finden Sie in meinen bisherigen Kriminalgeschichten niedergeschrieben, bei denen es unter anderem um Raubkunst, Doping und Manipulationen im Sport (auch in der Schweiz), Hochfrequenzhandel mit Wertpapieren, Goldhandel, Drogen- und Autoschmuggel, Freimaurerei und um die Formel 1 ging. Für diese Recherchen war ich auch in Polen, Ungarn, der Slowakei, Rumänien, Tschernobyl und auf Mauritius. Mit dieser Tradition breche ich dieses Mal. In einem Talk auf TeleBärn[1] meinte Moderator Markus von Känel vor öppe fünf Jahren, das wäre doch auch einmal eine Story, ein Krimiautor, der ums Leben kommt. Womit bewiesen wäre, dass die Ideen zu meinen Romanen nicht bloss auf meinem Mist wachsen, sondern auch bei anderen gedeihen.

In der heutigen Geschichte blicke ich auf vergangene Zeiten zurück, vor allem auf Leute, die einem Krimischreiber Böses wollen. Hängt der Tod von Beat Neuenschwander mit seinen Recherchen zusammen? Finden Sie es selber heraus.

Und noch etwas: Ich erlaube mir, regelmässig den Duden zu missachten, weshalb es in meinen Texten oftmals Bärndütsch oder Englisch zu lesen gibt, ohne Anführungs- und Schlusszeichen.

Das hier ist also mein letzter Krimi. Man soll aufhören, wenn es am schönsten ist. Vor allem: Ich möchte in einigen Jahren nicht hören müssen, dass ich früher besser geschrieben hätte. Ist es auch mein letztes Buch? Nein, ist

---

[1] www.telebaern.tv/talktaeglich/krimistimmung-in-wengen-141205558

es nicht. Vielleicht erinnern Sie sich (nicht): Zu meiner Migros-Zeit habe ich während zwanzig Jahren jeden Sommer eine Ferienlektüre mit jeweils dreissig bis vierzig Kurzgeschichten veröffentlicht, die das Leben schreibt.

Die 25 000 Büechli, die Sie gratis am Kundendienst der Migros in den Kantonen Aargau, Solothurn und Bern beziehen konnten, waren jeweils innert einer Woche weg. Noch immer werde ich – nach bald zwanzig Jahren! – darauf angesprochen.

2025 werde ich 75 Jahre alt. Aus diesem Anlass wird es ein Buch mit 75 verrückten, lustigen, schrägen und originellen Kurzgeschichten geben, einige seinerzeit bereits veröffentlicht, aber mit vielen neuen Stories, die in den Büechli nie zu lesen waren. Kleiner Vorgeschmack: Ich war einmal offizielles Crew-Mitglied der Air Force One, dem Flugzeug des US-Präsidenten. Die Schweiz hatte meinetwegen schier einen diplomatischen Konflikt mit Frankreich. Ein Regierungsrat des Kantons Bern hat mir in einem Anflug von Amtsanmassung die Polizei auf den Hals gehetzt (und sich nie dafür entschuldigt). Und: Bin ich wirklich zur gleichen Zeit ins gleiche Schulhaus wie Donald Trump?

Das wäre es schon. Nun wünsche ich Ihnen erst einmal viel Spass mit den Ermittlern des Dezernats Leib und Leben bei der Kantonspolizei Bern.

Mit freundschaftlichen Grüssen

Herzlich,

Wohlen / Vercorin, im Oktober 2024

Die Protagonisten

Eugen Binggeli

Der 49-jährige «Iutschiin» Binggeli, wie er intern in der amerikanischen Version gerufen wird, war lange Jahre im Kriminaltechnischen Dienst (KTD) der Kantonspolizei Bern, bevor er letztes Jahr zum Leiter des Dezernats Leib und Leben berufen wurde, das zuvor für viele Jahre von Joseph Ritter geleitet wurde. Nach dessen Frühpensionierung übernahm Peter Kläy die Führung der Berner Kriminalisten [1]. Er wurde jedoch vor zwei Jahren in unmittelbarer Nähe – zwischen Toblerone-Produktionsstätte und Einkaufszentrum Westside – erschossen, sodass sich Joseph Ritter bereit erklärte, die Dezernatsleitung mit reduziertem Pensum und zeitlich beschränkt zu übernehmen. Eugen Binggeli wohnt am Buchdruckerweg in Bümpliz. Eine langjährige Partnerschaft ging vor wenigen Monaten in die Brüche.

Elias Brunner

Solothurner, 43 Jahre alt. Sportler, spielt Fussball bei den Senioren vom FC Bern. Elias Brunner war zuerst bei der uniformierten Polizei, bevor er ins Dezernat Leib und Leben wechselte. Er ist der ruhende Pol in der Abteilung, ihn kann offenbar nichts aus der Fassung bringen – ausser seine langjährige Partnerin und Ehefrau Regula Wälchli, die ab und an gerne provoziert. Was sich liebt, neckt sich bekanntlich. Vater von Noah und Anna, die noch nicht schulpflichtig sind. Die Familie wohnt im Beunde-Quartier in Wohlen bei Bern.

---

[1] Westside, Weber Verlag, 2022

Stephan Moser

44 Jahre alt, gross gewachsen, seit Jahren beim Dezernat Leib und Leben. Seit der Heirat mit Claudia Lüthi vor zwei Jahren wohnen die beiden in Zollikofen, da seine Frau dort bei der Securitas arbeitet. Als Folge ihrer Entführung vor drei Jahren[2] hat sie den Dienst bei der Kantonspolizei quittiert. Im Team gilt Moser als Bürokalb, immer zu einem Spässchen aufgelegt. Seine Sprüche wie «Wie makaber, ein Kadaver» sind Kult. Bekennender Fan der Berner Young Boys.

Aarti «Wusch» Sivilaringam

26-jährig, in der Schweiz geboren, die Eltern sind vor über dreissig Jahren aus dem Kriegsgebiet in Sri Lanka in die Schweiz geflohen. Aarti Sivilaringam hat die Polizeischule Bern absolviert und kam bei der Entführung von Claudia Lüthi als Verstärkung des Teams von Joseph Ritter unerwartet zum Einsatz. Intelligente junge Frau, die vernetzt denken kann. Ihren Spitznamen verdankt sie der Tatsache, dass sie damals Hintergrundgeräusche bei einem Telefon der Entführer als Windkrafträder auf dem Mont Crosin deutete: «Wusch, wusch, wusch …»[3] Sie teilt eine Vier-Zimmer-WG mit zwei Freundinnen im Berner Lorraine-Quartier – ganz in der Nähe des Ringhofs. Die drei Frauen sind Singles, im Moment jedenfalls. Hobby von Aarti: Raus in die Natur!

Georges Kellerhals und Viktor Zimmermann

Georges «Schöre» Kellerhals hat mit Viktor «Fige» Zimmermann einen neuen Partner im KTD, weil Eugen Binggeli das Dezernat Leib und Leben leitet. Zimmermann wird nicht bloss «Fige» genannt – Berndeutsch für Viktor –, sondern auch «Zimi».

---

[2] Belpmoos, Weber Verlag, 2021
[3] Belpmoos, Weber Verlag, 2021

Veronika Schuler

Rechtsmedizinerin im Institut für Rechtsmedizin IRM Bern. Thurgauerin, mit unverkennbarem Dialekt (Stephan Moser einmal typisch undiplomatisch: «Dein Dialekt ist die beste Verhütungsmethode…»). Fachfrau, gibt auch Fehler zu. Wird von den Ermittlern enorm geschätzt.

Gabriela Künzi und Ursula Meister

Mediensprecherinnen bei der Kantonspolizei, beide seit vielen Jahren Kommunikationsprofis.

Christine Horat

Staatsanwältin Berner Oberland. Sie hat die Kriminalisten bereits bei anderen Ermittlungen unter anderem in Wengen begleitet, als es um eine grosse Überbauung im Gebiet Hundschopf ging, dem Swiss Luxury Resort[4]. Auch beim Tötungsdelikt rund um den Käseskandal der Käserei Hofer in Thun[5] war sie federführend. Seit dem Zusammentreffen mit Jean-Claude Delacroixriche vor acht Jahren, dem Anwalt eines russischen Oligarchen, Besitzer einer grossen Liegenschaft am Oberbort in Gstaad, wird ihr eine Beziehung zum Genfer Juristen nachgesagt[6].

Martin Schläpfer

Staatsanwalt Bern-Mittelland, Nachfolger von Max Knüsel, vorher bei der Staatsanwaltschaft Biel-Seeland tätig. 44 Jahre alt, wohnt in Bremgarten bei Bern. Lebt in einer Beziehung, wenn auch nicht unter einem Dach, trifft sich jedoch ab und zu mit einer ehemaligen Studienkollegin, der gleichaltrigen Valerie, Anwältin in Zürich.

---

[4] Wengen, Weber Verlag, 2020
[5] Emmental, Weber Verlag 2023
[6] Die Schneefrau, Weber Verlag, 2016

Max Knüsel

Generalstaatsanwalt des Kantons Bern, er hat zuvor während Jahren als Staatsanwalt Bern-Mittelland mit dem Team von Joseph Ritter zusammengearbeitet. 61 Jahre alt. Spricht die Leute nur mit Familiennamen an, macht selten bis gar nie Komplimente. Hat einen Hang zu schwarzem Humor.

Christian Grossenbacher

Kommandant der Kantonspolizei Bern, ein stiller Schaffer, hört meistens nur zu. Wenn er sich ausnahmsweise zu Wort meldet, dann mit zielführenden Fragen oder Bemerkungen.

Joseph Ritter

Berner (64). Er hat seine erste Frau, Cheryl Boyle, in den USA kennengelernt. Auf der Rückreise von Hawaii zum zehnten Hochzeitstag sind sie in San Francisco unschuldig in eine Schiesserei rivalisierender Banden geraten, Cheryl kam dabei ums Leben. Nach drei Jahren in Südkorea bei den US-Truppen, kehrt Ritter nach Bern zurück, findet eine Anstellung im KTD der Kapo Bern, leitet danach von 2011 bis 2021 das Dezernat Leib und Leben. Er hat sich Anfang 2022 in den vorzeitigen Ruhestand verabschiedet und seine langjährige Partnerin Stephanie Imboden geheiratet.

... sowie andere Protagonisten, die erst im Laufe der Geschichte vorkommen werden.

Real existierende Personen, die ebenfalls in «Tod eines Krimiautors» vorkommen

Auch in dieser Kriminalgeschichte kommen real existierende Personen vor: **Christine Kehrli** vom Hotel Rosenlaui oder **David Zweifel** von der Dossenhütte, **Roger Ming** wiederum ist Basisleiter der Swiss Helicopter in Schattenhalb-Meiringen, **Bruno Petroni** Fotoreporter beim Berner Oberländer, **Annette Weber** ihrerseits Inhaberin und CEO des gleichnamigen Verlags, **Rosa Maria Manca** leitet die Bereiche Administration, Buchhaltung und Vertrieb, **Madeleine Hadorn**, **David Heinen** und **Bettina Ogi** arbeiten ebenfalls im Thuner Verlag.

Prolog

«Die Leiche des vor
einigen Tagen mit hoher
Wahrscheinlichkeit in eine
Spalte des Rosenlauigletschers
gestürzten Hochtouristen
konnte noch nicht gefunden
werden. Klar ist inzwischen
seine Identität: Es handelt
sich um einen 56-jährigen
Schweizer, der durch zum
Teil gewagte Recherchen
für seine Kriminalromane
bekannt wurde. Ob ein
mögliches Verbrechen in
Zusammenhang mit seinem
Verschwinden steht, ist
zurzeit noch offen.»

(Notiz im Berner Oberländer
vom Montag, 30. Juni)

Die kleinste Ortschaft der Schweiz mit weltbekannten Ereignissen und Namen

Die Herkunft des Namens «Rosenlaui» wird aus dem Keltischen hergeleitet, von «Ros» für Gletscher, deshalb finden sich in den Alpen viele Gletscher-, Berg- und Gebietsnamen mit dem Stamm «Ros».

Rosenlaui liegt in der Mitte des Rosenlauitals, an der Passstrasse in Richtung Grindelwald und Grosse Scheidegg. Rosenlaui gilt als die kleinste Ortschaft der Schweiz und erinnert mit ihrem historischen Hotel an die Gründerzeiten des Tourismus in der Schweiz. Der spätmittelalterliche respektive frühneuzeitliche Saum- und Passweg über die Grosse Scheidegg ermöglichte der Vieh- und Milchwirtschaft der Lütschinentäler den Anschluss an die Exportroute über den Grimselpass nach Italien. Im Rosenlaui wird die private Rosenlauialp bewirtschaftet.

Im 19. Jahrhundert wurden am Saumweg erste Gasthäuser eröffnet, die dank Reiseberichten, Gemälden und Stichen zu Weltruf kamen. Schriftsteller und Gelehrte wie Karl Viktor von Bonstetten, Jakob Samuel Wyttenbach und Johann Wolfgang von Goethe entdeckten und beschrieben die Naturschönheiten des Reichenbachtals mit der Schneebergkulisse, dem Rosenlauigletscher und der Rosenlauischlucht. Mit dem einsetzenden Tourismus wurde ein Besuch der Täler rund um Grindelwald zum festen Bestandteil einer sogenannten «Schweizerreise». Der Tourismusort Rosenlaui entstand 1771, und somit hundert Jahre vor der klassischen Gründerzeit des Tourismus, der Belle Époque.

1788 erhielt der Senn Andreas von Bergen für die von ihm 1771 entdeckte Schwefelquelle eine Konzession für einen Badebetrieb. Im heutigen Hotel Rosenlaui werden seither Gäste beherbergt. Jeder Winkel des Hotels ist geprägt von der grossen Geschichte. Der ältere Hausteil entstand 1862 nach einem Brand und beherbergt Speisesaal und Zimmer. Die Salons, das Restaurant und weitere Zimmer befinden sich im Belle-Epoque-Hotel aus dem Jahr 1905. Auf 1330 Meter über Meer, inmitten einer wildromantischen

Berglandschaft und abseits aller luxuriöser Modernität gelegen, bietet das Hotel bis heute Bergferien in schöner, aber einfacher Umgebung. Die Zimmer sind im Originalzustand und verfügen nicht über Dusche oder WC. Die Sanitäranlagen befinden sich auf jeder Etage.

Das Rosenlauibad ist seit Anfang des 20. Jahrhunderts durch eine Fahrstrasse mit dem Haslital verbunden. Rosenlaui kam 1946 weltweit in die Schlagzeilen, als von dort aus die Rettungsmannschaften zu der auf dem Gauligletscher abgestürzten amerikanischen Douglas DC-3 aufbrachen. 1933 wurde eine Postautostrecke bis auf die Passhöhe eröffnet und seit 1979 führt sie nun durchgehend von Grindelwald bis Meiringen. Meiringen-Schwarzwaldalp ist die Rosenlaui-Linie des Postautos. Rosenlaui wurde zum Ausgangspunkt für Wanderungen, Hochgebirgs- und Klettertouren sowie zu einem Zentrum für eine zivile und militärische Ausbildung in diesem Bereich: Arnold Glatthard gründete dort das Bergsteigerinstitut Rosenlaui – heute Bergsteigerschule Rosenlaui –, die erste Bergsteigerschule der Schweiz. Hier wurden ab 1954 indische und nepalesische Sherpas zu Bergführern ausgebildet, darunter der Mount Everest Erstbesteiger Tenzing Norgay. Es ist Ausgangsort für die Zustiege zur hochalpinen Dossenhütte mit verschiedenen Übergängen zum Beispiel zum Naturfreundehaus Reutsperre. Es gibt viele Wanderrouten wie der Bergahornweg und die Rundwanderung zum Kaltenbrunner Hochmoor, dem höchstgelegenen Moor Europas.

Der Rosenlauigletscher seinerseits liegt am Nordostende der Berner Alpen südlich von Meiringen. Er hat eine Länge von 4,5 Kilometer bei einer durchschnittlichen Breite von einem Kilometer. Er bedeckt eine Fläche von ungefähr sechs Quadratkilometer und hat eine Neigung von 19 Grad. Der Gletscher ist zu Fuss von Rosenlaui aus erreichbar. Seinen Ausgangspunkt nimmt der Rosenlauigletscher im Wetterkessel an der Nordostflanke der Wetterhorngruppe auf einer Höhe von etwa 2800 bis 3500 Meter über Meer. Gegen Süden ist der Gletscher über firnbedeckte Kämme einerseits mit dem Gauligletscher, andererseits mit dem Oberen Grindelwaldgletscher verbunden. Die Gletscherzunge befindet sich derzeit auf einer Höhe von 2000 Meter über Meer. Hier entspringt der Weissenbach, der mit Wasserfällen steil ins Tal fällt und nach der Gletscherschlucht Rosenlaui in den Reichenbach mündet. Dieser führt das Wasser über den berühmten Reichenbachfall durch das Reichenbachtal zur Aare.
In seinem Hochstadium, während der Kleinen Eiszeit um die Mitte des

Der Rosenlaui-Gletscher.

19. Jahrhunderts teilte der Gletscherhubel, ein Felsen unterhalb der heutigen Zunge, diese in zwei Enden. Heute ist er begehbar. Das rechte Zungenende passierte die Westwände der Hinteren Engelhörner und endete bei etwa 1700 Meter über Meer. Das deutlich grössere linke Zungenende reichte über den steilen Felshang unterhalb der heutigen Zunge hinunter und endete im Bereich der Rosenlauischlucht.

Auf dem Felsgrat östlich des Gletschers steht die Dossenhütte des Schweizer Alpen-Clubs SAC auf 2663 Meter über Meer.

Die Gletscherschlucht Rosenlaui wiederum wird bereits in Reisehandbüchern des 19. Jahrhunderts erwähnt. Damals führte allerdings bloss eine Holztreppe in die Tiefe und gewährte den waghalsigen Reisenden einen kleinen Einblick in das Innere der Schlucht. Im Sommer 1901 kauft der Meiringer Hotelier Kaspar Brog die Rosenlaui-Besitzungen und entschliesst sich sogleich, den oberen Teil der wilden Schlucht zu erschliessen. Am 28. Oktober 1901 werden die Bauarbeiten aufgenommen. Bauunternehmer ist der Tiroler Johann Berti. Die Erschliessung gestaltet sich schwieriger als angenommen und die Bauarbeiten ziehen sich weit in den Sommer 1902 hinein. Der Weg musste durchgehend in den soliden Kalkfelsen gesprengt werden. 9000 Schüsse oder 180 Pakete Dynamit wurden dazu gebraucht. Die Kosten beliefen sich auf 22 000 Franken.

Am 6. Juni 1903 wird die Gletscherschlucht Rosenlaui eröffnet. 38 Personen besuchten an diesem Tag die Schlucht, der Eintrittspreis betrug damals einen Franken. Im Winter 1930/31 liessen die Nachkommen von Kaspar Brog den Schluchtweg auf die heutige Länge ausbauen. Seither ist der Rundgang durch die Schlucht nur sanft renoviert und an die heutigen Sicherheitsstandards angepasst worden. In den vergangenen Jahren wurden die zwei längsten Tunnel mit einer Solarlichtanlage ausgestattet. Die Gletscherschlucht Rosenlaui wird heute in fünfter Generation von den Nachkommen von Kaspar Brog weitergeführt. Jeden Frühling vor der Eröffnung der Schlucht wird dieser von einer einheimischen auf Felsreinigung und -sicherung spezialisierten Bergbaufirma kontrolliert und für den Sommerbetrieb bereit gemacht.

Flückiger, Tschannen, Riedo und Neuenschwander (Montag, 30. Juni)

«Iutschiin, wie geht das denn? Auf Gletschertour und dann spurlos verschwinden?»
«Wuusch», antwortete Dezernatsleiter Eugen Binggeli, «das kommt einzig davon, dass der Mann anscheinend allein unterwegs war, trotz Warnungen eines Bergführers, der zwei Tage zuvor, wie der Verunglückte ebenfalls, im Hotel Rosenlaui übernachtet hat. So jedenfalls die gleichlautenden Aussagen der Hotelbesitzerin, die auch nicht verstehen kann, weshalb der Mann dennoch offenbar allein losgezogen ist und sein Schicksal sozusagen provoziert hat.»

Aarti «Wuusch» Sivilaringam bekam danach – im Beisein des Teams, also zusammen mit Stephan Moser und Elias Brunner – vom Chef eine Art Crashkurs in Sachen Gletscher. Obwohl sich diese seit Jahrzehnten zum Teil dramatisch zurückbilden, ist ihre Begehung immer mit Gefahren verbunden, selbst bei den sogenannten Gletscherzungen. Es ist deshalb leichtsinnig, die Strecke über einen Gletscher ohne Bergführer absolvieren zu wollen, geschweige denn allein und vor allem nicht im Winter, wenn der Schnee Gletscherspalten verdeckt und später einsetzende Schneefälle mögliche Spuren überdecken könnten. Fällt jemand in eine solche Spalte, ist eine sofortige Rettung durch Bergsteiger unerlässlich, in der Region Rosenlaui meistens in Verbindung mit einem Rettungshelikopter. Es ist dabei durchaus möglich, dass jemand, der in eine Spalte fällt, nur noch tot geborgen werden kann, wenn die Retter zu spät eintreffen und der verletzte Verunfallte inzwischen erfroren ist – oder derart unglücklich fällt, dass man ihn trotz aller Bemühungen nicht finden kann. Weil sich Gletscher trotz des Abschmelzens immer talwärts bewegen, kann es heute noch vorkommen, dass Menschen erst Jahrzehnte nach ihrem Tod vom Eis freigegeben und geborgen werden können. Eine Identifikation ist dann sehr schwierig. Ötzi lässt grüssen.

Im aktuellen Fall wurde das Dezernat Leib und Leben zuerst gar nicht erst involviert, weil niemand den Mann vermisste. Im Hotel Rosenlaui und tags darauf in der Dossenhütte war man der Meinung, der Fremde habe sein Vorhaben nach den Warnungen des Bergführers im Hotel aufgegeben. Das galt auch für den Betreiber der Dossenhütte, wo der Mann tags darauf übernachtete und ebenfalls auf die Gefahren eines Alleingangs aufmerksam gemacht wurde. Eine Vermisstenanzeige lag zudem nicht vor. Die Ermittlungen von Binggeli und Co. kamen erst einen Tag später in die Gänge, nachdem am Vortag bei der Kantonspolizei Bern eine Vermisstenmeldung aufgegeben wurde, wonach die Kommunikationsspezialistinnen noch am gestrigen Sonntag ein Kurzcommuniqué mit Foto des Mannes an die Medien sandten. Kaum war die Online-Meldung beim Berner Oberländer zu lesen, meldete sich Christine Kehrli, Mitbesitzerin des Hotels Rosenlaui. Der Gesuchte, so die Hotelière, habe vom 26. auf den 27. Juni bei ihr übernachtet. Christine Kehrli erzählte von dessen Vorhaben, allein zum Dossenhorn zu gelangen. Es vergingen keine zehn Minuten, als sich auch David Zweifel aus der Dossenhütte nach dem Lesen der Online-News meldete, mit gleichlautenden Aussagen für den 27. auf den 28. Juni. Von der Einsatzzentrale der Kapo Bern erging umgehend aufgrund dieser Informationen telefonisch der Aufruf zu Ermittlungen an Eugen Binggeli.

«Gut, Iutschiin, wir haben einen vermissten Berggänger. Nicht unser Bier – oder sehe ich das falsch?»
«Überhaupt nicht, Stephan. Etwas habe ich euch nach den beiden Hinweisen von Christine Kehrli und David Zweifel noch nicht gesagt.»
«Nämlich? Mach es nicht so spannend!»
«Einmal hat sich der Vermisste im Hotel als Erwin Flückiger eingetragen, dann aber als René Tschannen in der Hütte. Und bevor ihr fragt: Die Vermisstenanzeige hat seine Frau aufgegeben.»
«Und die heisst sicher Emma Tschannen-Flückiger.»
«Falsch Stephan. Es ist eine Karin Riedo, die nach ihrem Mann suchen lässt, nach einem Beat Neuenschwander.»

Diese Ausgangslage musste jeden Kriminalisten und jede Kriminalistin stutzig machen. Weshalb hatte sich der Vermisste verschiedener Namen bedient? Ein echter Namenswirrwarr nahm seinen Anfang. Zumindest die Angaben von Karin Riedo stimmten, musste sie doch für die Vermisstenanzeige persönlich auf einem Polizeiposten vorsprechen, in ihrem Fall auf der Wache im Bahnhof Bern. Sie wohnte gemäss Ausweispapieren mit ihrem Mann an der Gesellschaftsstrasse in der Nähe der Apotheke von Silvio

Ballinari in der Berner Länggasse, wo der Quartierpolizeiposten vor vielen Jahren schon aufgehoben wurde.

«Und jetzt?», wollte Moser von Binggeli wissen.
«Und jetzt? Nur einmal darfst du raten.»
«Moser und Brunner nehmen Kontakt mit Frau Riedo auf, gehen bei ihr vorbei.»
«Stephan, Klasse! Willst du meinen Job?»
«Scho guet, Iutschiin ...»
«Und wieso Elias und nicht ich?», kam mit einem hörbaren Unterton an Unverständnis von der Kollegin.
«Wuusch, sorry! Kopf oder Zahl?», worauf Moser einen Fünfliber aus seinem Sack hervorzauberte.
«So, fertig Schabernack! Stephan und Elias, hopp! Aarti ...», Binggeli nannte seine Mitarbeiterin mit richtigem Namen, wenn Sachliches anstand, «du erkundigst dich einmal bei Kollegen im Berner Oberland, ob sie inoffiziell etwas in der Sache gehört hätten. Und jetzt ab an die Arbeit, damit ich die Beine hochlegen kann ...»

Der Dezernatsleiter Leib und Leben hatte in Tat und Wahrheit aber anderes vor, als die Beine hochzulegen. Angenommen, der Vermisste hatte sich tatsächlich zur vermaledeiten Solotour aufgemacht: Was war passiert? Und wenn nicht: Streit mit der holden Gattin, um sich abzusetzen? Waren die Gespräche im Hotel Rosenlaui und der Dossenhütte nur vorgeschobene Alibis, um mit einer falschen Fährte untertauchen zu können? Vor allem: Weshalb die Falschnamen? Binggeli begann, sich die Fragen aufzuschreiben, um anschliessend ein Drehbuch für sich selber zu verfassen, nebst der durchsichtigen Informationstafel im Büro, die sich im Moment noch jungfräulich, unschuldig transparent zeigte.

Ausschlaggebend für weitere mögliche Recherchen waren die Rückmeldungen seines Teams. Was hatte Frau Riedo zu erzählen, was Kolleginnen und Kollegen im Berner Oberland? Er entschied sich, nach ungefähr einer halben Stunde den Posten Meiringen anzurufen, weil seine Equipe abwesend war. Brunner und Moser in der Länggasse, Sivilaringam in der Migros vis-à-vis des Ringhofs, in Vorahnung, dass es heute einen Schnellimbiss geben würde.
«Kantonspolizei Bern, Posten Meiringen, Kollbrunner.»
«Ebenfalls Kantonspolizei Bern, Dezernat Leib und Leben, Eugen Bing-

geli.»
«Dann können wir gleich zum Duzis übergehen. Beat Kollbrunner. Eugen, womit kann ich dienen?»
«Es geht um eine Vermisstenmeldung.»
«Tschannen, Flückiger, Riedo und Neuenschwander?»
«Beat, kannst du Gedanken lesen?»
«Überhaupt nicht. Eine Frau Hardy» – Binggeli musste unhörbar schmunzeln, wie Kollbrunner den Namen von Aarti verstanden hatte – «hat vor einer Viertelstunde angerufen. Ganz schön clever, was sie alles wissen wollte.»

Zum Glück sah Kollbrunner nicht, wie dessen Feststellung Binggeli die Röte ins Gesicht trieb. Der Dezernatsleiter fühlte sich ertappt, irgendwie auch blamiert, selbst wenn Kollbrunner keine Ahnung davon hatte. Nein, das war keine Meisterleistung, dieser Anruf, wahrlich nicht. Aarti hatte ihren Job gut gemacht, noch vor ihrem Gang zur Migros. Er bedankte sich bei Beat Kollbrunner und verabschiedete sich mit entschuldigenden Worten. Er – Binggeli – wolle nicht, dass Kollbrunner alles nochmals erzählen müsse. Alles Wissenswerte würde er ja von «Frau Hardy» aus erster Hand erfahren.

Wenig später war es so weit: Aarti Sivilaringam hatte zu ihrem Arbeitsplatz zurückgefunden, ihre beiden Kollegen kehrten gerade von der Gesellschaftsstrasse zurück. Binggeli liess sich von seinem Fauxpas nichts anmerken und bat Aarti Sivilaringam, ihre Erkenntnisse mitzuteilen. Die 26-Jährige hatte sich zuerst darüber schlau gemacht, welcher Polizeiposten Rosenlaui am nächsten liegt. Also telefonierte sie nach Meiringen. Ein «Beat Kollbrunner» habe ihr Auskunft gegeben, er konnte für den Moment jedoch nicht mehr sagen, als das, was in der Zeitung stand. Sivilaringam habe nach eigenen Aussagen Fragen gestellt, um mehr über Berggänger im Hochgebirge und im Allgemeinen zu erfahren.

Binggeli blieb nach diesen Aussagen nichts Anderes übrig, als jemanden aus dem Team ins Hotel nach Rosenlaui zu befehligen und gleichzeitig David Zweifel darum zu bitten, ebenfalls so schnell als möglich ins Hotel zu kommen, denn einen Berglauf hinauf zur Dossenhütte mit 1300 Meter Höhenunterschied wollte er wem auch immer ersparen. Bevor das Duo Brunner/Moser zu Wort kam, telefonierte Binggeli mit Christine Kehrli und

Das Hotel Rosenlaui.

David Zweifel, sodass man sich «in vier Stunden, um 15 Uhr» im Hotel Rosenlaui sehen konnte, der Hüttenwart allerdings nur per Video aus der Dossenhütte zugeschaltet. Es folgten anschliessend Informationen über den Vermissten, auf Tonträger während des Besuchs bei seiner Frau aufgenommen. Das Gespräch führte Elias Brunner.

«Frau Riedo, haben Sie eine Ahnung, was passiert ist oder was passiert sein könnte?»
«Nein.»
«Wirklich nicht?»
«Okay, wir hatten letzten Donnerstag eine heftige Auseinandersetzung, dann ist Beat davongelaufen – nicht zum ersten Mal. Es ist auch nichts Neues, dass er als impulsiver und rechthaberischer Mensch über Nacht wegbleibt. Meistens übernachtet er bei einem Kollegen, der sich daran gewöhnt hat. Oder im Hotel. Aber immer ist Beat wieder zu mir zurückgekommen, wir versöhnen uns jeweils.»
«Beat?»
«Ja, Beat Neuenschwander, mein Mann. Ich habe meinen Mädchennamen nach unserer Heirat behalten.»
Frau Riedo, für uns zum Mitschreiben. Er hat sich unter zwei falschen Namen im Hotel Rosenlaui und in der Dossenhütte angemeldet. Einmal als Erwin Flückiger, einmal als René Tschannen.»
«Das sieht ihm ähnlich, Camouflage passt zu ihm, die wahre Identität ja nicht preisgeben. Er schreibt ja auch seine Kriminalromane unter dem Pseudonym Thomas Bornhauser.»

Nach diesen News bat ein sichtlich geschockter Dezernatsleiter Stephan Moser, die Wiedergabe des Gesprächs kurz anzuhalten. Niemand mochte wirklich glauben, was soeben gehört worden war. Es gab in Tat und Wahrheit keinen Erwin Flückiger, keinen René Tschannen, sondern einen fiktiven Thomas Bornhauser mitsamt einem realen Beat Neuenschwander? Niemand konnte sich aus den Aussagen von Karin Riedo einen Reim machen, nicht einmal ansatzweise. Das mit den Falschnamen Tschannen und Flückiger, nun gut, das konnte man gelten lassen, aber den Rest?
Leserinnen und Leser dieser Buchserie erinnern sich: Immerhin hatte dieser Neuenschwander bereits neun Krimis veröffentlicht, die alle im Kanton Bern spielen, gespickt mit Recherchen im Ausland, die es in sich

hatten. Genau genommen waren es zehn Romane, denn einer fand Neuenschwander selber zum Schluss ungeniessbar – Arbeitstitel «Adam & Eva» – sodass das Manuskript Bekanntschaft mit dem Reisswolf machte. Binggeli bat Moser, mit der Aufzeichnung fortzufahren.

«Frau Riedo, Pseudonym Thomas Bornhauser. Weshalb denn das?»
«Beat hat sich mit seinen Recherchen nicht bloss Freunde geschaffen. Das hat er bereits mit der Veröffentlichung seines ersten Krimis gemerkt, den er noch unter seinem richtigen Namen publiziert hatte. Es ging da um schier unglaubliche Verfilzungen von Politik, Wirtschaft und Kriminalität. Beat wurde entsprechend bedroht. Eine unserer Fensterscheiben ging kürzlich sogar durch einen Stein in die Brüche. Dieser war in ein Papier gewickelt, worauf ‹Letzte Warnung Schnüffelnase› zu lesen stand. Weil er vom Schreiben gegen alles Geld dieser Welt nicht abzubringen ist, hat er unter dem Pseudonym Thomas Bornhauser publiziert, das hat ihm wohl eine Menge Ärger erspart.»
«Und weshalb Thomas Bornhauser?»
«Wir waren einmal auf Besuch in Weinfelden. Dort gibt es eine Thomas-Bornhauser-Strasse. Beat hat sich aus purer Neugierde erkundigt, wer das war. Eine Einheimische wusste Bescheid: Pfarrer, lebte von 1799 bis 1856. Ein Unbequemer, ein Revoluzzer, der zum Widerstand gegen Napoleon III aufrief, der es sich im Thurgau gemütlich machte. Bornhauser, der auch an einer neuen Verfassung für den Thurgau gearbeitet hatte, stieg auf die Stufen des Gasthofs Traube in Weinfelden und rief den Leuten zu: ‹Thurgauer erwachet, der Hahn hat gekräht.› Dieser Bornhauser hat es Beat angetan, deshalb das Pseudonym.»
«Hatte er nie Angst, aufzufliegen?»
«Nein. Die gefälschten Dokumente, die ihn als Thomas Bornhauser ausweisen, haben unzählige Kontrollen überstanden. Beat wusste ja, wo sie im Ausland zu beziehen sind», sagte Karin Riedo lachend.
«Zurück ins Berner Oberland. Ihr Mann hat nachweislich dort übernachtet. Gibt es einen besonderen Grund dafür?»
«Nicht, dass ich wüsste. Allerdings …»
«Allerdings?»

«Beat sprach vor zwei Wochen einmal davon, dass jemand hinter ihm her sei, weil sein Pseudonym als Thomas Bornhauser vermutlich nicht mehr wasserdicht schien. Ich vermute, es ging um einen neuen Roman, weil er zu Geldwäsche von kriminellen Banden aus Osteuropa und dem Balkan in der Schweiz recherchierte. Heikel. Mehr mochte er mir nicht sagen, vermutlich, um mich nicht zu beunruhigen. Ich habe seit unserem Streit einfach nichts mehr von ihm gehört.»

Mit diesen Worten endete die Aufnahme. Grosse Ratlosigkeit. Aarti Sivilaringam fand als Erste wieder zu sich und fragte die drei Kollegen, ob man denn diesen Neuenschwander alias Bornhauser kennen müsse, denn weder der Name noch die Romane würden ihr etwas sagen. Stephan Moser konnte ihr eine Art Lebenshilfe geben, erwähnte, dass dieser Autor in seinen Büchern einige happige Recherchen publiziert hatte. Fakten, die bislang nicht bekannt waren oder auch nach der Publikation weiterhin konsequent ignoriert wurden. Doping und Manipulationen im Sport, auch in der Schweiz, Berichte über Autoschieberbanden in Polen, ein Schweizer Zollfreilager, das nicht über jeden Zweifel erhaben war oder Recherchen in Tschernobyl. Vor allem eine tatsächlich stattgefundene Geheimsitzung über die Zukunft des Flughafens Belpmoos, an der Neuenschwander selber teilgenommen hatte, gab vor drei Jahren zu reden, zumal angeblich weder Verwaltungsrat noch Geschäftsleitung über das Treffen Bescheid wussten, behaupteten sie zumindest Neuenschwander gegenüber. Binggeli stellte in Aussicht, die bisherigen Krimis als Pflichtaufgabe lesen zu müssen, sollte sich bewahrheiten, dass die eine oder andere Recherche mit seinem Verschwinden zu tun hätte. Noch war man davon jedoch weit entfernt.

Da Aarti Sivilaringam bereits ein Rendez-vous im Hotel Rosenlaui vereinbaren konnte, war für Binggeli klar, dass sie beide ins Oberland fahren würden. Brunner hatte eine bessere Idee, als die bisherigen neun Krimis von Beat Neuenschwander als Pflichtlektüre zu lesen, weil er selber alles andere als eine Leseratte war. Er schlug Binggeli vor, zusammen mit Moser ebenfalls ins Oberland zu fahren, allerdings nur bis Gwatt, denn dort befindet sich der Weber Verlag, der Neuenschwanders Bücher verlegt. Der Dezernatschef war mit dem Vorschlag sofort einverstanden, zumal sich wenige Augenblicke später herausstellte, dass Annette Weber – Inhaberin und Chefin des Verlags – heute im Büro war und sich für die Umstände des Verschwindens ihres Autors logischerweise interessierte. Mehr als in den

Zeitungen zu lesen stand, wusste sie jedoch nicht. Auch hatte sie noch keinen Kontakt mit Karin Riedo.

Vor ihren Abfahrten in Richtung Rosenlaui und Gwatt tischte Aarti zum Zmittag auf. Wobei … Auftischen war das falsche Wort, es handelt sich um Take-Away-Food, fast but good. Gegen Mittag hatte sich ein jeder und jede den Mund abgeputzt, sodass wenig später zwei Zivilfahrzeuge den Ringhof verliessen. Zuvor hatte man sich geeinigt, sich gegen 18 Uhr wieder zu treffen, nicht zuletzt deshalb so spät, weil man nach Rosenlaui je nach Verkehr fast zwei Stunden benötigte. Ein Wettrennen auf der Autobahn bis nach Thun-Süd hatten die beiden Duos nämlich nicht vor. Daher liess Binggeli seine beiden Kollegen sogar einige Minuten vorher abfahren, mit Augenzwinkern zu Aarti Sivilaringam. Knapp eine halbe Stunde später hatte das erste Fahrzeug seinen Bestimmungsort erreicht, unmittelbar neben dem Restaurant Rössli, das letztes Jahr in einer beschriebenen Kriminalgeschichte eine gewisse Rolle spielte. Die beiden Kriminalisten betraten das Verlagshaus, wo sie von Rosa Maria Manca – Leiterin Administration, Buchhaltung, Vertrieb –, die ihren Arbeitsplatz gleich beim Eingang hatte, mit den Worten «Frau Weber sei gleich bei ihnen» ins Sitzungszimmer gebeten wurden. Ob die Herren Moser und Brunner einen Kaffee möchten, fragte Frau Manca noch, was beide dankend ablehnten. Eine Minute später gesellte sich Annette Weber hinzu.

«Frau Weber, danke, dass Sie sich Zeit für uns nehmen. Darf ich vorstellen, das ist mein Kollege Brunner, mein Name ist Moser.» Nachdem Annette Weber beiden zugenickt hatte, kam sie gleich zur Sache.
«Das ist für mich selbstverständlich, schliesslich geht es bei Beat Neuenschwander um einen meiner Autoren, das lässt mich nicht gleichgültig. Was genau ist passiert?»
«Das wissen wir nicht. Offenbar wollte sich Neuenschwander von der Dossenhütte allein in Richtung Ränfenhorn aufmachen, seither wird er von seiner Frau vermisst. Unsere beiden Kollegen sind auf dem Weg nach Rosenlaui, wo sie Christine Kehrli vom gleichnamigen Hotel und David Zweifel via Videoschaltung von der Dossenhütte treffen werden», sagte Elias Brunner.
«Seine Frau», fuhr Stephan Moser fort, «deutete an, Neuenschwander sei möglicherweise wegen seiner Recherchen bedroht oder verfolgt worden. Wissen Sie etwas davon?»

«Konkret?»
«Je konkreter, desto besser ...», schmunzelte Moser.
«Sagen wir es so: Neuenschwander hat sich mit seinen Recherchen nicht bloss Freunde gemacht. Und wenn ich daran denke, dass euer ehemaliger Abteilungsleiter wegen seines Besuchs in Warschau von polnischen Gangstern umgebracht wurde, möchte ich auch im Fall von Beat nichts ausschliessen. Leider.» [7]
«Frau Weber, wenn wir eine solche Spur verfolgen würden, wo müssten wir ansetzen, wo hat Neuenschwander in ein Wespennest gestochen? Ich meine, Sie kennen seine Bücher am besten ...», hakte Moser nach.
«Herr Moser», lachte Annette Weber, «wenn ich alle Bücher auswendig kennen müsste, die wir verlegen, wäre ich völlig überfordert. Lassen Sie mich kurz seine Krimis holen.»

Das tat Annette Weber aber nicht selber, sie bat Rosa Maria Manca darum, die kurze Zeit später die bisherigen neun Bücher auf den Tisch legte, die die Chefin danach einzeln schnell durchblätterte und auf der letzten Umschlagsseite angelangt, die Zusammenfassung las, «um mich kurz aufzudatieren» wie sie den beiden Kriminalisten mitteilte. Nach jedem Buch gab sie einen Kommentar ab. Und in der Tat: Anhaltspunkte für Rache gab es einige, zum Beispiel im Bereich Doping, wozu Neuenschwander nach Bukarest reiste, eine Drehscheibe für anabole Steroide und andere leistungsfördernde Medikamente. Im Krimi berichtete er darüber. Am heikelsten, so Annette Weber, seien sicher seine Erkenntnisse in Bezug auf Autoschmuggel in Polen gewesen. Auch nicht nach dem Gusto einiger Leute seien seine Recherchen über Raubkunst. Daraus entstand ein Roman, der am Oberbort in Gstaad spielte, wo auch die wahre Geschichte rund um die Gurlitt-Sammlung zu lesen stand, wenn auch mit geänderten Namen und Ortschaften, in der Agglomeration Bern spielend. Interessant, dass kein Berner Journalist Lust hatte, weiter auf die Recherchen von Neuenschwander einzugehen, angeblich, weil ihnen dafür die Zeit fehlte. Ob es eben doch nicht eher darauf zurückzuführen war, dass einige einflussreiche Leute in Bern darin vorkamen, wenn auch unter geänderten Namen? Informationen über Glaubensgemeinschaften und Sekten blieben in anderen Werken bewusst an der Oberfläche, im Gegensatz zu den Freimaurern, bei denen Neuenschwander zu schreiben anfing, wo andere auf-

[7] Westside, Weber Verlag, 2022

Die Dossenhütte vor dem Gstellihorn.

oder nicht hinhörten. Beim Roman, der am Flughafen Belpmoos spielt – er handelt von Drogenschmuggel und gefälschten Uhren –, gab es theoretisch Anhaltspunkte für Retourkutschen, bei alljenen Protagonisten, die sich in der Geschichte unter geänderten Namen wiedererkannten, obwohl für Dritte nicht nachvollziehbar. Annette Weber musste passen, sie hatte keine konkrete Vermutung, woher eine mögliche Gefahr für Neuenschwander hätte kommen können.

«Frau Weber, seine Frau meinte, er sei an neuen Recherchen zu Geldwäsche krimineller Organisationen aus dem Balkan, die auch in der Schweiz aktiv sind. Wissen Sie etwas davon?»
«Nein, Herr Brunner. Beat Neuenschwander ist ein Einzelgänger, was seine Nachforschungen betrifft. Ich weiss jeweils, wohin er reist, aber Details gibt er nie preis. Aber warten Sie ...»
«Ja?»
«Vor zwei Jahren hat Neuenschwander aufgezeigt, wie Geldwäsche funktioniert, auch hierzulande. Vielleicht hat er dabei, verzeihen Sie mir den Ausdruck, Blut geleckt, wollte mehr Details. Namen, Abläufe.»
«Eine letzte Frage: Ist es normal, dass Schreiberlinge sich hinter Pseudonymen verstecken?»
«Herr Brunner, ich gebe Ihnen nur einen Namen: Mark Twain hiess bürgerlich Samuel Langhorne Clemens.»
«Tom Sawyer und Huckleberry Finn», warf Moser ein.
«Genau. Und viele gute Zitate: ‹Wenn du merkst, dass du zur Mehrheit gehörst, wird es Zeit, deine Einstellung zu revidieren.›», gab Annette Weber zu bedenken.
«Passt irgendwie auch zu Neuenschwander, mit seinem Pseudonym eines Revoluzzers.»
«Durchaus, Herr Moser, durchaus ...»

Mit diesen Worten verabschiedeten sich die beiden Herren mit dem Versprechen, Annette Weber auf dem Laufenden zu halten. Zur gleichen Zeit hatten Binggeli und Sivilaringam erst Interlaken passiert und fuhren in Richtung Meiringen und Innertkirchen nach Rosenlaui, von wo aus sie gegen 17.30 Uhr wieder am Ringhof eintrafen. Um diese Zeit waren Brunner und Moser längst wieder an ihrer Arbeit im Büro.

Dass David Zweifel sich nur per Video zuschalten liess, hatte rein praktische Gründe, nicht bloss des Zeitaufwands wegen, sondern auch aus Rücksicht auf die Gäste in seiner SAC-Hütte, die betreut und versorgt werden müssen – mit Lebensmittel und Tipps. So lag es auch auf der Hand, dass zwar Lebensmittel von Zeit zu Zeit per Helikopter zur Dossenhütte geflogen wurden. Zweifel nahm jedoch den Weg nach Rosenlaui – wenn seine Anwesenheit zwingend war – immer unter seine Füsse und das bedeutete vier Stunden pro Weg. Im Wissen um das Anliegen der Polizei und aufgrund der Aussagen von René Tschannen respektive Beat Neuenschwander, in Richtung Ränfenhorn losziehen zu wollen, hatte Zweifel die vorgesehene Route zuvor von einem Helikopter der Swiss Helicopter abfliegen lassen, dies in Absprache mit der Kapo. Es wäre ja möglich gewesen, dass dieser unbemerkt irgendwo verletzt herumlag, und das möglicherweise seit über 48 Stunden.

«Neuenschwander wurde vom Suchheli zwar nicht gesichtet, wohl aber eine mögliche Absturzstelle nahe einem unwegsamen Gelände des Gletschers, bei dem der Heli nicht landen konnte. Verschiedene Fussspuren sind offenbar zu sehen, die zu einer Art Abbruchstelle führen, zu einer Spalte. Morgen wird sich deshalb ein Suchtrupp auf den Weg machen», informierte Binggeli.
«Dem wir uns anschliessen?»
«Great minds think alike, Elias, ja. Fige und du müsst um neun Uhr auf dem Heliport in Schattenhalb-Meiringen sein. Von dort aus fliegt man euch zur Dossenhütte, dann geht es mit zwei Bergführern zu Fuss weiter, ungefähr zwei Stunden. Also bitte nicht in Flipflops aufkreuzen …», was alle schmunzeln liess.
«Und weshalb das?», wollte die einzige Kriminalistin wissen.
«Aarti, Neuenschwander fühlte sich bedroht, das jedenfalls sagte er gegenüber seiner Frau. Theoretisch wäre es ja möglich, dass etwas passiert ist, und er verfolgt wurde, denn man sieht in der Nähe Fusspuren, anscheinend von mehreren Personen. Ich wiederhole mich: theoretisch.»
«Kommt auch ein Suchhund mit?», was bewies, dass Sivilaringam vernetzt denken konnte.
«Wow! Chapeau, Aarti. Ja, es wird ein Suchhund mit Hundeführer – oder umgekehrt – mit an Bord sein. Von Frau Riedo erhalten wir für den Schnüffler ein Kleidungsstück von Beat Neuenschwander.»

Kaum gesagt, schon getan, denn von der Loge kam in diesem Moment der Bescheid, dass Frau Riedo nach Elias Brunner verlange, der sich sofort beim Team entschuldigte, weil «ich schnell nach unten zur Frau von Beat Neuenschwander gehe.» Seine Überraschung war gross, als er sie mit einem kleinen Wäschekorb stehen sah, liess sich dabei jedoch nichts anmerken. Nach der kurzen Begrüssung bekam Brunner erklärt, dass Frau Riedo nicht gewusst hätte, was genau sie von ihrem Mann vorbeibringen sollte, deswegen habe sie einiges mitgenommen. Die Auswahl nahm zwanzig Sekunden in Anspruch, danach verabschiedeten sich die beiden voneinander, Brunner mit dem Versprechen, sich sofort zu melden, sobald neue Erkenntnisse vorliegen würden, was im Moment noch nicht der Fall sei.

Im Büro zeigte Brunner das Corpus Delicti – ein verschwitzter Pulli als Fährtengeber für den Suchhund – dem Team, um ihn danach sofort in eine Plastiktüte verschwinden zu lassen. Nach dem «So, genug für heute!», telefonierte Brunner kurz Viktor Zimmermann vom KTD, um die Abfahrtszeit von morgen abzumachen.

Die Blamage des Elias Brunner
(Dienstag, 1. Juli)

Weil man nie wusste, ob man in einen Stau geraten würde, verabredeten sich Viktor Zimmermann und Elias Brunner um 7.30 Uhr im Ringhof, um gemeinsam – selbstverständlich ohne Blaulicht – nach Schattenhalb-Meiringen zu fahren.

Unschwer zu erraten war es für Brunner, wer da um 8.45 Uhr bereits mit einem belgischen Schäferhund für das bevorstehende Mantrailing herumstand, zumal er den Hundeführer bereits kannte: Jürg Lanz. Der ebenfalls auf den Besuch wartende Basisleiter Roger Ming teilte den drei Herren mit, dass der Heli startklar wäre, sodass die Maschine nur wenige Minuten später in Richtung Dossenhütte abhob, um dort nach nur fünf Minuten in unmittelbarer Nähe zu landen. Unterwegs informierte Roger Ming seine Passagiere jeweils, wenn es Spezielles zu sehen gab. Er überflog dabei auch die mögliche Absturzstelle.

Einige Worte zu den Haltern von Spürhunden: Nach der absolvierten Polizeischule muss man mindestens zwei Jahre als Polizistin beziehungsweise als Polizist gearbeitet haben. Selbstverständlich wird ein grosses Interesse an Hunden vorausgesetzt, zudem sollte man neben tierliebend, ausdauernd und in einer guten körperlichen Verfassung sein. Letzteres wird von den Berner Polizistinnen und Polizisten ohnehin verlangt, genauso wie eine exakte Arbeitsweise und ein grosses Pflichtbewusstsein. Um Polizeihundeführerin oder -führer zu werden, müssen Polizistinnen und Polizisten einen mehrteiligen Eignungstest absolvieren; dieser besteht aus einem Gespräch, einer schriftlichen Prüfung und einem praktischen Einsatztest. Geeignete Mitarbeiterinnen und Mitarbeiter, die dieses Verfahren durchlaufen haben, werden danach ausgewählt und dürfen einen Diensthund ausbilden und führen. Die Diensthunde gehören der Polizei und werden vom Fachbereich Diensthunde gekauft. Die Polizei ist Eigentümer des Hundes, der Hundeführer seinerseits Halter des Tieres. Alle Diensthunde leben auch nach der Arbeit beim Hundeführer respektive bei der -führerin zu Hause und sind dort ins Familienleben integriert.

Die Ausbildung eines Diensthundes dauert rund zwei Jahre. In dieser Zeit lernt der Hund, Fährten zu verfolgen, Personen in Gebäuden und im Wald zu suchen und aufzuspüren oder Gegenstände wie zum Beispiel Einbruchwerkzeuge oder Diebesgut im Gelände zu finden. Der Hund – der für Einsätze mit dem Heli speziell trainiert wird – muss aber auch lernen, in gefährlichen Situationen zuzubeissen. Wenn ein Diensthund alt und nicht mehr einsatzfähig ist, bleibt er beim Hundeführer oder der -führerin (und der Familie) und kann sein Leben geniessen. Im Durchschnitt erreichen die Hunde ein Alter von zehn bis dreizehn Jahren.

Beim Landeplatz wurde das Team von David Zweifel in Empfang genommen, an seiner Seite die beiden Bergführer zusammen mit Spürhund Baxter auf seinen vier Pfoten, der den Polizisten den Weg zeigen sollte. Wenige Augenblicke später verabschiedete sich Roger Ming in Richtung des Heliports mit den Worten «Up, up and away».

«David Zweifel. Willkommen in der Dossenhütte. Darf ich Ihnen vor dem Einsatz etwas offerieren? Kaffee, Tee?»
«Danke, das ist sehr liebenswürdig, aber wir ziehen lieber gleich los», meinte Hundeführer Jürg Lanz.
«Komisch, Roger scheint zurückzukehren …», bemerkte Zweifel in diesem Moment.

Und in der Tat: Keine fünf Minuten nach seiner ersten Landung setzte der Heli ein zweites Mal auf. Ming hatte nämlich kurz nach dem Abheben bemerkt, dass Elias Brunner einen Plastiksack liegen gelassen hatte, mit dem Pulli von Neuenschwander für Baxter. Ach, wie peinlich …

Bekannt war, dass Beat Neuenschwander ausgesagt hatte, zum Rosenlauigletscher aufzubrechen, via Dossen oder Dossensattel und den Händlerweg.

Elias Brunner hatte sich noch immer nicht von seinem Malheur erholt, suchte auch nicht gross nach Ausreden im Stil von «Baxter hat mich beim Aussteigen abgelenkt». Im Gegenteil: Als Info sandte er per Whatsapp eine Sprachnachricht an Eugen Binggeli, um ihm mitzuteilen, dass man jetzt in der Dossenhütte sei und auf Spurensuche gehe. Mit einem «Apropos» vermeldete er auch gleich sein Missgeschick, das dank Roger Ming keine Konsequenzen hatte.

«Wer von euch hier ist der Anführer?», wollte Sepp wissen, einer der beiden Bergführer.
«So gesehen, mein Hümpu[8].»
«Hat dieser Hümpu auch einen Namen?»
«Ja, Baxter», worauf sich der Schäferhund sofort zu Jürg Lanz umdrehte.
«David hat ja davon berichtet, dass es an einer eigentlich nur schwer zugänglichen Stelle Spuren im Schnee gibt, die plötzlich aufhören. Der Hüttenwart hat mir die Koordinaten aufgezeichnet. Da wir den Pulli des Vermissten haben», sagte Sepp mit einem neckischen Blick zu Brunner, «schlage vor, dass Baxter einmal die Spur aufnimmt. Schlägt er hier schon an, wissen wir, dass wir auf dem richtigen Weg sind.»

Das Vorhaben war insofern nicht ganz einfach, als dass zu Beginn keine Fussspuren von Auge sichtbar waren, erst später konnte man welche im Schnee lokalisieren. Dennoch zog es Baxter genau in jene Richtung, die Sepp angegeben hatte. Auf den ersten ungefähr 800 Meter gab es zwischen den fünf Herren vor allem Hypothesen zu besprechen. Ein Unfall? Ein Verbrechen, wobei die beiden Polizisten nichts von einer Bedrohung erzählt hatten. Vor allem aber: Baxter lief nicht den Weg in Richtung Ränfenhorn, sondern rauf zum Tossensattel, von wo aus man in den oberen Bereich des Rosenlauigletschers kommt. Dieser Weg, mit seiner flacheren Steigung, ist eindeutig angenehmer.

Je höher die kleine Truppe wanderte, desto näher kam man dem Gletscher, dessen Zugang aber – abseits einer normalen, beschilderten Route – immer unwegsamer wurde, was sofort zur Frage führte, weshalb Neuenschwander diesen Weg gewählt hatte, obwohl von der Ränfenhorn-Route die Rede war. Was bezweckte er damit? Und das noch mit falscher Ansage? Wie auch immer: Einige Male verlor Baxter die Spur, immer dann, wenn es galt, einen Bach mit Gletscherwasser zu überqueren. Nach kurzem Schnüffeln aber spannte sich die Leine wieder bei Jürg Lanz. Weiter ging es nach oben, dem Bergschrund mit seinen Spalten entlang.

Der Bergschrund ist die Spalte zwischen fliessendem Eis eines Gletschers und dem nicht fliessenden Eis, das am Fels festgefroren ist. Oberhalb des Bergschrunds reicht die Masse des Eises und Firns noch nicht aus, als dass

---

[8] Berndeutsch für Hund

sie unter ihrem Eigengewicht zu fliessen anfängt. Ein solcher Bergschrund kann sich unterhalb von Graten und Wänden bilden, die aus einem Gletscher herausragen. Im Unterschied zu normalen Gletscherspalten entsteht der Bergschrund also nicht inmitten des fliessenden Eises, sondern am Rand.

«Hier, in der Nähe beim Knick, muss die Stelle sein», stellte eine Stunde später einer der beiden Gebirgsspezialisten nach der Überprüfung der Koordinaten auf seinem Handy fest.
«Dann schlage ich vor, dass sich nur noch Jürg, Baxter und Fige sich der Stelle nähern. Wir anderen bleiben zurück, warten auf ein Zeichen von Zimmermann, dass wir nachkommen sollen», bemerkte Brunner.
«Elias, damit wir keine Spuren verwischen, nicht wahr?», fragte daraufhin einer der Bergführer.
«Ja, einzig deshalb», bekam er als Antwort.

Baxter war ganz in seinem Element, zog immer stärker an der Leine, was nichts anderes bedeutete, als dass er sich dem Ziel näherte. Und tatsächlich: Auf dem Weg zum besagten Knick waren mehrere Fussspuren zu erkennen, wenn auch von der Sonne bereits verwässert. Zimmermann begann, die Abdrücke und die unmittelbare Umgebung zu fotografieren. Fünfzig Meter vor ihm stand Baxter still und begann zu bellen, ein untrügliches Zeichen dafür, dass er jene Stelle gefunden hatte, wo die Spur von Neuenschwander endete. Der Kriminaltechniker rief den wartenden Begleitern zu, dass sie folgen konnten, mit dem Hinweis darauf, *nicht* in bereits vorhandene Fussspuren zu treten und dennoch Abstand zu halten.

Bei einer eher kleinen Gletscherspalte endete die Spur. Jürg Lanz zeigte mit der Hand auf die Stelle, blieb selber fünf, sechs Meter davon entfernt, Baxter neben ihm. Es war offensichtlich, was Zimmermann zu sehen bekam: Hier war jemand abgestürzt. Blaue Kleiderfasern hingen vereinzelt innen an der Eiswand, ebenso sah man rote Spritzer, die auf Blut hindeuten konnten. Zimmermann rief einige Mal in die Spalte hinab. Unmöglich abzuschätzen, wie tief die Öffnung war. Eine Antwort bekam er nicht, zu sehen war auch nichts. Aus reiner Vorsicht heraus bat er seine Begleiter in einiger Entfernung stehen zu bleiben. Man konnte nämlich nie wissen, wie tragfähig die unmittelbare Umgebung einer Gletscherspalte war. Zimmermann wollte den Ort deshalb zuerst absichern, auch damit keine Steine

Basis Schattenhalb-Meiringen von Swiss Helicopter.

oder Schneeresten, womöglich solche, an denen Faserspuren hafteten oder rot eingefärbte, sich lösten und in die Spalte hinunterfallen konnten. Aus der Distanz erhielt er von einem der Bergführer quasi eine Gebrauchsanweisung für die Absicherung zugerufen.

Zimmermann entfernte sich einige Meter von der Absturzstelle, um in seinem Rucksack nach einem ausziehbarem Stock zu suchen, mit dem er sowohl an die Faserreste als auch an das rotbefleckte Eis kam und das Material für das Labor sicherstellen konnte. Als er die Stange ausgefahren hatte, legte er sich auf den Schnee. Minuten später, als er sich wieder aufgerichtet und einige Meter vom Loch entfernt hatte, rief er die Wartenden zu sich. Das rotfarbene Eis hatte er inzwischen in ein Reagenzglas gefüllt. Die blauen Fasern wurden in einen kleinen Plastiksack gesteckt. Mit der nötigen Distanz zur vermuteten Absturzstelle begann die Diskussion rund um die Ereignisse. Dies, nachdem der Spurensicherer die Umstände erklärt hatte. Es reichte genau für die Frage eines Bergführers, als Brunners Handy plötzlich zu klingeln begann. Auf dem Display des Handys stand «Aarti» zu lesen. Während der Kriminalist sofort auf Lautsprecher schaltete, hing noch immer die unbeantwortete Frage des Bergführers in der eisigen Gletscherluft.

«Ja, Aarti, was gibts?»
«Swisscom hat das Handy von Neuenschwander lokalisieren können, sozusagen mit seiner letzten Regung.»
«Von Neuenschwander?»
«Neiiin, Elias, vom Handy ...», scherzte Sivilaringam am anderen Ende der Leitung und schüttelte dabei den Kopf. «Ich schicke dir gleich die Koordinaten.»
«Warte damit noch einige Sekunden. Wir kennen sie vermutlich.»

In der Tat: Das Handy hatte sich letztmals von dort aus gemeldet, wo die Herren – und Hund – im Moment standen.

«Gibt es sonst noch News, Aarti?»
«Meinerseits nicht, nein.»
«Dann melde dich doch bei Frau Neuenschwander...»
«Riedo?»

«Ja, natürlich, bei Frau Riedo. Ihr Mann hatte laut übereinstimmenden Aussagen von Christine Kehrli und David Zweifel einen grösseren Rucksack dabei, einen grünen, der ist aber nirgends zu finden. Und frag sie, ob Beat Neuenschwander ein blaues Kleidungsstück bei sich hatte. Wir haben an der vermuteten Absturzstelle blaue Fasern gefunden. Und wahrscheinlich auch Blutspuren, die wir sofort nach unserer Rückkehr auf DNA analysieren müssen. Vom Blut musst du ihr aber noch nichts sagen, nicht, bevor wir sicher sind, dass … Du weisst schon.»
«Ich gehe persönlich bei ihr vorbei, vielleicht erfahre ich von Frau zu Frau noch etwas, von dem wir nichts wissen.»
«Gute Idee. Wir hören uns, danke, Aarti.»

Augenblicke später lagen Zimmermann, Brunner und einer der Bergführer am Rand des kleinen Kraters, wo Neuenschwander mutmasslich abgestürzt war. Der Bergführer hatte ein langes, mit einem am Ende mit einem Gewicht beschwerten Seil in die Spalte hinabgleiten lassen. Neben dem Gewicht wurde eine Minikamera befestigt, um festzustellen, was sich unten verbergen könnte. Die Kamera zeigte jedoch neben Schnee, Geröll und Eis nur eine grosse Leere, weder Körper noch Handy zu sehen. Aber waren da an einer bestimmten Stelle nicht die Umrisse eines Rucksacks auszumachen? Oder eben doch nur ein Schattenspiel? Wie auch immer: Nach 18 Meter Seil war Sendeschluss, nichts mehr zu machen, sodass die Kamera ohne brauchbare Ergebnisse wieder hinaufgezogen wurde. Anschliessend gab es in sicherer Entfernung eine erste Info-Runde, die jäh unterbrochen wurde, als es auf der Gletscheroberfläche – von Baxters Bellen begleitet – zu rumpeln begann, gefolgt vom Zusammenkrachen der Spalte: Ein leichtes Erdbeben. Was war denn das für eine Regieanweisung?

«Das isch itz aber nid wahr!!», rief ein frustrierter Brunner als Erster, worauf stille Sekunden folgten, das anhaltende Krachen entsprechend gut wahrnehmbar.
«Und das war es dann wohl, mit einer möglichen Bergung des Leichnams», stellte Zimmermann sachlich fest.
«Das isch e huere Schyssdräck!» Diesem Kraftausdruck von Brunner mochte niemand widersprechen.
«Sepp, was heisst das?»
«Elias, was meinst du? Ich verstehe dich nicht …»

«Sorry Sepp, ich sollte schon ein bisschen konkreter fragen: Wann gibt das Eis den Körper frei?»
«Schwierig zu sagen. An dieser Stelle ist das Eis mindestens 18 Meter dick, das sagt uns das Seil. Zunehmender Gletscherschwund hin oder her: Einige Jahre? Ich weiss es nicht.»
«Super», gab Elias Brunner mürrisch von sich.

Die Stimmung bei den Teilnehmenden sank verständlicherweise unter den Gefrierpunkt. Niemand konnte mit abschliessender Sicherheit sagen, ob Neuenschwander tatsächlich in die Spalte gefallen war. Klar, da gab es diese blauen Fasern und das Blut, sollte es sich als solches herausstellen. Aber was war mit dem genauso verschwundenen Rucksack?

Erstaunliches kam völlig unerwartet von Baxter, den Lanz vorübergehend von der Leine gelassen hatte. Der Hund rannte wie von der Tarantel gestochen auf dem Gletscher hin und her, bellte, blieb von Zeit zu Zeit stehen, um sofort weiter zu rennen. Ein unmissverständliches «Bleib!» von seinem Herrchen stoppte seine Erkundungstour. Die Anwesenden, Sekunden zuvor noch eng beisammen, schwärmten in Richtung des Hundes aus.

Unterwegs sammelten sie Gegenstände auf, die auf dem Gletscher scheinbar wahllos herumlagen: Bananenschalen, ein leeres Päckli Marlboro-Zigaretten, Schoggipapier und andere Überreste des täglichen Gebrauchs, achtlos und respektlos weggeworfen. Der Abfall landete in einem Plastiksack zur genaueren Untersuchung. Da die Fundgegenstände eindeutig auf dem Schnee lagen und nicht darin eingefroren waren, liess es den Schluss zu, dass sie erst vor einigen Tagen weggeworfen wurden. Von Neuenschwander? Und weshalb das? Von Dritten? Zwar waren verschiedentlich Fussabdrücke zu sehen, allerdings stark verwässert und kaum als solche zu erkennen. Dennoch hielt sie Brunner mit der Kamera seines Handys fest.

Auf dem Rückweg zur Dossenhütte gab es einiges zu bereden, auch über die Fussspuren, die zur Absturzstelle führten. Zimmermann zeigte die Fotos während eines kurzen Halts. Wurde Neuenschwander von jemandem verfolgt und zum Schluss in die Spalte gestossen? Weshalb? Allen schien der Gedanke absurd.

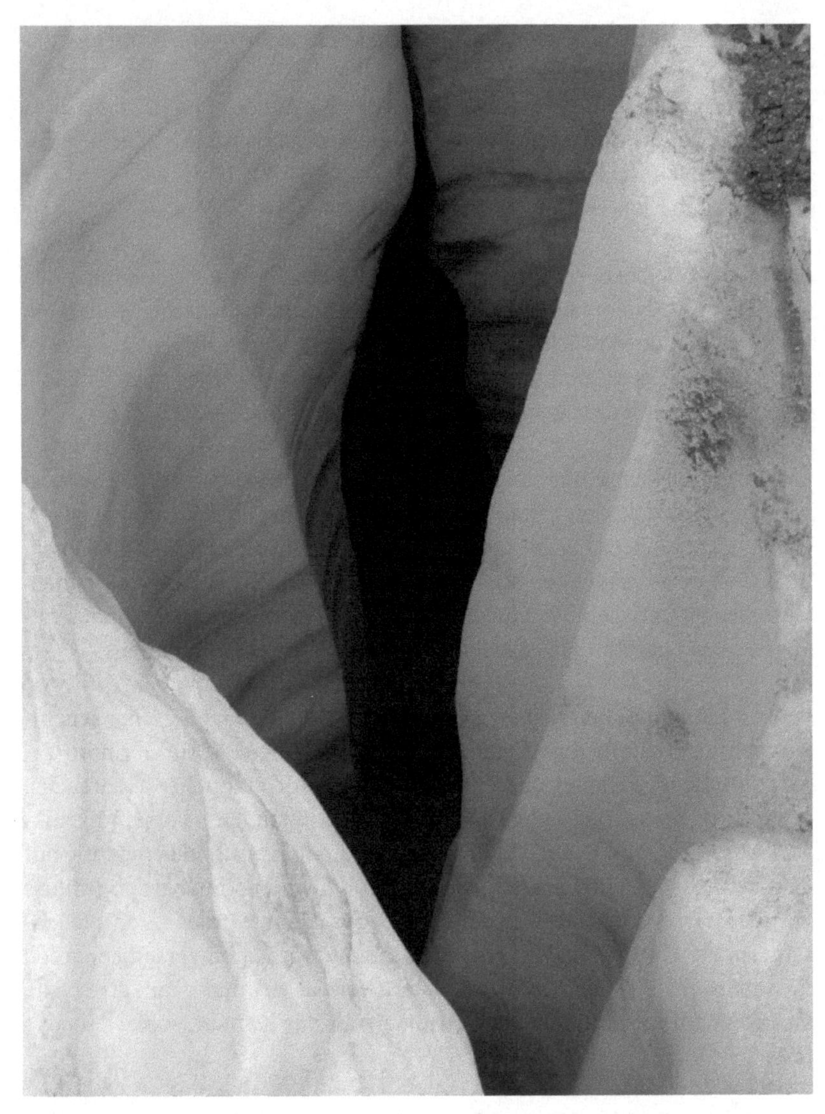

Symbolbild einer Gletscherspalte wie jene, die auch Beat Neuenschwander zum Verhängnis wurde.

Fragen und Mutmassungen, auf die es keine Antworten gab, jedenfalls keine logischen. Ihre Gespräche wurden plötzlich von einem erneut bellenden Baxter unterbrochen. Der Hund, seit dem Rückweg nicht mehr an der Leine, lief vorab, als wolle er die Dossenhütte nur seiner Nase nach finden. Lanz rief Baxter zu sich, der sich seitlich in steiniges Gelände vorgewagt hatte, längst ausser Sichtweite für die Männer. Der Hund reagierte nicht auf Zurufe und bellte weiter, also begab sich Hundeführer Lanz zu ihm, über Stock und Stein, immer wieder den Namen des Hundes rufend, der seinerseits nur mit Bellen antwortete.

Als Lanz Minuten später zu den vier Männern zurückkehrte, standen diese mit grossen Augen und offenem Mund da. In der Hand hielt Lanz nämlich einen blauen...Rucksack. Nach der ersten allgemeinen Verwunderung stellte Brunner die Gretchen-Frage: Wieso hatte Baxter auf dem Hinweg nicht angeschlagen?

«Elias, erinnerst du dich? Genau an dieser Stelle hat Baxter zu uns zurückgeschaut» – der Hund schien bei seinem Namen aufmerksam zuzuhören – «und ist stehen geblieben. Ich habe ihm dann befohlen, weiterzugehen.»
«Jürg, und jetzt? Dass Baxter die Spur zum Rucksack aufgenommen hat, bedeutet doch, dass Neuenschwander selber den Rucksack dort deponiert hat.»
«Elias, *weggeworfen hat* wäre treffender. Aber das ist nur eine von mehreren Möglichkeiten.»
«Nämlich?»
«Merkst du, woher der Wind weht? Ich würde mit dir wetten, dass der Geruch des Rucksacks im Moment zu uns herübergeweht wird und Baxter deshalb darauf aufmerksam wurde. Wollen wir schauen, was sich im Rucksack befindet?»
«Ja, das machen wir, aber erst in der Dossenhütte, in Ruhe. Scheint ziemlich leicht, könnte auch leer sein.» Worauf sich die kleine Kolonne wieder in Gang setzte. Baxter vorab.

Matthias Mast und das Café des Pyrénées (Mittwoch, 2. Juli)

«Es handelt sich um das Blut von Beat Neuenschwander», stellte Eugen Binggeli am Tag danach im Büro im Ringhof gleich zu Beginn einer ersten Info-Sitzung des mit Kaffee und Gipfeli versorgten Teams fest. «Elias, könntest du bitte den gestrigen Tag im Berner Oberland für uns zusammenfassen?»

Brunner fasste sich kurz, was im Zusammenhang mit den Ermittlungen mehr oder weniger vernachlässigbar erschien: Heliflug zur Dossenhütte – er erwähnte aber auch zur allgemeinen Belustigung sein Malheur mit dem vergessenen Pulli –, Namen der Bergführer, Hinweg zum Gletscher, von Baxter geführt respektive erschnüffelt. Detaillierter wurde er in seinen Ausführungen, als es um die Fussspuren ging, deren Aufnahmen in diesem Moment von Viktor Zimmermann auf eine Leinwand projiziert wurden. Es herrschte grosse Ratlosigkeit in der Runde, was sie zu bedeuten hatten. Auf Wunsch von Brunner fuhr Zimmermann mit Erklärungen fort. Er berichtete von den Blutspritzern, von den blauen Fasern, von der Minikamera – auch die Umrisse eines Rucksacks seien möglicherweise in der Gletscherspalte zu erkennen gewesen, wenn doch nicht eher ein trügerisches Schattenspiel, weil die Sonne in jenem Moment direkt in die Spalte schien – aber vor allem vom Umstand, dass die Einsturzstelle Augenblicke später in sich zusammenkrachte. Einen Zugang zu schaufeln, um die Leiche zu bergen, sei laut den Bergführern unmöglich, ihre Sicherheit ginge vor. Kein wenn, kein aber.

Die Gesprächsführung wechselte anschliessend von Zimmermann wieder zu Brunner, der über die Umstände der gefundenen Gegenstände und des Rucksacks informierte: Unmittelbar nach der Ankunft in der Dossenhütte sei letzterer ausgepackt worden, dies mit Kunststoffhandschuhen, denn nie wusste man, was sich im Verborgenem befand. Klar, vermutlich keine Vogelspinne. Trotzdem.

Wer jetzt auf sensationelle Erkenntnisse hoffte, wurde enttäuscht. Im Rucksack befand sich nichts, was bei der Lösung zum Rätsel rund um das Verschwinden des Beat N. auch nur ansatzweise hätte beitragen können. Genauer gesagt, er war leer, nicht einmal Brotkrümmel gab es. Die einzige Ausnahme: Ein Presseausweis mit Foto, der den Inhaber als Thomas Bornhauser zeigte. Es folgte eine rege Diskussion, weshalb der Rucksack sozusagen auf Nimmerwiedersehen weggeworfen wurde, denn niemand konnte damit rechnen, dass ein Spürhund seiner Berufsbezeichnung alle Ehre erweisen würde. Und was hatte es mit der Pressekarte auf sich? Der Ausweis konnte unmöglich übersehen worden sein. Oder eben doch, weil er in einer Innentasche gelegen hatte? Fast machte es den Anschein, als wolle jemand dokumentieren, dass Neuenschwander alias Bornhauser für immer verschwunden war. Damit gingen die Infos des Duos Zimmermann und Brunner zu Ende, denn die Heimreise, ab Dossenhütte wieder mit Heli nach Lauterbrunnen, verlief ereignislos, bis auf die Tatsache, dass Brunner den Pulli dieses Mal nicht im Heli zurückliess. Abgesehen davon: Swiss Helicopter hatte vom möglichen Fundort vor und nach dem Einsturz Fotos der Gletscheroberfläche gemacht. Diese Aufnahmen galt es ebenfalls auszuwerten, allein schon der Fusspuren wegen.

Nach einer kurzen Pause meldete sich Aarti Sivilaringam zu Wort. Bekanntlich hatte sie gestern Karin Riedo aufgesucht, ohne aber auf den Rucksack zu sprechen zu kommen, weil die Ermittlerin zu jenem Zeitpunkt noch nicht wusste, dass er gefunden worden war.

«Kollegen, Frau Riedo hat zwar das eine und andere erzählt, aber ich werde den Verdacht nicht los, dass sie mit angezogener Handbremse durch unsere Ermittlungen fährt.»
«Aarti, was lässt dich darauf schliessen?»
«Stephan, sie sagt, sie wisse nicht, wo sich ihr Mann seit der Streiterei aufgehalten hat. Das kann mir keine Frau erzählen ...»
«Immerhin hat sie ihn als vermisst gemeldet.»
«Ja, schon ... Wenn wir aber davon ausgehen, dass dieser Neuenschwander keine Zweitwohnung besitzt: Da fehlt einiges an Material für eine mehrtägige Wanderung. Das merkt eine Frau doch», womit die Kriminalistin ihren Beitrag beendet hatte. Vorerst.
«Iutschiin, was ist mit diesen Vorwürfen, Neuenschwander werde bedroht und habe deshalb sich das Pseudonym zugelegt, wissen wir da mehr?»,

fragte Viktor Zimmermann, worauf Elias Brunner reagierte.
«Sorry, Chef, wenn ich deine Antwort vorwegnehme…»
«Easy, Elias.»
«Fige, Steff und ich waren bei Neuenschwanders Verlegerin, bei Annette Weber. Sie konnte keine konkreten Angaben machen. Ihr Autor sei ein Einzelgänger, erzähle wenig zu seinen Recherchen. Ansätze zu Bedrohungen gebe es zwar einige, aber konkret?», er warf die Frage in die Runde.
«Seine Frau hat doch erzählt, ihr Mann recherchiere im Bereich der Geldwäsche krimineller Banden aus dem Balkan oder Osteuropa.»
«Stimmt, Aarti. Und vor zwei Jahren hat er in einer Kriminalgeschichte aufgezeigt, wie Geldwäsche hierzulande funktioniert. Erstaunlich einfach durchzuziehen, wenn es nicht gerade um Millionen auf einmal geht.»
«Kleinvieh macht auch Mist – oder mühsam ernährt sich das Eichhörnchen.»
«Ja, Stephan, genau so ist es.»

Binggeli rekapitulierte kurz für Viktor Zimmermann, der vor zwei Jahren noch nicht in Kontakt mit den Ermittlern stand: «Geldwäsche steht nie für sich allein, sondern ist in einen kriminellen Kreislauf eingebunden: Mit Drogen, Waffenschiebereien, Prostitution, Schutzgeld usw. Beispiel: Ein Drogenhändler versorgt seinen Strassendealer mit Drogen, jener verkauft die Suchtmittel, mit dem eingenommenen Geld geht er in eine Spielhalle, die ebenfalls zum Milieu gehört. Dort füttert er die Spielautomaten bis zum Geht-nicht-mehr, bis er selber kein Geld mehr hat als scheinbares Pächvögeli. Fazit: Legale Einnahmen, die sogar versteuert werden. Et voilà, Geld gewaschen. Ähnlich verhält es sich mit Immobilien, die in einem desolaten Zustand gekauft und dann durch Handwerker des eigenen Vertrauens zu Luxusobjekten renoviert und verkauft werden. Die meisten Zahlungen werden klammheimlich unter der Tischplatte getätigt. Und so weiter und so fort, bis hin zu ganzen Unternehmen, Wohnüberbauungen oder Hotelketten, um nur einige der Möglichkeiten aufzuzählen.»

Sollte Neuenschwander tatsächlich seine Nase konkret in derartige Geschäfte gesteckt haben, so durfte man zweifelsfrei davon ausgehen, dass sein Leben eher früher als später enden würde. Diese Banden verstanden keinen Spass. Und schliesslich wurde Binggelis Vorgänger Peter Kläy bekanntlich von genau einem solchen Verbrechersyndikat erschossen. Bei den Überlegungen im Ringhof ging es einzig um Spekulationen, denn die

Fakten hielten sich in sehr engen Grenzen, gab es doch bloss Indizien für ein mögliches Verbrechen – und schon gar keine Leiche. Die vermutlich wichtigste Frage: Weshalb kümmerte sich das Dezernat Leib und Leben eigentlich um einen ... Vermissten?

Eugen Binggeli wartete in bester Joseph-Ritter-Manier mit seiner Ankündigung bis zum Schluss. Er hatte sich nämlich gestern in der Szene bekannter Schweizer Krimiautoren umgehört, vor allem bei jenen, die mit echten Recherchen aufwarteten und sich damit nicht bloss Standing Ovations holten, weil sie wenig Bekanntes ans Tageslicht zu zerren wagten. Und tatsächlich: Der Steinwurf in eine Glasscheibe bei Beat Neuenschwander mit einer unmissverständlichen Message – «Letzte Warnung Schnüffelnase» – schien kein Einzelfall. In den letzten Jahren hatten verschiedene Autorinnen und Autoren zunehmend «gutgemeinte» Hinweise bekommen, sie sollten doch bitte davon absehen, mit ihren Fragen zu einem bestimmten Thema im Dreck rumzuwühlen. Nie wisse man nämlich, was daraus resultieren könne, «und es wäre doch schade, würden dem Schreiberling dadurch Nachteile entstehen», wie sich ein investigativer Journalist ausdrückte, dem das Messer symbolisch ganz sanft an den Hals gedrückt wurde, worauf er auf weitergehende Recherchen verzichtete – frei und abgeändert nach Schiller: «Der brave Mann denkt an sich – selbst zuletzt.» Zwei Schreibende hatten gar anonyme Morddrohungen erhalten. Selbst wenn diese nicht ernst gemeint waren, bei den Betroffenen kamen ungute Gefühle hoch. Sie hielten sogar die Drohungen vor ihren Ehefrauen geheim, um sie nicht zu verängstigen. Aber jedes Mal, wenn nachts ein ungewohntes Geräusch zu hören war, kannte der Schlaf ein Ende.

Damit aber noch nicht genug: Binggeli hatte ebenfalls mit Kollegen anderer Polizeikorps telefoniert, ob ihnen ähnliche Vorfälle bekannt seien. Und siehe da: Der Zürcher berichtete davon, dass es «vor ungefähr einem Jahr» einen gravierenden Zwischenfall mit einem entführten Kind gab, der Vater ein bekannter Krimiautor. Dieser habe sofort die Polizei eingeschalten, die den Buben nach einigen Stunden gefunden habe, ausgesetzt in einem Park ohne Videokameras. Vermutlich hatte der Entführer kalte Füsse bekommen. Ob aber das Kidnapping in Zusammenhang mit den Publikationen des Vaters zu tun hatte, blieb unklar, da dessen Ehefrau die Erbin eines Zig-Millionenvermögens mit vielen Kunstgegenständen war. Die sofort eingeleitete Fahndung nach dem Entführer brachte keinen Erfolg, der Mann wurde nicht gefasst, zu

Der Kornhausplatz mit dem «Pyri», einst und heute.

ungenau die Angaben des Vierjährigen, der einzig von «einem Mann» sprach. Weder die Medien noch die Öffentlichkeit erfuhren jemals vom Vorfall, auch deshalb nicht, um Trittbrettfahrer nicht auf dumme Gedanken zu bringen.

«Iutschiin, was uns nach diesen Schilderungen bei Neuenschwander in die Nähe eines Verbrechens bringt, weil er ein unangenehmer Fragesteller und Publizist ist?»
«Fige, frag mich was Leichteres. Wie seht ihr das?», fragte er in die Runde, wobei sich in den nächsten Minuten in der Diskussion keine neuen Ansätze ergaben. Im Gegenteil, es erinnerte eher an ein Palaver. Irgendwie passte das alles nicht zusammen, einzig das Blut konnte man zuordnen. Binggeli schaute deshalb mit Kopfnicken zur Kollegin, das vereinbarte Zeichen, dass sie sich wieder einbringen sollte.

«Eben, ich habe ja gestern Frau Riedo aufgesucht», meldete sich Aarti Sivilaringam nach dem eher konfusen Intermezzo zuvor.
«Na dann, Kollegin, vier Herren hören dir gespannt zu», legte Binggeli den roten Teppich aus.
«Ich habe sie zu den bisherigen Büchern ihres Mannes befragt. Wenn es diese Drohung wirklich gab, wen vermutete sie dahinter? Immerhin hat Riedo die Krimis gelesen und sicher auch mit ihrem Mann über die Reaktionen gesprochen.»
«Aarti, Steff und ich haben auch mit der Verlegerin darüber diskutiert. Sie will sich nicht festlegen, nicht zuletzt, um uns auf keine falsche Fährte anzusetzen.»
«Die Vermutungen von Frau Riedo gehen in zwei Richtungen: Doping und Autoschmuggel.»
«‹Wohlensee›, zwei Fliegen auf einen Streich», ruft Binggeli aus.
«Chef, wie meinst du das?», fragte Aarti nach.
«In jener Story geht es einerseits um Doping und Manipulationen im Sport, auch in der Schweiz, andererseits um Autoschmuggel. Im Bereich des Dopings und der Manipulationen sind im Buch Fakten zu lesen, die man in der Schweiz und auch andernorts nicht wissen will. Und beim Autoschmuggel hat Neuenschwander aufgezeigt, wie der verbotene Handel mit echten Ersatzteilen funktioniert.»
«Und wie geht der?», wollte die Kriminalistin nun wissen.
«Man klaue einen Mittelklassewagen, fahre damit nach Polen, wo er vor Ort in einem Hinterhof von eingespielten Mechanikern in seine Einzelteile

zerlegt wird. Diese kommen retour in den Westen auf den Schwarzmarkt. Aarti, du brauchen Aussenspiegel für BMW? Viel teuer, kann ich besorgen, halbes Preis.»
«Frau Riedo erwähnte andere Kreise, die keine Freude an den Büchern hatten: Sekten, Kunst- und Käsehändler ...»
«Hä? Kunst und Käse, wie geht das?», fragte Zimmermann sichtlich verwirrt.
«Fige, zwei verschiedene Bücher. Raubkunst einerseits und minderwertiger Käse aus Holland andererseits, letzterer zum Schluss als Made in Switzerland verkauft. Auch die Freimaurer waren in einem anderen Krimi schon Thema, Sekten und Drogenschmuggel in einem weiteren Buch. Aber Riedo tippt auf Doping oder Autoschmuggel, wenn wir einzig die Bücher in Betracht ziehen. Aktuell ginge es ja um Geldwäsche, dazu haben wir aber überhaupt keine Details zu möglichen Recherchen.»
«Aarti, ich will diese Riedo morgen befragen, biete sie um neun Uhr auf. Fige, lassen sich an den blauen Fasern DNA feststellen?»
«Checken wir selbstverständlich.»
«Und noch etwas, Elias und Fige: Morgen geht ihr nochmals mit Baxter und Jürg Lanz rauf. Baxter soll die ganze Gegend erschnüffeln. Ich bin mir fast sicher, dass er weitere Gegenstände finden wird.»
«Die wir übersehen haben?», erkundigte sich Brunner.
«Elias, habe ich nicht gesagt, ausdrücklich nicht. Kein Vorwurf. Aber wo sind zum Beispiel die Kleider oder die Ausrüstung, die Neuenschwander bei sich hatte? Also: Such, Elias, such!»

Mit dieser humorvollen Feststellung ging es in die Mittagspause. Der Nachmittag stand für individuelle Arbeiten an. Insbesondere wurden Staatsanwalt Martin Schläpfer, Polizeikommandant Christian Grossenbacher sowie die beiden Mediensprecherinnen aufdatiert, für den Fall, dass sich Journalisten erkundigen sollten.

Befragung Riedo EB / AS
Recherchen Vita Neuenschwander AS
Fussabdrücke / Gletscheraufnahmen VZ / EB
Begehung Rosenlauigletscher VZ / EB
Speed-Reading Krimis Neuenschwander SM
Drohungen nachgehen EB

Mit diesen Aufträgen präsentierte sich die Info-Wand am frühen Nachmittag, die vom Chef selber gestaltet worden war, samt Fotos und Zeitabläufen, Übernachtungen von Neuenschwander in Rosenlaui und in der Dossenhütte inbegriffen. Verwirrung entstand einzig bei den Initialen EB. Eugen Binggeli oder Elias Brunner? Der Dezernatsleiter erkundigte sich deshalb, ob die Abkürzung «DL» okay sei, was mit vierfachem Nicken bestätigt wurde. Dem DL fielen demzufolge die Befragung von Karin Riedo – zusammen mit Aarti Sivilaringam – als auch die Erkundigungen über mögliche Drohungen von Beat Neuenschwander zu. Elias Brunner hatte sowohl die Flugaufnahmen des Gletschers als auch jene der Fussabdrücke zu analysieren. Hinzu kam die Reise zum Gletscher.

Da alles erst für den nächsten Tag vorgesehen war, begann auch Aarti Sivilaringam – in Absprache mit dem Chef – das Umfeld von Beat Neuenschwander auszuleuchten. Vor allem die engsten Freunde gehörten befragt, ihnen gegenüber hatte der Krimiautor bestimmt etwas zu seinen Vermutungen erwähnt.

Nächste Info-Sitzung um 18 Uhr. Und diese hatte es in sich, nicht zuletzt deshalb, weil die Traktanden nicht stur nach Liste abgearbeitet wurden. Entgegen seiner Gewohnheit, echte News erst am Schluss zu erwähnen, begann Binggeli mit einem echten Knaller.

«Leute, Neuenschwander wurde offenbar wirklich bedroht, jedenfalls hat er sich erst kürzlich mit dem Amt für Bevölkerungsdienste in Verbindung gesetzt, um seinen Namen zu ändern. Das habe ich mehr durch Zufall erfahren ...»
«Und Personenschutz gleich dazu?», schmunzelte Moser.
«Nöö, aber es schien ihm ernst, wie er einem Mitarbeiter gegenüber meinte. Dieser hat mir dann erzählt, wie man seinen Namen ändern kann, ausserhalb der Norm, nach einer Heirat oder einer Genderanpassung.»

Eine Vor- und Familiennamensänderung ist bei achtenswerten Gründen, d. h. Nachteilen mit dem jetzigen Namen, möglich. Die betroffene Person muss bei der Namensänderungsbehörde ihre Bedrohungslage – Nachteile mit dem jetzigen Namen – im Gesuch darlegen und mit Beweismitteln nachweisen, zum Beispiel mit Polizeirapporten, Strafanzeigen oder Verurteilungen. Die Bedrohungslage muss mit dem neuen Namen zumindest reduziert, wenn nicht sogar beseitigt werden. Wohnt und arbeitet das Opfer weiterhin an gleicher Stelle, ist ein Identitätswechsel untauglich und daher abzuweisen. Die Namensänderungsbehörde prüft auch rechtsmissbräuchliche Gründe, wie z. B. Verschleierung der Identität gegenüber Gläubigern oder gegenüber der Strafverfolgungsbehörde. Kommt es zu einer Bewilligung der Namensänderung, werden sämtliche Behörden – namentlich Gemeinden, Kantonsbehörden, Bundesbehörden – über den neuen Namen informiert. Der Identitätswechsel ist den Behörden dadurch bekannt.

Somit schien klar, dass Neuenschwander wirklich verfolgt und bedroht wurde. Auch erpresst? Wieder meldete sich Aarti Sivilaringam zu Wort, die sich in den vergangenen Stunden mit dem beruflichen Umfeld des vermissten Krimiautors beschäftigt hatte. Einige Insider nannten allesamt einen bestimmten Namen, wenn es darum gehen sollte, Näheres zu Beat Neuenschwander in Erfahrung zu bringen: Matthias Mast.

«Ich habe ihn heute im ‹Pyri› getroffen», bemerkte Aarti.
Binggeli musste dabei gredi uselache, ein Lachen, das er umgehend präzisierte. Gleichzeitig begannen Brunner und Moser zu schmunzeln, zur allgemeinen Verwunderung von Sivilaringam und Zimmermann. «Also, es ist so: Dieser Matthias Mast hat uns schon einmal geholfen, vor ungefähr sieben, acht Jahren[9]», sagte Binggeli.
«Und wie das?», kam es von Aarti.
«Noch nie von ihm gehört?»
«Nein, wie auch nicht von Neuenschwander alias Thomas Bornhauser, wie ich schon einmal sagte», antwortete die Ermittlerin beinahe trotzig.
«Wenn ich mich richtig erinnere – ich war ja damals noch beim KTD –, ging es um eine Bernerin, der die Supermarktkette DBD gehörte und als Frau der Wirtschaft deshalb auch immer wieder eine Lichtgestalt für die Regenbogenpresse war, obwohl sie dieses Scheinwerferlicht selber nicht gesucht hat», setzte Binggeli zur Erklärung an.
«Und dieser Mast hat die Ermittlungen unterstützt und zum guten Ende geführt?»

[9] Tod auf der Trauminsel, Weber Verlag, 2017

«Nein, Aarti, weil er aber Gott-und-die-ganze-Welt kennt, hat er J. R. hinter den Kulissen wertvolle Informationen liefern können. Nun also, was hat er dir erzählt?»

Es war in der Tat interessant, was Mast zu Beat Neuenschwander zu sagen hatte, abgesehen davon, dass sie sich kannten. Neuenschwander als investigativer Buchautor, Mast als allgemein interessierter Journalist, der beruflich auf verschiedenen Hochzeiten zu tanzen wusste, und das durchaus mit Erfolg. Matthias «Mättu» Mast wusste sogar, dass Aarti Sivilaringam beim Dezernat Leib und Leben der Kantonspolizei Bern ermittelte. Der Generalstaatsanwalt, so hatte Mast der Kriminalistin erzählt, habe ihren Namen einmal bei einem gemeinsamen Zmittag erwähnt, «ganz en passant», und ihren Spürsinn seinerzeit in Zusammenhang mit dem Drehen von Windrädern genannt, sogar ihr Kosenamen «Wusch» sei dabei gefallen. Niemand im Büro wunderte sich wirklich über Masts Wissen.

Neuenschwander, so Mast, habe immer nach dem Motto «No risk no fun» recherchiert und das Risiko nie gescheut, im Gegenteil, er habe es geradezu gesucht. Weil er finanziell abgesichert war – begünstigt durch eine grössere Erbschaft –, konnte er es sich leisten, länger als die Tagesjournalisten eine bestimmte Spur zu verfolgen. Kürzlich hätten sich Mast und Neuenschwander in der Stadt Bern getroffen und seien spontan auf ein Bier ins «Pyri» gegangen. Das Restaurant am Kornhausplatz heisst mit vollem Namen «Café des Pyrénées» und war lange Jahre sozusagen das Wohnzimmer von Polo Hofer, wo er regelmässig mit Kumpanen gejasst hat, auch mit … Matthias Mast.

Aartis Gesprächspartner kannte sogar den Ursprung zur Namensgebung des Lokals, obwohl weit und breit keine Pyrenäen zu sehen sind: Das «Café des Pyrénées» sei seit über hundert Jahren am Kornhausplatz, was auch Fotos der Sammlung Hans-Ulrich Suter in der Burgerbibliothek dokumentieren. Mit an Sicherheit grenzender Wahrscheinlichkeit wurde das «Pyri» von spanischen Gastarbeitern gegründet, deshalb der Name, in Erinnerung an die Heimat. Gleiches gilt für andere Weinstuben, die heute Fressbeizen sind, zum Beispiel das «Commerce Bern».

Die legendäre Jassrunde mit Gästen. Von links: Fritz Friedli, Polo Hofer, Marco Rima, Ruedi Ruch, Marc Friedli und Matthias Mast (Jahr der Foto unbekannt).

Interessant, was die legendäre Silvia Chautems, die die Beiz dreissig Jahre lang führte, kurz vor ihrer Pension in einem Interview 2015 zu Adrian Müller vom Bund sagte:

«Die Polizei fuhr anfangs der 80er-Jahre fast täglich im Café des Pyrénées am Berner Kornhausplatz ein. ‹Das Lokal war eine regelrechte Drogenhöhle›», erinnert sich Wirtin Silvia Chautems. Dunkle Gestalten packten damals auf den Tischen des rauchgeschwängerten Lokals Heroin ab. Der grösste «Chrampf» in ihren ersten Jahren sei gewesen, die Dealer und Drögeler mit Hausverboten aus der Beiz zu drängen. Diese Szene hatte sich nach der Schliessung des «Uhu» und des «Quick» im «Pyri» eingenistet. «Mehrmals gingen Scheiben zu Bruch. Das war eine harte Zeit», sagt Chautems, die alle nur «Pyri-Sile» nennen.

Nun bleiben ihr noch gut zehn Wochen, bevor sie in Pension geht. Gestern Abend hat der Branchenverband Gastro-Bern Chautems für ihr Lebenswerk ausgezeichnet. «Ich bin besonders stolz, dass wir nach all den Jahren immer noch eine Szenebeiz sind», sagt die 64-Jährige. So führt sie auf ihrer Website eigens eine Rubrik «Promis im ‹Pyri›», an den Wänden hängen zahlreiche Bilder von mehr oder weniger illustren Leuten. Ohne Zweifel der bekannteste Stammgast ist Polo Hofer, der neben einem eigenen Jasstisch sogar über ein eigenes Fumoir verfügt. «Ich war seine Schlummermutter», sagt Chautems mit einem Augenzwinkern. Hofer nannte das ‹Pyri› in seiner Laudatio einen «Ankerplatz, an dem man seine Hafengeschichten erzählen konnte». Sile sei eine enge Vertraute, eine gute Freundin, «bei der man auch privat jammern» könne.

Bis zu 18 Stunden am Stück hat Chautems in den «strübsten» Zeiten in der Kneipe gearbeitet. Sie habe weder für einen richtigen Partner noch für eigene Kinder Zeit gefunden. «Das ‹Pyri› ist meine Familie», sagt sie. Chautems redet klar, denkt nach, bevor sie einen Gedanken ausformuliert. Zum Inventar gehört besonders das treue Personal: Francisco Panela (Spitzname Franz), Malaichcherlvan Arunasalam (Oski) oder Thanapalasingam Kathiresu (Ravi) sind seit Jahrzehnten dabei und haben selber Kultstatus erworben. Chautems bezeichnet sich selber als «sehr strenge, aber korrekte Chefin». Als «launisch, dominant, originell, ein Muttertier», beschreiben sie andere Leute.

«Wenn man sie nervt, kann sie sehr dezidiert und resolut werden. Nur so hat man die ‹Liirisieche› an den Tischen im Griff», sagt ein Stammgast, der seinen Namen nicht in der Zeitung lesen möchte. «Die gute Durchmischung des Lokals ist ihr Verdienst», sagt der frühere YB-Goalie Willy Vögeli. Der vormalige «Pyri»-Wirt hat Chautems das Handwerk als Gastronomin beigebracht und ihr 1985 die Leitung des «Pyri» übertragen. Heute steht Vögeli immer noch mehr oder weniger regelmässig hinter dem Tresen. Während der Visite des Bund-Redaktors hat Chautems kaum eine ruhige Minute. Sie setzt sich zu Gästen, hält ein kleines oder grösseres Schwätzchen. «Der Kontakt mit den Leuten ist der schönste Teil meiner Arbeit.» Daraus seien viele Freundschaften entstanden. So kann es schon mal vorkommen, dass Sile eine treue Seele im Spital besucht. Nicht wenige sind schon weggestorben. «‹Pyri›-Stammgäste nimmt es halt früher als andere. Es liegt am Lebensstil», sagt Marie-Louise Haab, die seit Jahren regelmässig in der Gaststätte anzutreffen ist.

Dann und wann braucht auch Chautems ihre Ruhe: «An Sonntagen geniesse ich es, alleine zu sein.» Sie erholt sich in ihrem Garten in Gümligen. Dort denkt sie auch über ihre Zukunft nach der Pensionierung nach. Ihr grösster Traum ist eine Reise zu den Braunbären in Russland. «Eisbären habe ich schon in Spitzbergen gesehen», sagt die Tierfreundin. Ob an Fasnacht, Silvester oder einfach so: In den 35 Jahren im Pyrénées hat Chautems schon viele rauschende Feste erlebt. «Sie hat uns immer wieder erlaubt, Party zu machen», so Hofer weiter. Besonders in Erinnerung geblieben ist Chautems die Sause zu ihrem fünfzigsten Geburtstag. Ihr ursprünglicher Plan war, mit der Concorde nach New York zu jetten und dort im World Trade Center einen Apéro zu geniessen. «Doch eine Concorde zerschellte in Paris. Und mit ihr meine Reisepläne.» So feierte Chautems ihren Fünfzigsten mit hundert Gästen im «Pyri». Und der Traum vom World Trade Center ging mit den Terroranschlägen vom 11. September 2001 zu Ende.

Nicht nur die Skyline in New York, auch die Gastroszene rund um den Kornhausplatz hat sich in den letzten Jahren verändert. Als Chautems ihre Wirtekarriere begann, gab es nur sehr wenige Restaurants mit Terrassenbestuhlung wie im «Pyri». «Heute stellen wir zusehends eine Übersättigung fest.» Den grössten Wandel der vergangenen Jahrzehnte habe jedoch das Rauchverbot gebracht. «Das gab einen Riesenbruch», so Chautems.

Das «Pyri» war eine ultimative Raucherbeiz. Die DNA veränderte sich zusehends: «Die Kundschaft hat sich nach dem Verbot extrem verjüngt.» Ungewisse Zukunft: Wie betrunken sind die Stammgäste heute? Auch im Jahr 2015 weiss man immer noch nicht genau, was einen bei einem Besuch im «Pyri» erwartet. Das Lokal ist ein Treffpunkt für Alkis und Bundesbeamte. Hier sitzen Künstler neben Politikern, Mütter neben Studenten. An diesem Mittag sind es ältere Herren der 1960er-Generation, die schon um elf Uhr an einer Stange Bier nippen. «Das ‹Pyri› ist wie eine Familie. Man kann sich die Leute nicht aussuchen, die an einem Tisch sitzen», sagt Stammgast Haab. Polo Hofer besuchte das Lokal erstmals vor 52 Jahren, damals war es unter der Führung eines spanischen Wirts. [10]

Beim besagten Bier, bei dem es nicht blieb, habe Mast erfahren, dass Neuenschwander wieder einmal an einer «heissen Story» herumbastelte, bei der viele Einzelteile noch herumlagen, allerdings noch zu wenige, um daraus bereits auch nur ansatzweise das Gesamtbild zu sehen. Es ging dabei durchaus um Geldwäsche, wie von Frau Riedo angedeutet. Durch Zufall, so Neuenschwander während der Unterhaltung, habe er von einem Bekannten erfahren, dass ausländische Investoren auf einem bislang unbekannten Weg Geld in der Schweiz zwischenwaschen, um es anschliessend ins Ausland zu transferieren. Edelmetall würde dabei eine wichtige Rolle spielen. Und Kryptowährungen. Und das Darknet. Ein einziger Dschungel an Verstrickungen.

Neuenschwander nannte gegenüber Mast eine Scheinfirma mit Sitz in Liechtenstein, die wiederum mit einer renommierten Anwaltskanzlei in Zug zusammenarbeitet. Deren Namen erfuhr Mast trotz Nachfragen nicht, wohl aber den Umstand, dass dort zwei angesehene Juristen mit weit weniger angesehenen – aber offenbar lukrativen –, verdeckten Transaktionen «sich dumm und dämlich» verdienen. Das Geschäftsmodell ist geheim, aber offenbar derart durchtrieben, dass es bei der jährlichen Buchprüfung selbst von einer weltweit operierenden Revisionsgesellschaft in den Bereichen Wirtschaftsprüfung, Transaktionsberatung und klassischer Rechtsberatung nicht beanstandet oder hinterfragt wurde.

---

[10] Der Bericht ist als Stück Berner Geschichte zu verstehen, die sonst in Vergessenheit geraten könnte.

«Oder aber diese Revisoren sind selber nicht involviert und werden fürs Wegschauen honoriert», bemerkte Moser, «möglicherweise eine Art ‹eine Hand wäscht die andere› in Bezug auf Geldwäsche.»
«Aarti, mehr wusste Mast nicht zu erzählen?»
«Nein, Chef, Neuenschwander hat wohl nur das er zählt, womit Dritte nichts anfangen können.»

«Und diese Scheinfirma in Liechtenstein? Die hat unser Vermisster doch erwähnt.»
«Ja, aber nicht namentlich.»
«Mit anderen Worten: Wir haben keinen konkreten Ansatzpunkt, werden aber morgen mit seiner Frau darüber sprechen», seufzt Binggeli, bevor er sich an Zimmermann wandte, «Fige, DNA-Auswertung auf den blauen Fasern?»

Viktor Zimmermann bestätigte, dass an den blauen Fasern DNA-Rückstände isoliert werden konnten. Eindeutig Beat Neuenschwander zuzuordnen, wie auch das Blut. Zudem hatte der Kriminaltechniker die Fotos von Swiss Helicopter ausgewertet. Auf einem Bild waren durchaus Fussspuren bis zur vermuteten Absturzstelle zu sehen, leider aber keine Personen. Hiess: Auch hier keine neuen Erkenntnisse. Mit diesem Umstand verabschiedete man sich in den Feierabend, noch immer im Unklaren, ob der Fall des vorläufig erst vermissten Beat Neuenschwander wirklich eine Aufgabe für das Dezernat Leib und Leben war.

Der Laptop von Beat Neuenschwander
(Donnerstag, 3. Juli)

Logisch, man hatte sich beim Dezernat Leib und Leben im Detail auf die heutigen Aufgaben vorbereitet. Während sich Eugen Binggeli, Stephan Moser und Aarti Sivilaringam im Büro trafen, waren Elias Brunner, Viktor Zimmermann und Hundeführer Jürg Lanz samt Baxter bereits auf dem Weg nach Schattenhalb-Meiringen. Ebenfalls mit an Bord: der Pulli von Beat Neuenschwander.

Eugen Binggeli und seine Mitarbeiterin besprachen Punkt für Punkt das bevorstehende Gespräch mit Karin Riedo, das, so der Dezernatsleiter, entscheidend für den weiteren Verlauf der Ermittlungen sein konnte. Vor allem wollte man zu klären versuchen, ob es sich bei der Vermisstenmeldung um einen Unfall oder um ein Verbrechen handelte. Immerhin stand aufgrund der bisherigen Erkenntnisse fest, dass Beat Neuenschwander in die Gletscherspalte gestürzt war – oder gestossen wurde? Was hatten die vielen Fussspuren zu bedeuten? Man war sich einig: Nur Karin Riedo konnte im Moment weiterhelfen.

Parallel zur Befragung wollte sich Stephan Moser in zweierlei Hinsicht schlau machen: Erstens mit Gesprächen der Kollegen aus dem Bereich Wirtschaftsdelikte, was die Recherchen von Neuenschwander betraf, denn niemand im Dezernat Leib und Leben konnte sich einen Reim auf das von Matthias Mast erwähnte Chaos machen: Edelmetall, Kryptowährungen, Zwischenwaschen in der Schweiz, Transfer vom und ins Ausland. Das alles überforderte die Ermittler. Zweitens hatte Moser vor, sich bei zwei V-Leuten zu erkundigen, wo Neuenschwander wohl seine gefälschten Dokumente hatte herstellen lassen. Der im Rucksack gefundene Presseausweis konnte möglicherweise Anhaltspunkte dazu liefern. Unwahrscheinlich, dass diese Dokumente in der Schweiz gefertigt wurden, dafür kam schon eher eine ausländische Fälscherwerkstatt in Frage. Irren ist jedoch bekanntlich menschlich.

Um neun Uhr kam der Telefonanruf, dass Karin Riedo nach «den Kommissaren» verlange, worauf der Dezernatsleiter himself zur Portierloge marschierte. Es war abgemacht, dass man sich im Büro mit der Ehefrau von Beat Neuenschwander unterhalten werde, nicht in einem kahlen Verhörraum. Frau Riedo sollte sich nicht eingeengt fühlen. Entsprechend höflich die Begrüssung, verbunden mit dem Dank, dass sie Zeit gefunden hatte, mit der Polizei zu sprechen. Augenblicke später standen die beiden im Dezernatsbüro, Binggeli wies auf einen freien Stuhl im Raum, während Aarti Sivilaringam Karin Riedo zunickte, die bei ihrem Anblick ein gefasstes Lächeln aufsetzte, bevor sie Platz nahm.

«Ja, das ist der kleine Rucksack von Beat», bestätigte seine Ehefrau ziemlich emotionslos, als sie den Fundgegenstand zu Gesicht bekam, «er hatte bestimmt auch den grösseren dabei, in diesem hat ja kaum etwas Platz.» Erst bei dieser Bemerkung ging den Beamten der Gedanke «Stimmt eigentlich» durch den Kopf, dicht gefolgt von «Weshalb ist uns das nicht aufgefallen?».
«Er war leer, gerade so, als ob man ihn ausgeschüttelt hätte, nicht einmal Brotsamen sind festzustellen, mit einer komischen Ausnahme.»
«Herr Binggeli, was meinen Sie damit?», worauf ihr der Presseausweis gezeigt wurde.
«Uns ist es ein Rätsel, weshalb ausgerechnet dieser Ausweis im Rucksack zurückblieb. Ein Spürhund hat ihn übrigens gefunden, weitab eines Wanderpfads. Zufall? Oder wollte jemand, dass man mit dem Ausweis Rückschlüsse auf den Besitzer machen kann?»
«Herr Binggeli, ich fürchte, ich kann Ihnen nicht folgen. Was meinen Sie damit?»
«Gar nichts, Frau Riedo, wir stehen vor einem Rätsel, von A bis Z, nicht nur des weggeworfenen Rucksacks wegen. Wir sind Ihnen deshalb dankbar, dass Sie hier sind. Übrigens, wir haben Fasern einer blauen Jacke gefunden. Besitzt Ihr Mann eine solche?» Binggeli vermied es ausdrücklich, die Fragen so zu stellen, dass man den Tod von Neuenschwander als vollendete Tatsache voraussetzte. Noch nicht.
«Ja, Beat hat eine solche.»

Binggeli erzählte daraufhin die Umstände in allen Einzelheiten, wie sie auf dem Gletscher bis jetzt bekannt waren, auch, dass die DNA der Blutspuren mit jener des Vermissten übereinstimmte. Die Frage von Frau Riedo lag auf der Hand: Konnte man nicht nach der Leiche ihres Mannes graben? Eugen Binggeli, der sich noch gestern bei Experten zur Sache erkundigt hatte, musste verneinen. Erstens war die Eisschicht an der Absturzstelle fast dreissig Meter dick, zweitens die Masse – auch nach einem leichten Nachbeben mit Epizentrum im Goms – noch immer in Bewegung. Sollte heissen: Das Leben der Spezialisten wäre in höchster Gefahr, weshalb eine Suche nicht zur Diskussion stand. Trotz der prognostizierten Erderwärmung war nicht damit zu rechnen, dass das Eis den Körper in den nächsten Jahren freigeben würde. Es blieb Frau Riedo nichts anderes übrig, als zwei Jahre zu warten, bis ihr Mann offiziell für tot erklärt werden konnte.

In den folgenden Minuten versuchten die Anwesenden – Stephan Moser hatte sich in der Zwischenzeit dazugesellt –, die bekannten Fakten zu ordnen. Trotzdem ergab gar nichts einen Sinn, auch bei den verrücktesten Kombinationen nicht. Weshalb die Übernachtungen mit Ansage? Angenommen, alles sei nur Fake, weshalb hatte niemand den Vermissten auf seinem Rückweg gesehen? Wo war der Inhalt des Rucksacks? Weshalb der Presseausweis? Und wenn es ein Verbrechen war, weshalb hatten weder Frau Kehrli vom Hotel Rosenlaui noch David Zweifel von der Dossenhütte Kenntnis von mysteriösen Dritten? Weshalb die Falschnamen im Hotel und in der Hütte?

«Frau Riedo», meldete sich Stephan Moser, «Sie müssen doch eine Vermutung haben, was passiert ist, was passiert sein könnte. Was glauben Sie? Was ist mit seinen Recherchen, was mit möglichen Drohungen?»
«Herr Moser, glauben Sie mir, ich weiss es schlicht nicht. Ich habe in den letzten Tagen über alles nachgedacht, seine Äusserungen zu gewichten versucht. Aber nach unserem Disput bleibt nur eine Leere. Ich habe keine Ahnung.»
«Worum ging es denn bei dieser Auseinandersetzung, wenn das keine zu persönliche Frage ist.»
«Herr Moser», zum ersten Mal schien Karin Riedo Emotionen zu zeigen «eine ganz private Auseinandersetzung. Es ging um unsere Finanzen, besser gesagt, um seine. Er geht nämlich ganz fahrlässig damit um, spekuliert hier und dort. Das geht meistens schief. Klar, es ist sein Geld, er hat aus einem Erbe genug davon. Trotzdem.»
«Entschuldigen Sie, dass ich Sie unterbreche, wie alt sind Sie beide eigentlich?»

«Steht das nicht in den Akten?»
«Vermutlich schon, aber das scheine ich überlesen zu haben, nüt für unguet.»
«Beat ist 56, ich 55», worauf Moser darauf verzichtete, Karin Riedo ein Kompliment zu machen, schätze man(n) sie nämlich viele Jahre jünger ein.
«Aber ich habe Sie unterbrochen, Sie sprachen von den Finanzen ...»
«Mich nervt das einfach, verdammi! Ich verdiene in meinem Teilzeitjob nicht gerade ein goldenes Ei, er aber gibt unbekümmert Tausender um Tausender aus. Für mehr als dubiose Sachen.»
«Was meinen Sie damit?», hakte Moser sofort nach, mit einem Kopfnicken von Binggeli.
«Ich weiss es doch auch nicht! Von solchen Spielereien habe ich keine Ahnung. Ich weiss bloss, dass man diese angeblichen Investitionen nicht einmal in Finanzzeitungen nachlesen kann. Illegal ist das aber sicher nicht, davor hätte Beat zu viel Schiss ...»
«Was er bei seinen Recherchen aber nicht hat, wie es scheint.»
«Ja, Herr Binggeli, das sind aber zwei Paar Schuhe», sagte sie, was die Kriminalisten sofort an die Fussabdrücke auf dem Gletscher erinnerte.

Wie auch immer: Die Spekulationen mussten langsam, aber sicher Fakten weichen, auch wenn diese im Moment noch sehr spärlich waren. Eugen Binggeli stand unmittelbar vor einer alles entscheidenden Frage, die er zuvor mit Aarti Sivilaringam abgesprochen hatte, vor allem die möglichen Antworten oder Reaktionen von Karin Riedo. Es ging dabei um die elektronischen Geräte von Beat Neuenschwander. Wie konnte man an sie für die Ermittlungen herankommen? Denn auf die Unterstützung des Staatsanwalts konnte man nicht zählen. Binggeli musste ihn gar nicht erst fragen, gab es doch nicht einmal die Spur eines Anfangsverdachts, dass Neuenschwander einem Verbrechen zum Opfer gefallen war. Und selbst dann schien eine Hausdurchsuchung unter den bis jetzt bekannten Umständen unwahrscheinlich.

«Frau Riedo, ich möchte Sie um etwas bitten, das mir eigentlich nicht zusteht, ermittlungstechnisch meine ich.»
«Fragen Sie nur, Herr Binggeli.»
«Würden Sie uns den Laptop Ihres Mannes zur Verfügung stellen, damit wir nachschauen können, ob es Hinweise darauf gibt, was passiert sein könnte?» Die Antwort liess nicht bloss Binggeli schier vom Stuhl fallen, sondern auch die beiden anderen Anwesenden.

«Ja, das können Sie. Mehr noch: Ich habe den Laptop gleich mitgenommen, weil ich dachte, dass er nützlich sein könnte. Sein Handy habe ich allerdings nicht gefunden», worauf Frau Riedo in ihre mitgebrachte Tasche griff und dem Dezernatsleiter einen Acer-Laptop überreichte.
«Das konnten wir orten, es liegt in der Gletscherspalte», entgegnet Binggeli.
«Das Passwort lautet ‹3754diemtigen›», fügte Frau Riedo an.
«3754deimtigen?», fragte der Dezernatsleiter ungläubig.
«Ja, wir haben in Diemtigen eine Ferienwohnung, ein Chalet. Ich nehme an, Sie haben jetzt zu tun. Darf ich mich deshalb verabschieden? Bis zum nächsten Mal, denke ich. Übrigens: Erwarten Sie nicht zu viel von dem Laptop. Beat ist in Sachen Technik eine Nullnummer, war noch nie in einer Excel-Tabelle und korrekt abspeichern ist für ihn und für alle anderen ein einziges Rätsel», führte die Ehefrau aus, während sie sich erhob. Die Ermittler schauten sich nach wie vor verdutzt an.
«Eh ja, gerne, Frau Riedo, Sie erweisen uns einen grossen Dienst. Vielen Dank.»
«Gerne, ich finde übrigens allein hinaus, auf Wiedersehen.»

Es vergingen einige Augenblicke, bis jemand zu einer Reaktion fähig war.

«Was war das jetzt, Iutschiin, grosses Kino?», fragte Moser verdutzt.
«Selten so etwas erlebt, Stephan, auch ich kann das noch nicht einordnen», was Sivilaringam zu einer Bemerkung veranlasste.
«Das ist doch eine Schlange! Mich würde nicht wundern, wenn sie sich damit an ihrem Mann rächt.»
«Fahr weiter, Wusch …», forderte Stephan Moser die Kriminalistin auf.
«Stephan, ihre Wut auf seine Geldvernichtung, der Disput mit seinem Abgang. Und wenn da sogar noch mehr dahintersteckt?»
«Wie kommst du darauf?», hakte Binggeli nach.
«Der feine Herr mit seinem vielen Geld. Spielt da das andere Geschlecht, das jüngere, möglicherweise eine Rolle?»
«Sugar Daddy? Was mir aufgefallen ist: Emotionen über das Verschwinden ihres Gatten zeigt Frau Riedo kaum, sehen wir einmal von seiner Geldvernichtungsmaschinerie ab. Wie auch immer. Lasst uns den Laptop einschalten.»

Zuvor gönnte man sich einen Kaffee, dann besprach man das eine oder andere in der Causa Neuenschwander, von der man noch immer nicht wusste, ob das eigene Dezernat dafür überhaupt zuständig. Einigkeit herrschte dagegen bei den Falschnamen in Rosenlaui und in der Dossenhütte: Die benutzte Neuenschwander, um seine Spuren zu verwischen, wenn er denn wirklich verfolgt und bedroht wurde.

Es war Aarti vorbehalten, ihre Finger auf der Tastatur des Laptops arbeiten zu lassen, der noch fünfzig Prozent Batteriereserve anzeigte, ein möglicher Hinweis darauf, dass Neuenschwander den Rechner – wie Deutsche den Computer nennen – nach dessen letzter Inbetriebnahme vom Netz genommen und nicht wieder aufgeladen hatte.

Und wie von Karin Riedo bereits vorausgesagt: Neuenschwander war kein Technik-Profi, das war sofort festzustellen, zum Beispiel an der eher bescheidenen Anzahl von Icons auf dem Desktop. Google Chrome und Microsoft Edge schienen die Favoriten des Besitzers zu sein. Seine Mails verschickte er zum einen bei @bluewin.ch unter seinem vollen Namen, ein anderer Account lautete auf baedu@hotmail.com. Bädu deshalb, weil Beat im Berndeutschen durchaus zu Bädu wird, der bekannteste Bädu war wohl Beat Anliker, legendärer Tätschmeister – MC, Master of Ceremony – im Café Mokka Thun, leider allzu früh verstorben.

Auffallend: beide Mailadressen hatten nur wenige Einträge. Mit anderen Worten: Neuenschwander liess nur jene Mails stehen, die für ihn wichtig schienen oder auf die er eine Antwort erwartete. Ausserdem: Bei Bluewin waren einzig 0815-Mails zu lesen, die keinen Ermittler in Verzückung hätten ausbrechen lassen. Belanglosigkeiten. Interessanter waren hingegen die Mails bei Hotmail. Hier liess sich vermuten, dass der Krimiautor ganze Korrespondenzen mit Zeitgenossen gelöscht hatte. Weshalb das? Bestimmt hatte er gewisse Dokumente ausgedruckt und für seine Recherchen aufbewahrt, aus welchen Gründen auch immer. Nur: Seine Frau hatte vor einer Stunde nur von den elektronischen Unterlagen gesprochen – und den Laptop mitgebracht. Was aber, wenn es Ordner, Papiere und Material mit heiklem Inhalt gab? Und wenn: Wo waren diese Ordner? Am Wohnort an der Gesellschaftsstrasse? Im Chalet in Diemtigen? Oder gab es ein anderes Versteck? Weshalb hatte Karin Riedo keine Andeutung gemacht? Weil sie davon nichts wusste? Eher unwahrscheinlich. Für Binggeli und Co. eine weitere Herausforderung: Wie sollten sie sich in den Wohnungen in Bern und in Diemtigen ohne Durchsuchungsbeschluss umschauen?

«Wusch, du warst ja bei Frau Riedo, ist dir nichts aufgefallen?»
«Puuuh... Ich war auf sie selber fokussiert, habe mich nicht in der Wohnung umgeschaut, war nicht einmal auf der Toilette...», wie sie mit einem Augenzwinkern in Richtung Stephan Moser sagte.

Alle wussten, worum es bei dieser Bemerkung ging: Claudia Lüthi, Stephans Frau, hatte sich nämlich – als sie noch bei der Polizei im Einsatz – einmal eher unerlaubterweise anlässlich eines Besuchs bei einer Auskunftsperson näher umgeschaut, als sie angeblich auf die Toilette musste. Ihr fiel damals in einem Arbeitszimmer – Türe offen – ein Foto auf, das im Verlauf der Ermittlungen eine grosse Rolle spielen sollte. Ein Jahr später wurde Claudia bei einem anderen Einsatz entführt. Trotz eines Happy-Ends quittierte sie nach diesem Ereignis den Dienst. Seither arbeitete sie im Backstagebereich der Securitas in Zollikofen. Aarti Sivilaringam wurde ihre Nachfolgerin.

«‹Seich›», stellte Binggeli mit einer Spur von Resignation fest.
«Chef, ich kann Frau Riedo ja nochmals besuchen, unter Vorwand», schlug Sivilaringam vor.
«Nix da. Wir haben ja keine Ahnung, was da gespielt wird. Was, wenn sie merkt, dass wir ihr gegenüber misstrauisch sind? Diese Option streichen wir. Aber danke für den Vorschlag.»

Man konnte den Laptop röntgen, wie man wollte. Auch eine Stunde später war man so klug wie zuvor. Auch die von Neuenschwander aufgerufenen Seiten brachten keine neuen Erkenntnisse.

«Chef, was, wenn es noch einen zweiten Laptop gibt?», bemerkte Aarti Sivilaringam.
«Den uns seine Frau vorenthält? Keine schlechte Überlegung, Aarti. Erinnert mich an eine Feststellung unserer Mediensprecherinnen: ‹Wir sagen alles, was wir dürfen› und nicht ‹Wir sagen nur, was wir unbedingt müssen›.»

Es kam auch der eher kleine Rucksack zur Sprache. Weshalb hatten die Beamten – aber auch die Bergführer und der Hüttenwart – übersehen, dass sein Volumen nicht unbedingt für grössere Touren geeignet war? Eher peinlich für alle Ermittelnden.

Gerade, als sich das Trio Gedanken über das Take-away-Zmittag machen wollte – aus der Migros Lorraine vis-à-vis –, meldete sich Elias Brunner aus dem Oberland mit enttäuschenden News, die eben keine waren. In der Tat: Baxter konnte nichts erschnüffeln, was Beat Neuenschwander zugeordnet werden konnte. Gar nichts. Nicht einmal ein weggeworfenes Papiertaschentuch. Ein Ausflug für die Katz. Immerhin stellte er zwei Beobachtungen in Aussicht.

«Iutschiin, wir haben wohl etwas übersehen ...»
«Erzähl nur, das hört sich an, als dass wir eher einen Schritt zurück als nach vorne machen werden ...»
«Also, der Rucksack, den wir gefunden haben ...»
«... ist eher zu klein als zu gross.»
«Genau, weshalb weisst du das? Wir alle haben in einer voreiligen Euphorie über den Fund nicht gemerkt, dass dieser Rucksack zu klein für mehrtätige Exkursionen ist. David Zweifel erinnert sich, dass Neuenschwander noch einen wesentlich grösseren bei sich hatte. Einen roten.»
«Soso. Und mit dem ist Neuenschwander in die Spalte gestürzt?», fragt Binggeli neugierig nach.
«Es scheint so. Alles deutet jedenfalls darauf hin», erwidert Elias Brunner.
«Und was noch?»
«Wir sind mit dem Heli über die Absturzstelle geflogen, da ist nichts mehr wie vorher, das Eis hat sich nach den Erschütterungen des Bebens weiter verschoben, die Spalte ist nicht mehr auszumachen. Keine Chance, da nach jemandem zu suchen. Wir kommen jetzt zurück, sind im Anflug auf Lauterbrunnen.

Nach diesen Erkenntnissen machte man sich am Nordring daran, sich fürs Zmittag zu rüsten.

Von Plauderis im IC Zürich–Bern
(Freitag, 4. Juli)

Das Team hatte sich kurz vor dem Wochenende verschiedenes vorgenommen, zumal gestern einiges angestossen wurde. Auffallend aber an diesem 4. Juli: Eugen Binggeli, bekennender Amerika-Fan, machte seinem Polizei-internen Namen «Iutschiin» alle Ehre, hatte er sich doch am roten Polohemd – jenes mit dem Krokodil auf Brusthöhe – gut sichtbar einen USA-Pin montiert, passend zum Independence Day. Im Wissen weshalb, blieben Fragen seitens seines Teams aus, was Binggeli innerlich fast ein bisschen enttäuschte. Anyway.

«Liebe Leute», eröffnete er den Tag – noch mit einer Tasse Kaffee in der Hand –, «ich hatte letzte Nacht die Erleuchtung», was alle gespannt schmunzeln liess.
«Dann lass mal hören, Buddha», meinte Moser.
«Stephan, damit wir in der Causa Neuenschwander weiterkommen, müssen wir unsere Ermittlungen zweiteilen.»
«Was heisst das?», wollte daraufhin Aarti wissen.
«Alles, was sein Verschwinden betrifft, haben wir recherchiert, sogar mit Spürhund. Vergessen wir also diesen Umstand, wir kommen sonst nicht weiter. Wir konzentrieren uns nur noch auf sein Umfeld, versuchen herauszufinden, wem sein Tod in die Karten spielt. Wem ist er allenfalls derart auf die Füsse getreten, dass man ihn vielleicht verfolgt und in die Tiefe gestossen hat?»
«Die anderen Sohlenprofile im Schnee?», fragte Brunner.
«Genau, Elias. Du warst gestern ja wieder oben. Wie siehst du die Sache?»

Brunner berichtete davon, dass der Donnerstag ein Déjà-vu des Dienstags gewesen sei, wenn auch ohne Bergführer. Im Wissen, wonach man zu suchen hatte, wurde auch die Dossenhütte genauer unter die Lupe genommen, vor allem der Schlafplatz von Beat Neuenschwander, ohne Ergebnis. David Zweifel hatte den Herren Brunner und Lanz vorgeschlagen, einen Bergführer mit auf den Weg zu nehmen, was diese jedoch ablehnten, sie würden die Strecke ja kennen und sich sicher nicht auf den Gletscher begeben, sodass Zweifel seine Zweifel ablegte, wenn auch widerwillig. Die einzige Reaktion, die Baxter später zeigte, war der erneute Weg zur Stelle, wo der Rucksack lag. So gesehen konnte Brunner seinem Chef bloss beipflichten, die anstehenden Arbeiten auf das Umfeld von Neuenschwander zu konzentrieren, immer vorausgesetzt, dass ein Verbrechen nicht ausgeschlossen werden konnte.

Stephan Moser blieb gestern ebenfalls nicht untätig. Bei den Leuten im Bereich Wirtschaftskriminalität hoffte er auf Konkreteres in Bezug auf die Aussagen des Vermissten Matthias Mast gegenüber: Geld(zwischen)wäsche, Edelmetall, Darknet, Krypto-Währungen. Nur: Die Kolleginnen und Kollegen konnten ihm nicht weiterhelfen, von einer solchen Kombination hatten sie noch nie auch nur ansatzweise gehört. Auch zwei Banker, von Moser angefragt, mussten passen. Der Kriminalist schlug deshalb vor, diese Spur vorerst nicht weiterzuverfolgen. Wollte Neuenschwander mit seinem Konstrukt eine falsche Fährte legen? Lag der Grund einer Bedrohung – falls es diese wirklich gab – nicht an einem ganz anderen Ort?

Konkreter hingegen wurden seine Fragen zum gefälschten Presseausweis beantwortet, denn erst kürzlich wurde eine Fälscherwerkstatt – eine eigentlich seriöse Druckerei, in der einige «engagierte Mitarbeitende» freiwillige Überstunden leisteten – ausgehoben, im … Kanton Jura. Die Öffentlichkeit erfuhr davon noch nichts, um weitergehende Ermittlungen nicht zu beeinträchtigen.

«Lässt sich der Presseausweis zuordnen?»
«Yes, Mister Eugene», antwortete Moser in Anlehnung an den Pin, «zwar gibt es zumindest bis jetzt keinen Hinweis auf die Herren Neuenschwander oder Bornhauser, aber zwei in der Druckerei sichergestellte Ausweise, gefälschte, haben genau das gleiche Layout. Allerdings …»
«Allerdings …?»
«Es scheint, als hätte die Crew nur unauffällige Dokumente gefälscht, ohne Hologramme oder so. Identitätskarten oder Pässe lagen nicht im Bereich ihrer Möglichkeiten. Aber eines lässt sich sagen: Neuenschwander hat auch einheimisches Schaffen berücksichtigt.»
«Und seinen Pass mit dem falschen Namen, den Frau Riedo erwähnt hat?»
«Den müssten wir haben, um weiterforschen zu können. Gleiches gilt bekanntlich auch für andere Unterlagen.»

«Immerhin habe ich gestern doch noch ein bisschen Fleisch am Knochen gefunden», schaltete sich Binggeli dazwischen, «aber ich wollte dich nicht unterbrechen.»
«Chef, hü!»
«Jaja, Stephan… kommt gleich.» Und nach einer künstlichen Pause, um die Spannung ansteigen zu lassen: «Ich habe mir die Bankdaten von Neuenschwander zeigen lassen.»
«Wie denn das? Ohne Staatser?», rief Elias Brunner voller Überraschung aus.
«Sagen wir es so, Elias: Inoffiziell, jaja, nicht ganz nach Lehrbuch. Aber sonst kommen wir nie weiter, mit dem Wunsch nach Hausdurchsuchungen in Bern und in Diemtigen. Aufpassen: Ich würde bestreiten, euch das jemals gesagt zu haben. Ihr hättet das sicher falsch verstanden», bekamen sie mit einem Lachen zu hören. «Ich werde aber alles noch auf legalem Weg nachholen, ohne diese Vorgeschichte zu erwähnen», was zu fragenden Gesichtsausdrücken und Kopfschütteln führte, das durchaus mit Schmunzeln verbunden war.
«Hopp! Iutschiin, what's up?», sprach Moser das aus, was den anderen auf der Zunge lag.
«Vom Erbe wissen wir, Kontostand siebenstellig. Interessanter ist aber das, was seit zwei Jahren passiert. Da gibt es regelmässig Einzahlungen in fünfstelliger Höhe, die sich ganz schön zusammenläppern.»
«Von wem überwiesen?» Die Frage kam von Elias Brunner.
«Honorare für seine Bücher kommen dabei nicht in Frage. Das Geld kommt von ihm selber, Einzahlungen via Postfinance.»
«Und woher die Kohle?», wollte Zimmermann wissen.
«Sag es mir, Fige. Ich weiss es nicht, habe nicht einmal eine Vermutung.»
«Und seine Frau?», gab Fige anstelle einer Antwort von sich.
«Wir wussten gestern ja noch nichts von der Sache, werden sie aber befragen müssen – wie auch zu anderen Themen. Für den Moment haben wir jedoch keine Handhabe für eine Hausdurchsuchung. Noch nicht», bemerkte Binggeli mit drohendem Zeigefinger in der Luft.

In den folgenden Stunden machte sich das Team auf die Spuren von Beat Neuenschwander, dieses Mal jedoch nicht im Schnee, sondern mit Befragungen von Leuten, welche die Umstände kannten – oder ihn persönlich. Nicht erst gegen 18 Uhr, sondern bereits eine Stunde früher, traf sich das Quartett wieder, um nicht allzu spät ins Wochenende zu rutschen.

Ein Anruf von Frau Riedo stellte den vorgesehen Ablauf der Arbeiten völlig auf den Kopf. Eugen Binggeli, der sein Handy auf Lautsprecher gestellt hatte, musste die Anruferin bitten, langsam zu sprechen. Keine Minute später wusste der Nordring, worum es ging. Frau Riedo hatte einen Umschlag in ihrem Briefkasten gefunden, der auf einem beigelegten Bild keine Zweideutigkeiten zuliess. «Wir haben Neuenschwander gewarnt» stand da in ausgeschnittenen und aufgeklebten Buchstaben zu lesen. Auch eine Fotokopie seiner Identitätskarte hatte man beigelegt.

Binggeli zögerte keinen Augenblick, um Sivilaringam und Brunner subito in Richtung Länggasse zu delegieren, was Karin Riedo am Handy live mitbekam. Die beiden standen sofort auf und verliessen das Büro fluchtartig, sodass sie gar nicht mehr hörten, dass Binggeli die Frau bat, den Umschlag und die Blätter nicht mehr in die Hand zu nehmen, möglicher Fingerabdrücke wegen. Nach Beendigung des Gesprächs sandte Binggeli seiner Mitarbeiterin umgehend eine Whatsapp. «Aarti, Augen auf in der Wohnung! ☺». Die Zurückgebliebenen waren sich einig: Dritteinwirkung, Neuenschwander wurde wirklich in die Tiefe gestossen. Blieb noch die Frage: Weshalb hatte er seinen Verfolger nicht bemerkt? Oder wurde er vor einer gezückten Pistole zur Gletscherspalte gezwungen?

In den folgenden Minuten überschlugen sich die Ereignisse.

Es begann damit, dass der Berner Dezernatsleiter einen Anruf von seinem Schaffhauser Kollegen Eric Schuler erhielt. Dieser wusste um das Verschwinden des Beat Neuenschwanders, logischerweise aber noch nichts von der Drohung in Bern. Zuerst gab es einen kurzen Smalltalk zwischen den beiden Kriminalisten, die sich von Fortbildungskursen her kannten.

«Eric, was kann ich für dich tun?»
«Eugen, ich habe eher etwas für dich. Es geht um diesen verschwundenen Krimiautor», worauf Binggeli den Lautsprecher einschaltete, um Moser und Zimmermann mithören zu lassen.
«Beat Neuenschwander?»
«Genau.»
«Wieso? Ist er bei euch aufgetaucht?»
«Keinesfalls. Aber ein bekannter Journalist aus Stein am Rhein hatte eine komische Mitteilung in seinem Briefkasten.»

«Jetzt scheint es interessant zu werden ...»
«In einem weissen, neutralen Briefumschlag, in Härkingen entwertet, fand sich ein Zettel mit ausgeschnittenen und aufgeklebten Buchstaben, die folgendes besagten: ‹Halt deine Nase aus unseren Tätigkeiten heraus, sonst geht es dir wie B. N.› Er hat uns den Zettel gebracht.» Es folgten aus Bern Sekunden der Stille.
«Eugen, bist du noch da?»
«Ja, sicher. Wie heisst der Mann?»
«Noah Iseli.»
«Ist er per Zufall bei euch?»
«Per Zufall, ja.»
«Kann ich ihn sprechen?»
«Herr Iseli, mein Kollege möchte mit Ihnen sprechen, Eugen Binggeli», Worte, die man in Bern mithören konnte.

Binggeli wusste gar nicht, wie er das Gespräch beginnen sollte, weshalb er gleich mit der Tür ins Haus fiel. Er stellte sich kurz vor und fragte Noah Iseli, ob dieser sich einen Reim auf die Drohung machen könne. Und ob er Neuenschwander kenne. Der Schaffhauser, für die Weltwoche als Freelancer tätig, sagte Binggeli, dass er Neuenschwander in den letzten Jahren zwar zwei, drei Mal an Veranstaltungen gesehen und jeweils kurz mit ihm gesprochen hätte, aber es wäre gelogen zu behaupten, dass er ihn kenne, schliesslich seien sie in verschiedenen Berufen tätig. Er, Iseli, als Journalist unterwegs, Neuenschwander als Krimiautor mit viel Fantasie: «Ich wollte, ich könnte die Realität einfach so ausblenden, wie er», lachte Iseli. Und ja, ihm sei bekannt, dass Neuenschwander in gewissen Bereichen wie er selber hart an der Grenze zur Legalität recherchiere, «manchmal sogar darüber hinaus», fügte der Journalist an. Anschliessend ging das Gespräch mit Eric Schuler weiter.

Einen Zusammenhang zwischen den beiden Briefen – Moser hatte Iseli zwischenzeitlich verraten, was an der Gesellschaftsstrasse gefunden worden war – könne er sich beim besten Willen nicht vorstellen. Er wisse auch nicht, an welcher «Geschichte» der Berner dran gewesen sei. Iseli seinerseits wühlte sich durch einen Finanzskandal in der Ostschweiz und in Liechtenstein.

«Mein Mitarbeiter, Stephan Moser», mit Blick zum Erwähnten, «wird sich in den nächsten Minuten in Richtung Schaffhausen aufmachen, um dann

das Papier und den Umschlag mit nach Bern zu nehmen. Eric, ist das okay für dich?»
«Eugen, anderer Vorschlag: Mein Kollege Werner Christmann kann Stephan Moser im Fressbalken Würenlos treffen, ungefähr in der Mitte zwischen Schaffhausen und Bern. Ist das eine Idee?»
«Kollega Moser hat das mitbekommen. Danke, Eric. Kann ich nochmals mit Herrn Iseli sprechen?
«Klar, Herr Iseli, nochmals für Sie.»
«Ja, Iseli.»
«Wurden Sie schon einmal wegen ihren Recherchen bedroht?»
«Nun ja, Andeutungen gibt es immer wieder, im Stil von ‹Überlegen Sie sich gut, ob Sie das schreiben wollen ...›», an das sich ein Lachen anschloss.
«Was ist so lustig, Herr Iseli?», fragte Eugen Binggeli, seine Irritierung hinter seiner sachlichen Stimme verbergend.

Der Schaffhauser ging in seiner ausführlichen Erklärung 35 Jahre zurück, damals in Worb wohnhaft und noch nicht für die Weltwoche arbeitend. In einem Erstklass-Abteil des IC zwischen Zürich und Bern unterhielten sich zwei Banker über einen aktuellen Fall. Und das in einer Art und Weise, als ob es kein Bankgeheimnis geben würde.

«Wir müssen den Anruf von Fedpol abwarten, keine Ahnung, wie die SEC [11] reagieren wird»
[...]
«Es ist ungeschickt, wie er das angestellt hat. Und unseren Sitz im Verwaltungsrat wollen wir nicht an die grosse Glocke hängen.»
[...]
«Das geht hoch bis zu Mitterand.»
[...]
«Wenn das bloss keinen diplomatischen Konflikt auslöst ...»

[11] Die United States Securities and Exchange Commission (SEC) ist als US- Börsenaufsichtsbehörde für die Kontrolle des Wertpapierhandels in den Vereinigten Staaten zuständig. Ihr Sitz ist in Washington, D.C.

Und so weiter und so fort, immer mit genauen Namensnennungen. Wie auch immer: Iseli schrieb im gegenüberliegenden Abteil wacker mit, tat so, als höre er gar nicht zu. Es ging beim Gespräch um einen französischen Industriekonzern, weghören wäre da einer Beleidigung gleichgekommen.

In Bern stiegen die Banker aus, Iseli hinterher. Als sie das Tram bestiegen, wusste Iseli wohin des Weges. Und dort kannte er eine Kollegin in der Teppichetage. Nach seiner Beschreibung der beiden Plauderis bestätigte sie ihm, dass es Mitarbeiter der Bank waren, heute in Zürich, seit wenigen Minuten wieder im Büro. Weil für ihn selber zwei Nummern zu gross, meldete er sich bei einem Bekannten der Weltwoche, worauf die Sache ins Rollen kam, wenn auch bloss hinter den Kulissen. Staatsaffäre in Sicht. Der langen Rede kurzer Sinn: Zum Schluss liess die Bank ihre Muskeln spielen, sodass der Weltwoche-Freelancer in Abstimmung mit Iseli den bereits – als Glosse! – fertig geschriebenen Beitrag nicht in die Zeitung brachte. Der Generaldirektor der Bank liess sich daraufhin nicht lumpen und dem Wewo-Journalisten zwei Holzkisten mit feinstem französischem Wein zukommen. Die Flaschen wurden dann zwischen den beiden Akteuren brüderlich geteilt. Ironie der Geschichte: Drei Tage später sass Iseli bei einer Veranstaltung neben dem besagten Bankenboss in der Berner Kunsthalle, unterliess es aber, ihm für den Wein zu danken …

«Und das ist wirklich so passiert, Herr Iseli?» hackt der Dezernatsleiter nach.
«Ja, eins zu eins. Allerdings sehe ich keinen Grund, weshalb man mich im Moment bedrohen sollte. Eine komische Sache.»
«Sagen Sie, Stichworte: Ausländische Investoren, Geldwäsche in der Schweiz, Edelmetall, Darknet, Kryptowährung. Sagt Ihnen das etwas?»
«Spontan, nein. Weshalb fragen Sie?»
«Neuenschwander hat Recherchen zu diesen Themen erwähnt.»
«Sorry, da muss ich passen. Ich würde Sie jedoch kontaktieren, falls … Halten Sie mich auf dem Laufenden?», wollte der Journalist wissen.
«Das werden wir ganz sicher, Herr Iseli. Danke für den Dialog», bedankte sich Binggeli und ohne nochmals mit Schuler zu sprechen beendete er das Gespräch.

Und so sass nun Eugen Binggeli ganz allein im Büro, seine Leute bereits unterwegs. Immerhin hatte er jetzt etwas zu tun, nämlich die Infowand im

Büro aktualisieren. Derweil waren Brunner und Sivilaringam bei Frau Riedo an der Gesellschaftsstrasse eingetroffen, eine Gegend, die Brunner gut kannte, wohnte er doch vor seinem Umzug nach Wohlen am Seidenweg 17, nur hundert Meter von der Wohnung Riedo / Neuenschwander entfernt, wo die Tür unmittelbar nach dem Klingeln von Karin R. im Wissen, dass die Ermittler zeitnah eintreffen würden, geöffnet wurde.

Die Kriminalisten wurden sofort ins Wohnzimmer gebeten, wo auf einem Tisch der Briefumschlag mit seinem Inhalt einsehbar dalag. Aarti Sivilaringam zog sich ihre Handschuhe über, fasste Couvert und Papier lediglich am Rand an. Der Umschlag war mit einer gewöhnlichen Arial-Elf-Punkt-Computerschrift adressiert, die A-Briefmarke selbstklebend, gestern im Verteilzentrum Härkingen entwertet, heute Morgen in den Briefkasten gelegt. Frau Riedo hatte bei ihrem Anruf gesagt, die Botschaft würde «Wir haben Neuenschwander gewarnt» lauten. Genau genommen hiess es «wir haben neuenschwander gewanrt». Da hatte also jemand beim Aufkleben zwei Buchstaben vertauscht. Ganz klar: Ein Fall für Viktor Zimmermann vom KTD, weshalb beide Dokumente in einen Plastiksack gesteckt wurden.

«Frau Riedo, ist es gestattet, uns am Arbeitsplatz Ihres Mannes umzusehen, auch wenn wir dazu keinen Durchsuchungsbeschluss haben, schliesslich ist Beat Neuenschwander Opfer, kein Täter.»
«Frau Aarti, heisst das, dass Beat tot ist, dass er umgebracht wurde?»
«Wir stehen erst am Anfang unserer Ermittlungen, seit dieser Nachricht erst recht. Wir wissen nicht, wo ansetzen. Wer könnte ein Interesse daran haben, ihn umzubringen, wobei das überhaupt nicht bewiesen ist?»
«Er hat wegen Geldwäsche recherchiert, soviel ich weiss. Aber ja, gehen Sie nur in sein Arbeitszimmer.»

Das Büro entpuppte sich sowohl als Arbeits- als auch als Schlafzimmer. Frau Riedo erklärte den Grund: Neuenschwander schrieb bis spät in die Nacht, manchmal bis in den frühen Morgen. Zudem schnarchte er. Zwei nachvollziehbare Gründe, getrennte Zimmer zu haben. Die Ermittler wollten sich nicht wie Elefanten im Porzellanladen aufführen, weshalb sie anscheinend nur oberflächlich das eine oder andere in die Hand nahmen und eher desinteressiert in Plastikmappen herumblätterten. Den beiden war nämlich ziemlich schnell klar, dass hier keine brisanten Dokumente herumlagen, welche die vier aufgeklebten Worte gerechtfertigt hätten. Das alles machte so überhaupt keinen Sinn. In diesem Moment erhielt Brunner eine Whatsapp-Meldung auf sein Handy, was umgehend zur Frage an Frau Riedo führte, ob sie einen Noah Iseli kenne, was sie nach längerem Überlegen verneinte. Ob «dieser Iseli» denn etwas mit dem Fall zu tun hätte, wollte sie daraufhin wissen. Brunner fühlte sich ertappt. Wie antworten?

Aarti schien die Situation blitzartig zu erfassen und liess einen Ordner zu Boden fallen. Mit entschuldigenden Worten hob sie ihn auf und stellte ihn an seinen Platz zurück. Ohne dass Frau Riedo nochmals auf ihr Frage zurückkommen konnte, verabschiedeten sich die Polizisten. Im Auto rief Brunner den Chef an, wegen Details zu Iseli. Er selber hatte keine News, nur Couvert und Papier für den KTD. Brunners Kollegin konnte via Lautsprecher mithören.

«Aarti, ist dir in der Wohnung etwas aufgefallen? Übrigens, danke für den fallengelassenen Ordner...»
«Habe ich das absichtlich gemacht?», lachte sie. «Nein, nichts Auffälliges. Dir?»
«Eben auch nicht. Also doch ein zweiter Laptop, ein Versteck in Diemtigen? Gopf, wie kriegen wir bloss einen Duchsuchungsbeschluss?»

Im Ringhof angekommen, marschierte Brunner mit dem Plastiksack direkt zu Viktor Zimmermann, mit der Bitte, Couvert, Schrift in der Adresse, Briefmarke, Papier, Leim und Buchstaben «durchzuröntgen», wie er sagte. Die Buchstaben deshalb, um vielleicht feststellen zu können, aus welcher Zeitung sie stammen könnten. Ein Magazin kam dafür nicht in Frage, es handelte sich eindeutig um Zeitungspapier. Vor allem die Rückseiten der Buchstaben hätten allenfalls konkrete Angaben liefern können. Klar, eine Sisyphus-Arbeit – und das gleich doppelt, sobald Moser aus Würenlos zurückkehren würde.

Um Zeit zu gewinnen, fotografierte Stephan Moser Umschlag und Drohung von Noah Iseli und übermittelte die Aufnahmen sofort nach Bern, damit Binggeli und Co. erste oberflächliche Abgleiche anstellen konnten. Dies war wenig später der Fall. Auffallend: Auch hier gab es orthografische Ähnlichkeiten. «Halte deine Nase aus unseren Tätigkeiten heraus, sonst geht es dir wie B. N.» hätte es vermutlich heissen sollen, daraus wurde aber «halt deine nase aus unseren tatigkeiten heraus, sonst geht es dir wie b.n.». Moser kündigte Minuten später via Freisprechanlage im Auto seine Rückkehr «innerhalb einer Stunde» an.

«So wie das aussieht, der gleiche Absender», stellte Binggeli fest, «nur, wer ist das?»
«Wüssten wir das, wären wir bekanntlich einen Schritt weiter, oder deren zwei...», antwortete Brunner.
«Diese Schreibfehler, bewusst oder unbewusst?», warf Binggeli in den Raum.
«Wie meinst du das?», wollte Aarti Sivilaringam wissen.
«Aarti, ein Schweizer, der das absichtlich macht, ein Ausländer, der es nicht bemerkt», gab Binggeli zu bedenken.
«Jedenfalls weist das auf ein Verbrechen bei Neuenschwander hin. Wo ist aber der Zusammenhang mit diesem Iseli? Riedo kann mit dem Namen ‹Iseli› nichts anfangen, Iseli nichts mit dem Fall Neuenschwander. Da klemmt doch etwas», meinte Brunner.

Wenig später erschien Moser bereits im Ringhof, seine Unterlagen ebenfalls beim KTD. Am Montagmorgen werden die Ermittler erfahren, dass ein- und dieselbe Person für beide Briefe in Frage kam, obwohl weder Fingerabdrücke festgestellt noch DNA isoliert werden konnten. Ein unbekannter Profi, mit Handschuhen und Gesichtsmaske an der Arbeit.

Das Chalet in Diemtigen
(Montag, 7. Juli)

Eugen Binggeli hatte sein Team darum gebeten, das Wochenende vor allem für Privates zu reservieren, «weil wir nächste Woche wohl das eine oder andere zu tun haben werden». Entsprechend verbrachte Elias Brunner die beiden Tage mit Ehefrau Regula Wälchli und den beiden Kindern Anna und Noah im Schwimmbad Aarberg respektive im Weyerli, wie das Freibad Weyermannshaus im Westen von Bern von der Bevölkerung schon seit Generationen genannt wird. Stephan Moser überraschte Claudia Lüthi mit einem Wellness-Weekend im Hotel Ermitage Schönried, Aarti Sivilaringam wiederum chillte mit ihren WG-Partnerinnen nach einem Besuch in Berner Clubs. Binggeli seinerseits – nach einer längeren Beziehung wieder solo – konnte nicht anders als sich mit dem Fall zu beschäftigen. Aber auch seine Mitarbeiterin hatte sich am Samstag noch der Causa Neuenschwander gewidmet.

Weil einiges an Informationen zusammenkam, vor allem, weil man möglicherweise von einem Verbrechen ausgehen musste, fand eine erweiterte Inforunde statt, im Beisein von Staatsanwalt Martin Schläpfer, Viktor Zimmermann (KTD) und Medienfrau Ursula Meister. Alle wurden mit den bisherigen Fakten aufdatiert, Zimmermann informierte über die beiden Briefe, die keinerlei verwertbare Spuren aufwiesen. Sozusagen unbeschriebene Blätter. Binggeli wusste bereits um die Recherchen von Aarti Sivilaringam, weshalb die 26-Jährige als Erste zu Wort kam.

«Ich habe mich am Samstag ein bisschen in der Nachbarschaft umgehört, wollte wissen, ob jemand etwas zum Verschwinden von Beat Neuenschwander wisse.»
«Frau Sivilaringam», schaltete sich der Staatsanwalt dazwischen, «war das nicht ein bisschen voreilig, die Leute mit einer solchen Frage zu konfrontieren? Die Vermisstenmeldung wurde zwar veröffentlicht, aber nicht mit vollem Namen …»
«Herr Staatsanwalt, alle – ich wiederhole mich gerne», sagte Sivilaringam mit hörbarer Sicherheit, «alle wussten bereits Bescheid. Ich musste mich nirgends erklären. Eine Aussage habe ich mir nach unserem Gespräch sofort notiert.»

«Und die wäre?», fragte Martin Schläpfer mit jetzt weit weniger konfrontierender Stimme.

Vis-à-vis der Wohnung Neuenschwander – das Ehepaar belegte im Zweifamilienhaus das Erdgeschoss – wohnte Frau Isolde Anderegg, gegen 85 Jahre alt und auf den Rollstuhl angewiesen. Und wie das bei älteren Menschen so üblich ist: Frau Anderegg hatte einiges aus ihrem Leben zu erzählen, mit dem eigentlichen Interesse von Aarti Sivilaringam nicht unbedingt deckungsgleich. Immerhin konnte sich die Kriminalistin im Laufe der folgenden halben Stunde im Gespräch mit Frau Anderegg langsam zum Kern ihrer eigentlichen Frage vorarbeiten. Was die ältere Frau zum Thema zu erzählen hatte, war nicht von schlechten Grosseltern.

Seit sie sich erinnern konnte, wollte Isolde Anderegg Kriminalistin werden, dazu war sie aber in der Schule «eine zu schwache Schülerin», zudem hätte man seinerzeit keine Frau für die Kriminalabteilung angestellt. Männersache. Durch ihr Interesse an Aussergewöhnlichem beobachte sie deshalb ihre Gegend sehr genau, machte sich durchaus Notizen, wenn sie vom Fenster aus «Komisches» feststellte. Frau Anderegg zog dann unverblümt einen Vergleich mit dem Filmklassiker «Das Fenster zum Hof» von Alfred Hitchcock, wo Schauspieler James Stewart von seinem Rollstuhl aus Langeweile seine Nachbarn beobachtet und glaubt, einen Mord mitbekommen zu haben.

Item. Der verhinderten Kriminalistin sei seit Längerem schon aufgefallen, dass «die dört äne, vis-à-vis», von einem Mann besucht werde, wenn Neuenschwander offenbar auf Geschäftsreise war, besser gesagt, wenn für Recherchen zu einem neuen Krimi im Ausland sei. Sie wusste auch, dass Thomas Bornhauser nur ein Pseudonym.

Frau Anderegg, die Aarti Sivilaringam längst ins Wohnzimmer gebeten hatte, rollte sich zu einem Biedermeier-Sekretär, öffnete eine Schublade, griff nach einem vergilbten, abgegriffenen Notizbüechli und bat die Besucherin an den Esstisch, der in der Mitte des Raums stand. Frau Anderegg las einige Notizen daraus vor, verbunden mit den Daten und mit der exakten Tageszeit. Zusammengefasst: Karin Riedo bat immer den gleichen Mann in die Wohnung, wo erstaunlicherweise im Schlafzimmer, Seite Gesellschaftsstrasse, die Vorhänge zugezogen blieben, ungewohnt im Vergleich zu «normalen» Tagen. Nach einigen Stunden verliess der Besucher das Haus jeweils, auffallend kühl von Frau Riedo verabschiedet. Aarti Sivilaringam bat darum, die betreffenden Seiten im Notizbuch mit ihrem Handy fotografieren zu dürfen, was ihr mit sichtbarer Freude gestattet wurde. Die stille Beobachterin selber hatte kein Natel – wie viele ältere Leute das Handy nennen – und auch keinen «Föteler». Dennoch konnte sie vom Besucher eine ganz valable Beschreibung geben, das Sivilaringam den Anwesenden vorlas.

«Der Klassiker», stellte Binggeli fest, «ein amouröses Verhältnis.»
«Was zur alles entscheidenden Frage führt ...», schloss sich Schläpfer an.
«Genau», konnte Sivilaringam bestätigen, «zieht Frau Riedo einen Vorteil vom Tod ihres Gatten?»
«Moooment, Frau Sivilaringam. So schnell geht das dann doch nicht», warf der Staatsanwalt ein und holte zu einer Erklärung aus, «Vermisste Menschen werden in der Schweiz frühestens nach zwei Jahren nach einem eher komplizierten Verfahren für tot erklärt. Damit das Gericht eine solche Erklärung ausspricht, braucht es jedoch ein Gesuch von Angehörigen. Dieses kann ein Jahr nach einem Unglück eingereicht werden. Während einer Wartezeit von mindestens einem weiteren Jahr sucht das Gericht nach Nachrichten über die vermisste Person. Treffen während dieser Wartezeit keine Lebenszeichen der vermissten Person ein, wird diese für verschollen erklärt und gilt als tot. In der Folge wird etwa ihre Ehe aufgelöst und das Erbe verteilt.» Nach einer kurzen Atempause fügte Schläpfer die Situation an, wenn niemand ein Gesuch stellt. In einem solchen Falle würde der Staat aber nicht aktiv werden. In der Schweiz sei es den Einzelnen überlassen, wie sie mit einem Unglück und dem Verschwinden eines Menschen umgehen wollen, meinte er des Weiteren.

«Das würde aber – zugegeben, mit sehr viel Fantasie – erklären, weshalb mehrere Fussspuren zu sehen sind», mutmasste Ursula Meister.
«Jetzt galoppiert die Fantasie aber wirklich mit euch durch», monierte Binggeli, «Elias, Frau Riedo, die hinter ihrem Gatten herläuft, mit gezogener Pistole? Tschüss auf Nimmerwiedersehen? Ich bitte euch! Kein Mensch hat eine Frau in der Gegend gesehen.»
«Kommt wieder auf den Boden. Wenn Beat Neuenschwander einmal für tot erklärt werden würde, erbt seine Frau – eine lustige Witwe? – eine happige Summe, vorausgesetzt, in einem Erbvertrag stehe nicht, dass sein Ver-

mögen dem 1863 gegründeten ‹Frauenverein für zerstreut wohnende Protestanten im Berner Oberland› [12] zugutekommt», was Gelächter auslöste. Man kannte Martin Schläpfer in der Tat nicht unbedingt als Stimmungskanone.

Der Dezernatsleiter fragte daraufhin den anwesenden Staatsanwalt nach einem Durchsuchungsbeschluss in der Berner Länggasse und im Berner Oberland. Die Begründung lag dabei überhaupt nicht im Umstand, dass Frau Riedo eventuell aus dem Tod ihres Gatten ein Vorteil erwachsen könnte. Es ging allein darum, so Binggelis Argumentation, die Umstände des Verschwindens von Beat Neuenschwander zu klären, hätten die bis jetzt vorliegenden Unterlagen dazu nämlich überhaupt keinen Hinweis erbracht.

«Herr Binggeli, ich bin fifty-fifty, was den Beschluss angeht. Wenn Sie – oder wer auch immer – keinen weiteren Grund angeben können, muss ich ihn verweigern», worauf sich alle fragend anschauten.
«Die Fälscherwerkstatt!», rief Aarti Sivilaringam in einem Anflug von Euphorie.
«Negativ, die kennen wir, sie wurde trockengelegt, drei Herren in U-Haft wegen Verdunkelungsgefahr», entgegnete Martin Schläpfer.
«Ich meine auch nicht jene im Jura. Neuenschwander bediente sich ständig eines Falschnamens oder einem Pseudonym, so hatte er auch zum Beispiel einen Pass auf Thomas Bornhauser lautend. Dieser konnte gar nicht aus dem Jura kommen, dazu waren die Typen nicht eingerichtet. Vielleicht finden wir in Diemtigen Hinweise auf eine zweite Fälscherwerkstatt oder auf Dritte, die mit Fälschungen handeln», was Schläpfer einige Sekunden überlegen liess.
«Bewilligt, Frau Sivilaringam», die freudestrahlend umgehend nachdoppelte.
«Und Zugang zu seinen Bankkonten sollten wir auch haben», erklärte sie, ohne zu erwähnen, dass Kollega Moser das bereits auf dem kleinen und inoffiziellen Dienstweg bewerkstelligt hatte.

---

[12] Diesen Verein gab es tatsächlich, Mitte der Sechzigerjahre und Geschäftsstelle an der Berner Spitalgasse.

«Herr Binggeli, das ist ja eine echte Trouvaille, die Sie in Ihrem Team haben», lachte Schläpfer, um auch diesen Umstand gutzuheissen. «Sie entschuldigen mich aber jetzt, ich muss schliesslich einige Dokumente ausstellen lassen und meine Kollegin im Berner Oberland informieren, der allerseits beliebten guten Ordnung halber.»
«Das bewilligen wir, danke, Herr Schläpfer und grüssen Sie Christine Horat von uns, wir hatten ja schon verschiedentlich mit ihr zu tun», sagte Binggeli zum Schluss.

Da sass man also mit einigen guten Voraussetzungen. Es meldete sich Stephan Moser, der in Schönried die bisherigen Krimis von Beat Neuenschwander im «speed reading» durchgelesen hatte, während Claudia Lüthi im SPA-Bereich relaxte. «Nichts für mich, da wird mir schnell langweilig», meinte der 44-Jährige. Er erklärte den Kolleginnen und Kollegen, wie er diese Art des Schnelllesens individuell praktiziert: Man beginnt eine Seite oben links und überfliegt den Text bis rechts unten.

«Aber da weisst du doch gar nicht, was du gelesen hast ...»
«Stimmt, Wusch, aber mir fällt dabei auf, ob gewisse Worte, die ich beim Überfliegen sehe, zum genaueren Hinsehen motivieren. Das war in einigen Krimis von Neuenschwander der Fall, wo man spätere Drohungen vermuten könnte.»
«Nämlich?», wollte Ursula Meister wissen, die im Übrigen die Aussagen von Moser bestätigen konnte, schliesslich müssten auch Gabriela Künzi und sie viele Zeitungen elektronisch durchlesen respektive überblättern. Klar, gab es Firmen, die das auf bestimmte Stichworte hin bewerkstelligen, auch mit künstlicher Intelligenz, «aber bis diese Zusammenfassungen gegen Mittag eintreffen, ist es vielfach Schnee von gestern. Das nur nebenbei. Stephan?»
«In ‹Die Schneefrau› scheint mir, als ob der Autor – wenn auch mit geänderten Familiennamen und Ortschaften – die Geschichte der Gurlitt-Bilder aufdeckt, die dem Berner Kunstmuseum geschenkt wurden. In ‹Tod auf der Trauminsel› verrät er Details zur Organisation der Freimaurer – und ‹Belpmoos› beginnt mit einer geheimen Sitzung, die tatsächlich stattgefunden hat und bei der es um die Zukunft des Flughafens ging. Dort orakelt Neuenschwander, wie Belpmoos dereinst erfolgreich genutzt werden könnte, wenn auch nicht unbedingt nur als Flugplatz.»

Diemtigen, das Chalet nicht auf dem Bild.

«Und aus einem dieser Themenkreise soll die Drohung stammen?», hakt die Mediensprecherin nach.
«Kaum, Ursula, da gibt es ganz andere Vermutungen, wie wir seit der Ermordung meines Vorgängers wissen.»

In «Westside», jenem Krimi, in welchem es um Gold ging, hatte Neuenschwander tief in die Tasten gegriffen und eine grosse Goldraffinerie im Tessin angegriffen, weil sich das Unternehmen das Edelmetall auch über einen Broker in Dubai beschaffte. Die genaue Herkunft des Goldes liess sich deshalb nicht zurückverfolgen, sodass nicht ausgeschlossen werden konnte, dass das Geld bei Bürgerkriegsparteien, Menschenhändlern, Umweltzerstörern und bei Kinderarbeit landete. Durchaus möglich, dass seine Publikation einigen Leuten diesbezüglich sauer aufgestossen war. Ähnliches galt für «Wohlensee», wo es nebst Doping ebenfalls und ausführlich um sogenannte Frischzellkuren ging. Vor allem die Herkunft gewisser Frischzellen drehte den Lesenden den Magen um. Selbstverständlich wiesen Schönheitschirurgen in der Schweiz diesen Ursprung ihrer Frischzellen weit von sich. Und schliesslich ging es in «Emmental» nicht bloss um einen Käseskandal in der Schweiz, sondern um Immobilienspekulationen in Amsterdam mit Ausläufern bis in die Schweiz. Ein ziemlich heisses Pflaster. Nun war für alle klar: Neuenschwander bewegte sich definitiv auf dünnem Eis.

«Und jetzt, Stephan, wo wollen, wo sollen wir ansetzen?»
«Iutschiin, für den Moment noch nirgendwo, das sind alles bloss Vermutungen.»
«Also?», forderte der Dezernatsleiter Moser auf.
«Ich schlage vor, dass wir den Durchsuchungsbeschluss abwarten, uns vor Ort schlau machen und dann das weitere Vorgehen besprechen.»
«Meine Worte. Willst du den Job?», fragte Binggeli lachend.
«Iutschiiiiiiin, no way!», lachte Moser lauthals, sehr zur Unterhaltung aller Anwesenden.
«Wie teilen wir uns dann auf? Elias und Aarti in die Länggasse, Fige und du nach Diemtigen? Fige deshalb ins Oberland, weil sich dort vielleicht Spuren sichern lassen, die uns weiterhelfen.»
«Ich werde meine ganze Erfahrung in die Spurensicherung einwerfen …», frotzelte Zimmermann mit sichtlichem Vergnügen. «Was ist mit dir, Iutschiin?»

«Bankkonten, Versicherungen. Stephan, melde dich beim Gemeindeschreiber in Diemtigen an, und bei den Kollegen in Spiez, die sind für Diemtigen zuständig.»

Die Gemeinde Diemtigen liegt im Simmental, zwischen Erlenbach und Wimmis. Zur Gemeinde mit ihren 2 300 Einwohnenden zählen Oey, Deimtigen, Bächlen, Horben, Riedern, Entschwil, Zwischenflüh und Schwenden.

Wenig später erhielt Binggeli die benötigten Beschlüsse der Staatsanwaltschaft auf sein Handy, er druckte die Dokumente aus und verteilte sie an sein Team. Genug also der Worte, Taten waren gefragt. Binggeli bat die «Länggässler» um ein «gschpüriges» Vorgehen, schliesslich gehe es einzig darum, eine mögliche Spur zur ebenso möglichen Täterschaft zu finden und um nichts anderes. Nun gut, nicht die ganze Wahrheit, aber genug, um Frau Riedo zu beruhigen, sollte sie ein ungutes Gefühl bekommen. Mit Aarti Sivilaringam hatte er eine Mitarbeitende, die solche Situationen bestens zu meistern vermochte.

«An die Arbeit, Fige und Elias, bon voyage. Haltet mich auf dem Laufenden. Danke!»

Zwanzig Minuten später – Brunner und Sivilaringam benutzten den ÖV – läutete es an einer Tür in der Gesellschaftsstrasse. Aarti schien es, als würde sie Frau Anderegg gegenüber hinter einem Vorhang erkennen. Miss Marple reloaded.

«Frau Riedo, ich habe gut Nachrichten für Sie – meinen Kollegen Brunner, der viele Jahre in Ihrer Nähe gewohnt hat, am Seidenweg 17, kennen Sie ja. Wir haben endlich von der Staatsanwaltschaft die Erlaubnis erhalten, uns offiziell bei Ihnen umschauen zu dürfen.» Mit diesen Worten überreichte die Polizistin das entsprechende Papier. Bei Brunner ging das Staunen über die eloquente Gesprächsführung seiner Kollegin weiter.
«Und was heisst das jetzt, Frau Aarti?»
«Wir gehen inzwischen davon aus, dass Ihr Mann am Gletscher nicht allein war, dass er gestossen wurde.»
«Wie kommen Sie darauf?»
«Das ist Gegenstand unserer Ermittlungen in alle Richtungen, ich kann

Ihnen nichts dazu sagen. Dürfen wir eintreten und uns umsehen? Es geht uns einzig darum, mögliche Hinweise zu finden, wer hinter der Tat stehen könnte. Um nichts anderes.»
«Muss ich bei Ihren Schnüffeleien dabei sein?» Den abfälligen Tonfall überhörten die beiden.
«Nein, danke, Frau Riedo, das ist nicht nötig, wir würden Sie rufen, falls wir Fragen hätten», antwortete Brunner ohne Gefühlsregung.

Mit diesen Worten betraten die beiden jenes Zimmer, in welchem sie sich schon gestern aufgehalten hatten. Nach einer Viertelstunde und wiederum vergeblichem Suchen riefen sie Frau Riedo, die nur eine Frage zu beantworten hatte: Wo hat Beat Neuenschwander seine bestimmt umfangreichen Dokumente aufbewahrt? Nein, es waren im Grunde genommen zwei Fragen: Gibt es einen zweiten Laptop? Karin Riedo sagte das aus, was bereits von Verlagsleiterin Annette Weber erwähnt worden war: Beat Neuenschwander pflegte um seine Recherchen ein grösseres Geheimnis zu machen und liess sich nicht in die Karten blicken. Dennoch: Gar nichts wurde in der Länggasse gefunden, nicht einmal ein Notizzettel. Einen zweiten Laptop schloss seine Frau aus. Was sie hingegen aus dem Gleichgewicht zu bringen schien: Die Aussage von Elias Brunner, dass sich im Moment Kollegen in Diemtigen umsehen würden.

«Sie haben ja gar keinen Schlüssel zum Chalet!», sagte sie ziemlich barsch.
«Unser Kriminaltechniker weiss, wie mit Türschlössern umzugehen ist, ohne Schaden anzurichten, das verspreche ich Ihnen. Sie brauchen keine Angst zu haben», beruhigte Brunner vorübergehend.
«Herr Brunner, was erhoffen Sie sich mit dieser Aktion?»
«Spielen wir mit offenen Karten, Frau Riedo. Ihr Mann ist oder war investigativer Krimiautor, er muss einen ganzen Haufen an Unterlagen haben, um seine Erkundigungen abzusichern. Diese Dokumente suchen wir, weil sie nicht hier sind. Nochmals: Wir müssen diese Akten einsehen können, vielleicht gibt es darin einen Hinweis auf eine mögliche Täterschaft. Einzig darum geht es uns. Also werden wir hier noch kurz in den anderen Zimmern und in Ihrem Keller sowie im Estrich nachsehen, wenn Sie gestatten.»
«Wir haben keinen Estrich.»
«Dann geben Sie uns doch bitte den Schlüssel zum Keller, zeigen Sie uns, wo er ist. Zuerst möchten wir uns aber hier oben noch umschauen.»
Im Untergeschoss die gleiche Situation mit dem gleichen Resultat wie im

Erdgeschoss: Fehlanzeige. Auch nicht nur ansatzweise eine Spur von Dokumenten in Zusammenhang mit der Arbeit des Krimiautors. Es blieb dem Duo Sivilaringam/Brunner nichts anderes übrig, als sich mit verdankenden Worten von Frau Riedo zu verabschieden. Immerhin hatte Frau Riedo vergessen, ihre Frage von gestern in Bezug auf Noah Iseli zu wiederholen. Noch bevor sich die Haustür hinter Ihnen ins Schloss fiel, drehte sich Sivilaringam nochmals zu Frau Riedo um, während Brunner sich aufs Trottoir begab – die Situation war abgesprochen.

«Frau Riedo, noch eine Frage unter uns beiden: Wie steht es um Ihre Ehe?»
«Ich verstehe Ihre anmassende Frage nicht, Frau Aarti, was soll das?», gab sich die Frau von Beat Neuenschwander ziemlich verärgert.
«Beantworten Sie doch einfach die Frage.»
«Nein, das werde ich nicht. Sicher nicht!»
«Dann werde ich diese Weigerung für mich einordnen.»
«Was hat man Ihnen denn erzählt, was?», hakte Karin Riedo sichtlich verärgert nach.
«Frau Riedo, weshalb beantworten Sie die Frage nicht einfach mit ‹Gut, weshalb fragen Sie?›»
«Wenn man Ihnen etwas anderes erzählt hat, dann war das bestimmt diese bösartige Anderegg.» Mit Ihrem Finger zeigte sie dabei auf das gegenüberliegende Haus, wo sich plötzlich ein Vorhang leicht bewegte. «Wissen Sie, würde ein Tram auf der Gesellschaftsstrasse fahren – diese Anderegg würde sich die Zeiten notieren, an denen das Tram vorbeifährt, die Alte hat sonst nichts anderes zu tun. Was hat sie Ihnen gesagt?»
«Frau Riedo, meine Frage ist ganz allgemeiner Art, ich verstehe Ihre plötzliche Aufregung nicht, will Sie damit aber nicht weiter belästigen, auf Wiedersehen». Aarti Sivilaringam drehte sich um und lief mit dem verärgerten Blick von Frau Riedo im Rücken in Richtung Elias Brunner.

Auf ihrem Weg Richtung Universität – jetzt zu Fuss in den Ringhof unterwegs – besprachen die beiden ihre Eindrücke vom Besuch, der im Prinzip keine neuen Erkenntnisse brachte. Diesen Bescheid bekam auch Stephan Moser zu hören, der zusammen mit Viktor Zimmermann Diemtigen «in ungefähr zehn Minuten» erreichen würde. Der Polizeiposten Spiez sowie der Gemeindeschreiber waren ins Bild gesetzt worden. Ziel ihrer Reise: Ein Chalet an der Diemtigtalstrasse.
Zurück im Büro, konnte Eugen Binggeli bereits mit Neuigkeiten aufwar-

ten. Zwar war noch immer nicht klar, woher Neuenschwander das Geld hatte, das er jeweils für sich selber einbezahlte, aber etwas anderes liess aufhorchen: Neuenschwander hatte eine Lebensversicherung über eine halbe Million Franken abgeschlossen. Nutzniesserin: Karin Riedo. Und das hiess nichts anderes, als dass seine Frau durchaus ein Interesse an seinem Ableben hatte, nebst dem normalen Erbe. Nur angenommen: Wie hätte sie das alles organisiert, schliesslich war Neuenschwander aus freien Stücken und unbegleitet im Hotel und in der Hütte? Und was war mit dieser Drohung, von der Riedo wusste? Was für einen Zusammenhang mit Iseli gab es? Diese theoretische Möglichkeit durfte nicht wirklich weiterverfolgt werden. Da hatten andere Erkenntnisse Vorrang.

Zur gleichen Zeit in Diemtigen: Für Zimmermann war die verschlossene Tür des Chalets keine wirkliche Herausforderung, vor allem nicht, als Moser freudestrahlend mit einem passenden Schlüssel um eine Hausecke daherkam, «unter einem Blumentopf vor dem Kellereingang versteckt.» Beide Herren wickelten anschliessend ihre Schuhe in Plastiküberzüge, auf Schutzkleidung und Gesichtsmasken hingegen verzichtete das Duo, da es kein Tatort war.

Das Innere des Chalets erfüllte jedes Cliché einer Ferienwohnung Marke «Bluemets Trögli», sogar mit Geranien auf dem Balkongeländer aufgehängt, die jemand in den letzten Tagen bewässert haben musste, derart schön präsentierten sich die weissen und roten Blumen. Oder aber das Gewitter von vorgestern Abend hatte die Blumen begossen. Zimmermann und Moser hatten beschlossen, das Haus «von unten nach oben» zu durchsuchen. Sie begannen folgerichtig mit dem Keller, wo einiges an Weinflaschen, Harassen mit Mineralwasser und jede Menge an Konserven zu sehen waren. Es roch in diesem Raum typisch nach Keller ohne Lüftung: leicht feucht, trotz oder gerade der Kieselsteine am Boden wegen.

Im Untergeschoss waren auch eine Waschküche und ein Öltank untergebracht, nebst einem kleinen Raum mit Werkzeugen für die Gartenpflege samt einem Elektrorasenmäher. Im Erdgeschoss, das die beiden Ermittler nach ihrem Betreten des Chalets schon einmal oberflächlich besichtigt hatten, befanden sich Küche, Esszimmer und Wohnraum. Auch hier: Nichts Besonderes, ganz komisch. Also musste sich ein Arbeitszimmer des Beat Neuenschwanders vermutlich oben befinden, nebst Bad und Schlafzimmer. So weit sollte es jedoch nicht kommen. Tollpatsch Zimmermann stolperte im Wohnzimmer über den Teppich, verlor das Gleichgewicht und fiel der Länge nach hin. Das heisst: Er fiel nicht zu Boden, sondern gegen das Bücherregal mit TV, das wiederum durch den Druck verschoben wurde. Bevor Zimmermann das Gestell wieder an seinen dafür vorgesehenen Platz schieben konnte, fiel ihm in der Wand eine versteckte Türe auf.

«Hoppla, hoppla, was haben wir denn hier?», entfuhr es ihm.
«Fige, was meinst du?», tönte es aus dem Esszimmer.
«Komm mal, Steff, schau dir das an!»

Moser tat wie befohlen – und wunderte sich. Die beiden Ermittler schoben das Gestell seitlich weg, Zimmermann konnte danach endlich seine Qualität als ein legaler Einbrecher mit dem Spezialwerkzeug und seinem Gespür im Handgelenk unter Beweis stellen und nach fünf, sechs Sekunden war ein leises Klicken zu hören. Zimmermann öffnete die Türe. Der Raum dahinter war dunkel, ein Lichtschalter vorhanden. Was das Duo nach Betätigen des Schalters zu sehen bekam, das war nun wirklich ganz speziell. Zuerst galt es, zehn Stufen einer Treppe hinabzusteigen, um einen Raum betreten zu können, der ganz offensichtlich erst nach der Fertigstellung des Chalets realisiert wurde – unter dem Rasen gelegen sowie fensterlos. Wie die Ermittler später erfahren sollten, schwärmte Neuenschwander den Nachbarn immer «von diesem fantastischem Weinkeller», den aber niemand jemals zu sehen bekommen hatte.

Der vermeintliche Weinkeller entpuppte sich als eine Art Kommandozentrale, wie man sie aus Spionagefilmen her kannte, mit mehreren Bildschirmen im Halbkreis um einen wohl sündhaft teuren Chefsessel gruppiert. Weder Zimmermann noch Moser wären erstaunt gewesen, hätte es von hier aus eine direkte Verbindung zu einem Satelliten gegeben. Minikameras lagen herum, zwei davon in Brillen integriert, Kopfhörer waren zu sehen, zwei Handys, vor allem jedoch drei Schränke, die mit massiven Zahlenschlössern gesichert wurden, als wären sie Tresore. Und an der übergrossen Pinwand hingen unzählige Zeitungsausschnitte, Fotos und Notizzettel. Zimmermann rief den Ringhof an, ersuchte um Verstärkung, derweil Moser seinen Chef darum bat, «den Staatser» zu informieren. Dies, nachdem er den «Kommandoraum» beschrieben hatte. Es folgte eine Frage, die sich bisher im Fall des verschwundenen Krimiautors überhaupt noch niemand gestellt hatte: War Neuenschwander nur ein investigativer Krimiautor, ein mehr oder weniger harmloser? Oder stand sein Verschwinden schlussallerends nicht in einem weit grösseren Zusammenhang, von dem niemand eine Ahnung hatte, auch seine Frau nicht? Und welche Funktion genau hatte die Satellitenschüssel auf dem Dach?

Sesam, öffne dich!
(Montag, 7. Juli)

«Das ist doch huere komisch», stellte Moser emotionslos fest, ohne seinen Worten einen Nachsatz anzuhängen.
«Für Ermittler ein Schlaraffenland. Es kommen angesichts der Fülle an Dokumenten gleich zwei Kollegen zu uns nach Diemtigen. Ich bin ja gespannt, was sich in den drei Schränken befindet.»
«Geht mir gleich Fige, bis dann können wir uns ja mit der Pinwand beschäftigen.»
«Auch wenn ich das hier alles so sehe, prima vista, da frage ich mich trotzdem, ob ...»
«Ja, Stephan?»
«... ob sein Verschwinden nur mit seiner Arbeit als Krimiautor zusammenhängt.»
«Wie meinst du das?»
«Seine Frau, die offenbar ein amouröses Verhältnis hat, mit einem Lover, von dem wir nur wissen, dass es ihn anscheinend gibt, mehr nicht.»
«Du meinst, diese Frau Anderegg könnte sozusagen undercover für uns Infos sammeln? Ich bitte dich ...»
«Nicht gerade das, aber sie könnte uns doch anrufen, falls sie feststellt, dass ...»
«... dass Mister Unbekannt Einlass begehrt?», komplettierte Zimmermann.
«Na ja, so ungefähr. Ist erst ein Gedankengang. Falls Neuenschwander für tot erklärt wird, macht sie doch den grossen Reibach.»
«Okay, behalten wir deine Überlegung mal in Kopf, zumindest im Hinterkopf. Für den Moment sollten wir uns hier umschauen.»

Keine wirkliche Überraschung stellte der Umstand dar, dass die drei Bildschirme respektive ihre Festplatten – wenn einmal gestartet – durch Passwörter geschützt wurden. Zimmermann und Moser versuchten gar nicht erst, diese zu knacken, dafür gab es Profis beim KTD. Gleiches galt für die Schlosskombinationen der Schränke.

Moser und Zimmermann waren sich nach zwanzig Minuten und dem Sichten der Pinwand einig: Bei keinem Foto, keiner Notiz, keinem Zeitungsausschnitt gab es einen ersichtlichen Zusammenhang mit den bisherigen Recherchen von Beat Neuenschwander. Kein Hinweis auf Drogen, Autoschiebereien, Raubkunst, geschweige denn auf Doping oder Sekten. Einige der Fotos zeigten vereinzelt Leute – mehrheitlich Männer – oder Situationen im Strassenverkehr, ohne scheinbare Verbindung zueinander. Eine Aufnahme fiel sofort auf: Sie zeigte undeutlich einen Mann und eine Frau, die sich in einem Zimmer mit zugezogenem weissem Tagesvorhang im Schlafzimmer liebten – das Foto mit grosser Wahrscheinlichkeit von einem Nachbargebäude mit Teleobjektiv aus aufgenommen. Moser liess seiner Fantasie freien Lauf. Er fragte Zimmermann, ob das nicht Frau Riedo sein könnte, zusammen mit ihrem Lover.

«Stephan, das ist weder das Haus an der Gesellschaftsstrasse, noch wurde das Pärchen von Frau Anderegg beobachtet und fotografiert. Und jetzt bist du wieder an der Reihe», meinte Zimmermann zu seinem Kollegen.
«Hat Neuenschwander selber den Paparazzi gespielt oder wurde ihm das Foto zugespielt, vielleicht auch durch einen beauftragten Privatdetektiv?», fragte Stephan Moser.
«Liegt da irgendwo eine Kamera?», erkundigte sich Zimmermann, um seine Frage nach wenigen Sekunden gleich selber zu verneinen. Umgehend schweifte sein Blick auf der Suche nach Antworten nochmals über die Pinwand.

Wie man es drehen und wenden wollte: Die Dokumente ergaben keinen Sinn. Zeitungsauschnitte zum Teil mit Sportresultaten, mit «Vermischtem», wie es viele Zeitungen auf ihrer letzten Seite abdrucken. Die Fotos im Strassenverkehr stammten von einer Dashkamera, zweifellos in der Schweiz, sowohl ausser- als auch innerorts aufgenommen. Spannend: Einige Kontrollschilder hatte Neuenschwander vom Papier weggekratzt, gerade so, als sollte niemand Schlüsse daraus ziehen können. Dennoch würde es für den KTD ein Leichtes sein, die Fahrzeuge anhand ihrer Heckpartie zu identifizieren, sollte sich das später als notwendig erweisen. Auch handschriftliche Notizen führten zu keinem Ergebnis, sodass die beiden Herren sich bis zur Ankunft der Kollegen aus dem KTD einzeln mit ihren Handys zu beschäftigen begannen. Nach einigen Augenblicken erinnerte sich Zimmermann plötzlich daran, dass sie vor lauter Schiebetür nicht daran gedacht hatten, den oberen Stock und einen möglichen Estrich zu durchsuchen.

Interessantes ergab sich im Schlafzimmer: Ein weiterer Sicherheitsschrank, in dem hinter Panzerglas zwei Jagdgewehre – «eine Steyr-Repetierbüchse und eine Blaser BBF 97» – standen, wie Zimmermann sofort feststellte, da selber Jäger. Eine dritte Aussparung, wo anhand von Kratzern im Holz vermutet werden konnte, dass dort eine Flinte abgestellt wurde, war unbenutzt. Das wiederum hiess allerdings nur, dass man die Jagdscheine nachzuprüfen hatte, um festzustellen, ob Neuenschwander zwei oder drei Gewehre besass – für den Moment ohnehin unerheblich. Einige Zeit später, Zimmermann und Moser wieder im Untergeschoss, fuhr das Auto des KTD vor, in dem eine Kollegin und ein Kollege sassen. Zwei Minuten später begrüsste man sich. Auch die vom Kriminaltechnischen Dienst verzichteten darauf, ihre Arbeitsmontur anzuziehen. In der Chalet-Kommandozentrale angelangt, meldete sich Urs Schneider.

«Fige, Steff, damit wir uns nicht falsch verstehen: Nur Marlene wird hier unten bleiben, damit sie in Ruhe arbeiten kann. Sie wird sich um die Zahlenkombinationen kümmern, weil in dieser Beziehung ein Ass. Ähhh, ich korrigiere mich, sorry Marlene, nicht nur in dieser Beziehung, auch sonst», was bei den Anwesenden zu einem Schmunzeln führte, weil intern längst bekannt, dass Marlene Bieri Ungewöhnliches zu leisten imstande war, ihr Ruf eilte ihr voraus. «Wir drei kümmern uns um die übrigen Räume. Schon was gesehen?», fragte Schneider.
«Jein», antwortete Moser, «im Schlafzimmer gibt es einen Waffenschrank, keine Ahnung, ob das etwas zu bedeuten hat.»

Nach diesen Äusserungen gingen die Spezialistinnen und Spezialisten ihrer Arbeit nach. Dies, nachdem die beiden KTD-Leute ebenfalls einen Blick auf die Pinwand geworfen hatten, ohne aber ihrerseits Zusammenhänge erkennen zu können. Immerhin gab ein bestimmtes Foto zu reden, wenn auch nur im Flüsterton.

Marlene Bieri untersuchte die drei in den Schranktüren eingebauten, runden Zahlenschlösser genau, sicherte mit einem Spezialtape mögliche Fingerabdrücke, untersuchte den Strip auch auf Fremdspuren, die sich jedoch nicht finden liessen. Ein Sprengstoffspezialist in Vollmontur zum Öffnen der Schränke wäre bei dieser Ausgangslage leicht übertrieben gewesen. Übrigens: die Zeiten, als man mit dem Ohr ein Klicken innerhalb des Schlosses zu hören hoffte, waren passé. Bei den Zahlenschlössern im Untergeschoss handelte es sich um elektronische Zylinder, die immer von einem Schutzmechanismus gesteuert werden. Das kann beispielsweise ein Code oder Passwort sein, ein Fingerabdruck oder andere Schutzmechanismen. Ein elektronischer Zylinder besitzt ein System, das dann aufgrund der Eingaben entweder Zugriff gewährt – oder eben nicht. Wenn das System Zugriff ermöglicht, sendet es einen Befehl an den Elektromotor, um das Schloss zu öffnen. Der Elektromotor dreht das Schloss und die Tür oder das Tor öffnet sich. Wenn die Tür dann wieder geschlossen wird, schliesst sich auch automatisch wieder das Schloss durch den elektronischen Zylinder. Dieser bleibt so lange verschlossen, bis der Schutzmechanismus erneut deaktiviert wird.

Mit einer zusätzlichen Art von Stethoskop, woran auch ein kleines, von ihr mitgebrachtes Kästchen hing, um die Zahlenkombinationen zu steuern, verfolgte Marlene Bieri das Geräusch des Mechanismus beim ersten Schrank. Und siehe da, nach wenigen Minuten murmelte sie: «Sesam, öffne dich!». Von Marlene Bieri war kurz danach ein leises Fluchen zu hören, weil Schloss Nummer zwei nicht so reagierte, wie sie es gerne gehabt hätte. Und dennoch: Nach knapp fünf Minuten rief sie ein zufriedenes «So, auch den dritten und letzten Tresor hätten wir überlistet, ihr könnt kommen!» lautstark durchs Haus. Alle anschliessend im Raum Anwesenden staunten über ihre Handhabung der drei Zahlenschlösser und gleichermassen über den Inhalt der Schränke: Was hatte denn das zu bedeuten? Zwei Schränke waren nämlich leer, beim dritten lagen nur vereinzelte Dokumente auf den Ablageflächen.

Man sah sich gegenseitig verwundert an, alle offenbar darauf wartend, dass jemand etwas sagen würde. Weil niemand auf die Umstände zu reden kam, beschäftigte sich Marlene Bieri zusammen mit Urs Schneider trotzdem damit, den gesamten Raum fotografisch festzuhalten. Moser und Zimmermann kontrollierten in diesen schätzungsweise zehn Minuten zum Teil zum zweiten Mal die übrigen Räume, in denen aber nach wie vor nichts Verdächtiges festgestellt werden konnte, sieht man einmal vom Gewehrschrank ab. Eine Rückfrage in Bern ergab, dass Neuenschwander zwei Waffenscheine für beide Gewehre besass, von einem möglichen dritten gab es hingegen keine Anhaltspunkte. «Tant pis» wie die Romands und «Henusode» oder «Sygseso» wie die Berner zu sagen pflegen.

Nach dem Fotoshooting zurück im Kommandoraum, hatten Zimmermann und Moser vorschriftsmässig ihre dünnen Schutzhandschuhe übergezogen, um die wenigen vorhandenen Dokumente in eine mit «Kriminaltechnik» angeschriebene Kiste zu legen. Weil es absehbar war, dass diese Arbeiten nicht lange dauern würden, verabschiedete sich das Duo Bieri/Schneider mit den drei Festplatten und den beiden Handys, in der Hoffnung, «dass wir bis zu eurer Rückkehr mehr Infos haben», womit Viktor Zimmermann und Stephan Moser gemeint waren.

«Fige, verstehst du, was da gespielt wird?»
«Wenn nicht eine Menge Daten auf den Festplatten zu finden sind, nein.»
«Was haben wir da? Immerhin zwei Pässe der Bundesrepublik Deutschland, beide auf Thomas Bornhauser ausgestellt», fuhr Zimmermann fort, der darin blätterte, «einer abgelaufen, aber mit vielen Stempeln, der andere taufrisch, noch nie benutzt.»
«Was sagt uns das?»
«Dass Neuenschwander sehr oft und erfolgreich als Thomas Bornhauser für Recherchen im Ausland unterwegs war. Die beiden Pässe sind übrigens erstklassig gefälscht, sie sind selber bei der Ein- und Ausreise hierzulande nicht als Fälschungen erkannt worden. Was hast du?»
«Spannendes. Einige Banderolen für 100er-Banknoten, gebrauchte.»
«Neuenschwander hat doch selber Einzahlungen auf sein Konto getätigt. Hoffentlich gibt es darauf Fingerabdrücke von Dritten festzustellen», nickte Zimmermann in Richtung der Banderolen. «Und sonst?»
«Komisch, ja, eine Ausgabe der NZZ, eine ältere, sieht aber nicht danach aus, als wäre sie jemals ausgefaltet worden. Das machen wir im Ringhof. Ansonsten Krimskrams, nehmen wir aber alles mit», stellte Stephan Moser fest.

Zehn Minuten nach dieser Konversation wurde das Chalet ordnungsgemäss abgeschlossen und die Ermittler machten sich auf den Rückweg nach Bern.

Ermittlungen in alle Richtungen
(Dienstag, 8. Juli)

Telefonisch hatte man gestern noch abgemacht, sich erst heute am Dienstag zu treffen, und zwar um sieben Uhr im Ringhof. Zimmermann betraute man mit der wichtigen Aufgabe, Gipfeli von Reinhard zu bringen. Er wohnte wie Joseph Ritter in Münsingen, kam mit dem ÖV zur Arbeit und konnte deswegen im Bahnhof Bern das Angenehme mit dem Nützlichen verbinden.

Es ging in den ersten Minuten darum, sich quasi zu sortieren. Hiess: Bei den Erkenntnissen das Wichtige vom nur scheinbar Dringenden, die Spreu vom Weizen zu trennen. Anwesend: Das Team Binggeli sowie Georges Kellerhals vom KTD, der sich gestern Abend – und die halbe Nacht lang – zusammen mit Viktor Zimmermann hinter die Festplatten und die beiden Handys von Beat Neuenschwander gemacht hatte.

«Damit wir uns richtig verstehen», begann Binggeli mit dem offiziellen Teil, «wir ermitteln für den Moment erst in Zusammenhang mit einem Vermissten, für einen Mordfall haben wir nicht einmal einen Anfangsverdacht.»
«Und das heisst?», wollte Sivilaringam wissen.
«Polizeikommandant, Staatser und Mediendienst habe ich schon gar nicht aufgeboten. Wir sind also entre nous sölöma. Aber wenn wir schon dabei sind: Was hat dein Besuch bei Frau Riedo gestern ergeben?»

Bekanntlich hatten Aarti Sivilaringam und Elias Brunner der Ehefrau von Beat Neuenschwander gestern einen Besuch abgestattet, zum Schluss – von Frau zu Frau – mit der doch eher kritischen Frage, wie es denn um die Ehe der Neuenschwanders stünde, was zu einer harschen Reaktion von Kathrin Riedo führte. Getroffene Hunde bellen bekanntlich, obwohl Sivilaringam Frau Riedo gegenüber mit keinem Ton erwähnte, dass Frau Anderegg diesbezüglich eine entsprechende Beobachtung gemacht hatte. Und sie sprach aus, was gestern in Diemtigen bereits angedeutet wurde: Was wäre mit der Idee, Frau Anderegg zu beauftragen, die Polizei anzurufen, sobald der offensichtliche Lover von Frau Riedo wieder auftauche?

«Forget it.»

Die kurze und unmissverständliche Antwort von Eugen Binggeli gebot den filmreifen Ideen des Teams Einhalt und liess keinen Spielraum für Interpretationen offen. Dennoch liess er nach seinem Machtwort einige Gedanken zur Erklärung folgen. Man stelle sich eine Urgrossmutter vor, die ähnlich wie Miss Marple als Spitzel für die Kapo Bern spioniert – ein gefundenes Fressen nicht bloss für den Boulevard. Zudem glaubte der Dezernatsleiter nicht, dass der Lover jetzt noch bei der Tür an der Gesellschaftsstrasse läuten würde, Frau Riedo habe bestimmt eine Vollbremsung eingeleitet, zumindest, was den Standort des Liebesnests betreffe. Und er rief noch ein letztes Mal in Erinnerung, dass man noch nicht von einem Verbrechen ausgehen könne. Ausser, dem KTD sei es gelungen, via Festplatten aus Diemtigen Entscheidendes herauszufinden, womit Georges Kellerhals ins Spiel kam.

Der Kriminaltechniker erzählte, dass es vergleichsweise einfach gewesen sei, die Passwörter für die Festplatten herauszufinden, im gleichen «Easy going»-Stil sei es jedoch nicht weitergegangen, seine ersten Erkenntnisse seien deshalb noch lückenhaft, Zimi würde heute Morgen nach der Sitzung weiter an der Arbeit sein. Was sich dennoch sagen lasse: Beat Neuenschwander arbeite papierlos, was die beiden leeren Schränke im Chalet erkläre, denn dort hatte Zimmermann anhand von Spuren festgestellt, dass früher viele Ordner nebeneinandergestanden hätten. Alles, restlos alles, sei heute auf den drei Festplatten zu finden. Jede Quittung, jede Mail, jede Telefonnotiz, alles, was seine Recherchen und Kontakte zu den bisherigen neun Krimis betreffe.

Die beiden sichergestellten Pässe mit dem Pseudonym Thomas Bornhauser würden gegenwärtig näher untersucht, sie seien bereits bei Fedpol, das ihrerseits das BKA und Europol zuschalten werde, denn es sei unwahrscheinlich, dass die Pässe in der Schweiz hergestellt wurden. Und auf den Geldbanderolen seien nur die Fingerprints von Beat Neuenschwander festzustellen. Mit einer Ausnahme, die jedoch in keiner Datenbank gespeichert sei. Das bisher Gelesene hätte keine neuen Erkenntnisse gebracht, «aber wie gesagt, wir sind an der Sache nach wie vor dran».

«Schöre, und was ist mit der NZZ, die wir gefunden haben?», fragte Stephan Moser neugierig.

«Steff, die datiert zwar vom 27. Januar 2021 – wurde jedoch nicht entfaltet. Das haben wir getan.»
«Mit welchem Resultat?»
«Nun … Frau Riedo und Matthias Mast haben uns ja erzählt, dass Neuenschwander in Bezug auf Geldwäsche und Kryptowährungen unterwegs war. Liechtenstein wurde ebenfalls erwähnt, das Darknet ebenso.»
«Was nicht wirklich meine Frage war, Herr Kollega …»
«Steff, tue itz nid hässele!», funkte Binggeli dazwischen, «Schöre, wir hören dir zu …», mit leicht säuerlichem Blick zu Moser.

Georges Kellerhals erklärte zusammenfassend, was in einem NZZ-Interview zu lesen stand, stark gekürzt: Gewisse Zeitgenossen mit krimineller Energie fokussieren sich auf Geldtransfers und Geldwäsche, selber Kryptowährungen werden im Darknet ein paar Mal umgewälzt. Die Verfolgung einer Zahlung ist nur ein Mittel, um herauszufinden, wer hinter illegalen Aktivitäten steckt. Man kann versuchen, die Kriminellen an ihren Verhaltensmustern zu erkennen, daran, welche Hilfsmittel sie verwenden und welche Infrastruktur sie benutzen. Jedoch auch ganz klassische Dinge, etwa welche Sprache sie sprechen und zu welchen Uhrzeiten sie agieren. Die Schliessung dieser sogenannten Marktplätze ist nicht ganz einfach. Man muss zunächst herausfinden, wer hinter der Plattform steckt, wo die Server stehen, und dann muss man in die Seite eindringen, um Zugang zum Server zu bekommen. Zuweilen will man Plattformen erst beobachten, um herauszufinden, wer dahintersteckt. Für die Kriminellen ist es ein Vorteil, dass sie im Internet mit ihrer Infrastruktur umziehen können. Wenn die Hintermänner nicht dingfest gemacht werden, kann der gleiche Markt an anderer Stelle wieder aufpoppen. Die Kriminellen haben Sicherheitskopien und können das Ding wieder hochziehen. Hinzu kommt die Herausforderung der internationalen Zusammenarbeit: Das Recht wird nicht überall auf der Welt gleich angewendet.

«Schöre, hast du eine Ahnung, was das im Fall von Neuenschwander bedeutet? Oder jemand anderes?», fragt der Derzernatsleiter in die Runde.
«So wie das tönt», ergänzte Elias Brunner, «haben wir hier die drei Elemente, die Neuenschwander verfolgt haben könnte: Geldtransfers, Geldwäsche und Kryptowährungen.»
«Und Liechtenstein?», fragte Aarti Sivilaringam.

«Da werden wir uns mit den Kollegen der Wirtschaft kurzschliessen müssen», stellte Binggeli fest.
«Eine ganz andere Überlegung ...», konterte Aarti, um sogleich von Brunners Kommentar abgeschnitten zu werden.
«Wie wir es von unserer Kollegin gewohnt sind.»
«Iutschiin, und wenn Neuenschwander nicht an der Recherche für einen Krimi war ...?»
«Sondern?», wollte nun Binggeli wissen.
«Er selber mitgemischt hat? Ich meine – diese Zahlungen in eigener Sache. Woher die Kohle? Oder machen gar Frau Riedo und ihr Lover gemeinsame Sache?»
«Keine schlechten Überlegungen, Aarti. Wir sollten unbedingt auch in diese Richtungen ermitteln.»
«In *alle* Richtungen, wie wir und unsere Mediensprecherinnen jeweils sagen», beendete sie ihre Überlegungen mit einem Schmunzeln, dem sich die anderen anschlossen.

«Da stehen wir also und sind so klug wie zuvor», versuchte sich Binggeli hingegen an Goethes Faust, angereichert mit einer persönlichen Note an Ironie. Seine Frage «Was nun, liebe Runde?» führte zu langen Gesichtern, sodass man sich nach einem kurzen Palaver dafür entschied, zwar nicht gerade das Spieglein an der Wand zu befragen, wohl aber die Infowand zu updaten, sodass die Aufträge für die nächsten Tage zugeteilt werden konnten. Nach einer Viertelstunde stand zu lesen:

Umfeld Kathrin Riedo + Finanzielles
Lover?
Recherchen KTD Festplatten / Handys
Parallelen / Drohungen Neuenschwander und Iseli
Auskünfte Wirtschaftsdezernat
Nachfragen Mast / Liechtenstein
Mögliche Bergung aus Gletscher
Überweisungen in eigener Sache
Was steht sonst in der NZZ?
Lebensversicherung – wann abgeschlossen?
Bedeutung Pinwand, Zeitungsartikel, Fotos
Schlafzimmerfoto
Autos mit weggekratzten Kontrollschildern

«Junkyard!», stiess Binggeli plötzlich in einer Art Wutanfall aus, mit der Hand auf die Infowand zeigend, was zu verwunderten Gesichtsausdrücken führte.
«Junkyard dog kommt in einem Song von Jim Croce vor», versuchte Brunner die geladene Armbrust zu entspannen.
«Jaja, Elias, I know, ‹bad bad Leroy Brown›. Und jetzt versuchen die Woke-Leute ihm einen Strick daraus zu drehen, weil Brown rassistisch sein soll, ebenso der Junkyard dog. Über fünfzig Jahre nach seinem Tod!»
«Aber das hast du ja nicht gemeint, mit deiner Bemerkung. Worum dieser Vulkanausbruch?», hakte Elias Brunner nach.
«Schaut euch doch die Stichworte auf der Infowand an!», Binggeli hatte sich noch immer nicht beruhigt. «Fällt euch nichts auf?»
Ratlosigkeit und Schulterzucken.
«Mir fällt es wie Schuppen von den Augen ... Neuenschwander führt uns doch an der Nase herum, mit seinem Verschwinden. Der ist doch quicklebendig, will, dass wir auf seine Masche hereinfallen und ihn schliesslich für tot erklären. Das ist doch Gugus, und wir lassen uns an der Nase herumführen, wie Amateure.»
«Iutschiin, jetzt bist du aber zu streng zu uns allen», meinte die Kriminalistin.
«Aarti, du hast doch vor einigen Augenblicken gemutmasst, dass ...»
«Nicht nur ich.»
«Hallo? Was heisst das?», warf Binggeli hinterher, der noch immer tobte.
«Wir haben untereinander darüber gesprochen, dass dieser Gletscher nur Mittel zum Zweck ist.»
«Soso, habt ihr ... Ohne eure Gedanken mit mir zu teilen? Wie finde ich das?», kam in einem ziemlich hässigen Ton daher. Brunner versuchte zu intervenieren, zu schlichten, vor allem aber Sivilaringam aus dem Schussfeld zu nehmen.
«Ich habe gehört, was ich nicht hören will, liebes Team, macht doch gleich allein weiter, mich braucht es anscheinend nicht mehr!» Binggeli stand auf und knallte die Tür hinter sich zu, seine Leute wort- und ratlos hinter sich zurücklassend.

Als sie sich wie nasse Pudel ausgeschüttelt und gefasst hatten, erging von Moser die Frage an Kellerhals, ob «Iutschiin» seinerzeit im KTD auch mit derartigen «Intermezzi» aufgefallen sei, wobei sich Moser umgehend korrigierte und von «Zwischenfällen» sprach. Kellerhals musste zuerst nachdenken, sprach nach einigen Sekunden indes davon, dass er seinen Kollegen nur einmal mit einem solchen Ausbruch erlebt habe. Damals aber mit einem besseren Grund, ging es seinerzeit nämlich um einen Hinweis, dem Binggeli bei Ermittlungen glatt übersehen hatte.

Kellerhals versuchte sich anschliessend als Wahrsager, vermutete, dass «Kollega Binggeli» sein inneres Gleichgewicht in Kürze wiederfinden würde. Er schlug vor, dem Chef einen Zettel aufs Pult zu legen. Mitteilung: «Wir sind beim Znüni.» Mehr nicht. Würde er während ihrer Abwesenheit ins Büro zurückkehren, wüsste er, wo sein Team plus KTD-Anhang hinzugehen pflegte, nämlich für kurze Pausen ins Personalrestaurant. Als das Team nach zwanzig Minuten zurückkehrte, sass Binggeli in ein Dokument vertieft an seinem Pult. Ziemlich zerknirscht. Er würdigte seine Leute keines Blickes, sagte kein Wort. Erst nach zwei, drei Minuten schaute er auf und der Reihe nach Sivilaringam, Moser, Kellerhals und Brunner in die Augen.

«Sorry, tut mir leid. Nach der Feststellung, dass wir uns im Dickicht verirren, hat es mich vertätscht, weil ihr weiter als ich denkt.»
«Du wirst jetzt aber deswegen deinen Posten nicht zur Verfügung stellen, nicht wahr?» Mit dieser Feststellung fasste Moser jene Gedanken kurz zusammen, die während der Pause ausgesprochen wurden.
«Sicher nicht. Am meisten nervt mich, dass ich die Beherrschung verloren habe, das hat niemand von euch verdient. Ich bitte um Verzeihung.»
«Bewilligt», antwortete Moser, derweil seine Kollegin und die beiden Kollegen mit Kopfnicken die Äusserungen ihres Sprechers bestätigten, «Iutschiin, forget it. Konzentrieren wir uns auf Neuenschwander, wenn ich dir das vorschlagen darf.»
«Ebenfalls bewilligt», entgegnet der Dezernatsleiter mit einem noch etwas zerknirschtem Grinsen im Gesicht.

Für die weitere Vorgehensweise nach dem Motto «Wählen wir in unserer Auswegslosigkeit doch einen völlig anderen Ansatz» folgte man einer Geschichte, die Binggelis Vater einmal erzählt hatte und ins Jahr 1968 zurückreichte, als es darum ging, einen gordischen Knoten zu durchtrennen. Damals wurden die Olympischen Sommerspiele in Mexico City ausgetragen, auf 2200 Meter ü. M. gelegen, erstmals auf einer Tartanbahn, für welche die bisherigen Sprinterschuhe – für Aschenbahnen konzipiert – nichts taugten, weil sie zu lange Dornen hatten. Puma entwickelte deshalb einen Wunderschuh, der als Bürstenschuh bekannt wurde, mit 68 kleinen Dornen unter den Fussballen. Adidas konnte dem Schuh kurzfristig kein eigenes Pendant bieten und liess das Puma-Produkt kurzerhand verbieten, weil mit mehr als die bisher erlaubten elf Dornen ausgestattet. Einmal mehr hatten sich die Dassler-Brüder – Rudolf von Puma, Adolf «Adi» von Adidas, beide Fabriken in Herzogenaurach bei Nürnberg zuhause – vor der Öffentlichkeit gegenseitig bekämpft. In einem Interview wurde der Chefdesigner von Puma gefragt, wie die Firma auf die Idee des Modells Sacramento gekommen war. Seine Antwort: «Ich habe unseren Designern gesagt, sie sollten alles vergessen, was sie zu Sportschuhen wüssten und den idealen Schuh für eine Tartanbahn bei geringerem Luftwiderstand entwickeln. Bei gleicher Gelegenheit haben wir die traditionelle Schnürung durch den Velcroverschluss abgelöst.»

Der nun allgemeinen Erkenntnis folgend, dass das Verschwinden nur Mittel zum Zweck war, wurden auf der Infotafel jene Stichworte gestrichen, die mit dem Verschwinden auf dem Gletscher zu tun hatten. «Reduce to the max», wie ein Slogan zu Beginn der Produktion des Kleinwagens Smart hiess. Die zuvor entfernten Begriffe wurden ersetzt, sodass sich zum Schluss folgende To-do-Liste herauskristallisierte:

Steinwurf / Drohungen per Post
Umfeld Kathrin Riedo, Lover?
Parallelen / Drohungen Neuenschwander und Iseli
Finanzen, Überweisungen in eigener Sache
Darknet / Recherchen mit Wirtschaftsdezernat
Lebensversicherung – wann abgeschlossen?
Bedeutung Pinwand, Zeitungsartikel, Fotos
Schlafzimmerfoto mit Tele
Autos mit weggekratzten Kontrollschildern

Mit anderen Worten: Zurück auf Feld eins, in jeder Beziehung. Dennoch: Frau Riedo durfte über die neue Weichenstellung nicht informiert werden, sie sollte nach wie vor an die Vermisstenmeldung auf dem Gletscher glauben und sich in Sicherheit wähnen. Der KTD erhielt den Auftrag, alle Daten auf den Festplatten und den Handys genauestens zu überprüfen, vor allem scheinbar Belangloses galt es zu hinterfragen, weil sich dahinter möglicherweise bisher Unbekanntes unter Decknamen versteckte, das nur Neuenschwander und mögliche Geschäftspartner wussten. Binggeli übernahm es, die neue Ausgangslage den beiden Staatsanwaltschaften – Bern Mittelland und Berner Oberland –, den Mediensprecherinnen und dem Polizeikommandanten zu erklären. Unter Umständen gab es seitens dieser Leute den einen oder anderen Hinweis zu verfolgen.

«Iutschiin, wenn wir nicht mehr von Mord ausgehen, ist der Fall nicht eher etwas für das Dezernat für Wirtschaftsdelikte?»
«Berechtigte Frage, Schöre. Ich werde mich deshalb noch bei der kantonalen Staatsanwaltschaft für die Verfolgung von Wirtschaftskriminalität schlau machen.»
«Und wenn du ihnen erklärst, dass wir vordergründig nur dieser Vermisstenmeldung mit einem möglichen Verbrechen nachgehen, hintergründig aber andere Ziele verfolgen?»
«Meine Gedanken, Elias. Genau darum wird es gehen, dies in Zusammenarbeit mit unseren Kollegen des Dezernats für Wirtschaftsdelikte.»

Die kantonale Staatsanwaltschaft für die Verfolgung von Wirtschaftsdelikten untersucht bedeutende Fälle von Wirtschaftskriminalität. Sie ist im ganzen Kantonsgebiet tätig. Bei den untersuchten Fällen von Wirtschaftskriminalität handelt es sich in der Regel um Fälle mit Vermögens- und Urkundendelikten, Geldwäscherei, hohem Deliktsbetrag, grossem Aktenumfang, grosser Anzahl beteiligter Personen, interkantonaler oder internationaler Vernetzung, Beizug von Bücherexpertinnen und Bücherexperten sowie Fälle mit Anklageerhebung beim Wirtschaftsstrafgericht.

«Schöre, kannst du uns nachher die beiden Drohbriefe bringen, die Neuenschwander und dieser Iseli aus Stein am Rhein erhalten haben, samt den Briefumschlägen? Und ja, ich weiss, dass es keine verwertbaren Spuren darauf gibt. Trotzdem», fordert Binggeli Kellerhals auf.
«Klar, mach ich sofort, so vergesse ich es nicht…», worauf dieser das Büro verliess, um nur einige Minuten später zurückzukehren. Binggeli bat den Kriminaltechniker, nochmals in Diemtigen vorbeizugehen, mit Zimmermann, und im Chalet «alles auf den Kopf zu stellen». Und das… umgehend. Ohne Murren quittierte Kellerhals den Wunsch des Dezernatsleiters, um sich subito auf den Weg zu machen.

Somit war das Team des Dezernats Leib und Leben der Kapo Bern unter sich. Binggeli schlug seinen Leuten «als eine Form von Wiedergutmachung für meinen Ausraster» vor, gemeinsam zum Zmittag ins Restaurant du Nord zu gehen, «auf meine Kosten, versteht sich». Alle lehnten ab – nicht das Mittagessen an sich, sondern die Einladung. Moser brachte es auf den Punkt: «Deine Entschuldigung ist für uns Motivation genug, am gleichen Strick zu ziehen.»

In der folgenden Stunde besprach man sich zu Tisch, von anderen Gästen durchaus beobachtet – das Team war inzwischen stadtbekannt –, allerdings ausser Hörweite. Überlegungen wurden hin- und hergeschoben, angesprochen, verworfen, bis gleichzeitig mit dem Kaffee alle wussten, in welche Richtungen sie zu ermitteln hatten. Als sie das Lokal an der Ecke Lorrainestrasse/Dammweg verliessen, fuhr das Duo Kellerhals/Zimmermann in Diemtigen ein, das Chalet von Neuenschwander nur noch einige hundert Meter entfernt.

«Zimi, mir kommt im Moment ein Kommentar von Matthias Lerf in der Berner Zeitung nach einem Tatort-Krimi in den Sinn ...»
«Nämlich?»
«Wenn ich mich richtig erinnere, hat er sinngemäss kommentiert, dass es die grösste Sünde in einem Krimi sei, mitten in der Story einen Gamechanger einzubauen und das bisherige Drehbuch über den Haufen zu werfen.»

Ein Gamechanger ist wörtlich auf Deutsch übersetzt ein Spielveränderer. Das kann je nach Verwendung eine Person, ein Gegenstand oder eine Situation sein, die alles komplett verändern. In der Wirtschaft ist ein Gamechanger oft ein Produkt, das den gesamten Markt verändert. Zum Beispiel erscheint ein neues Handy auf dem Markt, das alle Konkurrenten technologisch übertrifft. Branchen, Strategien und Märkte können sich durch den starken Einfluss des Gamechangers verändern. Der Ausdruck Gamechanger bedeutet somit, Regeln und Gewohnheiten aufzubrechen. Er schafft eine völlig neue, unbekannte Situation. Auch in der Jugendsprache wird der Begriff mit der gleichen Bedeutung häufig verwendet.

«Schöre, sehe ich jetzt aber nicht ganz so.»
«Und weshalb nicht?»
«Erstens ermitteln wir nach wie vor im bisherigen Umfeld.»

«Und zweitens?»
«Wir haben es immer noch mit den gleichen Protagonisten zu tun, möglicherweise in veränderten Rollenspielen.» Es folgte nach dieser Feststellung ein abruptes Bremsen, sodass die Sicherheitsgurte das taten, wofür sie konstruiert wurden. «Lueg mau!», bekam Kellerhals zu hören.
«Hallo? Was isch mit dir los?», antwortete dieser nur.
«Dort drüben, vor dem Chalet, das ist doch Frau Riedo!»
«Woher weisst du das, hast du sie schon einmal kennengelernt?»
«Stichwort Foto an der Infowand. Sie scheint das Haus zu verlassen …»
«Ich selber habe den Polizeikleber angebracht, auch Madame Riedo hat dort drinnen nichts zu suchen, schon gar nicht ohne vorherige Anfrage.»

Die beiden Ermittler fuhren vor das Chalet und stellten ihren Wagen so ab, dass Frau Riedo nicht wegfahren konnte, was zu einem unüberhörbaren Gefluche der Fahrerin führte. Gestenreich bedeutete sie den ihr unbekannten Herren im zivilen Fahrzeug, dass sie ihr Gefährt sofort umparkieren sollten. Das Gegenteil passierte. Noch bevor sie sich ausgewiesen hatten, begann eine kurze Befragung in freier Natur.

«Frau Riedo?», fragte Kellerhals.
«Was geht Sie das an? Wer sind Sie überhaupt? Fahren Sie ab, und das im wahrsten Sinne des Wortes!», worauf Zimmermann und Kellerhals ihre Ausweise zückten.
«Würden Sie bitte die erste Frage beantworten? Sie sind Frau Riedo?»
«Was fragen Sie, wenn Sie es eh wissen?»
«Reine Routine. Sie waren soeben im Haus?»
«Ja, es ist unser Haus. Was erlauben Sie sich eigentlich? Verschwinden Sie!»
«Frau Riedo, haben Sie die Kleber an den Türen nicht gesehen?»
«Gehen die mich etwas an? Nochmals, das ist unser Chalet, da gehe ich ein und aus, so wie es mir passt, Kleber hin oder her!» Mit jedem Satz wurde Kathrin Riedo ausfälliger, im Gegensatz zu Georges Kellerhals.
«Frau Riedo, die Kleber gelten für alle. Darf ich Sie fragen, was Sie im Haus gemacht haben?»
«Was wollen Sie überhaupt von mir, Herr …?»
«Kellerhals. Bitte beantworten Sie einfach meine Frage. Was haben Sie im Haus gemacht, was haben Sie in dieser Tasche?»
«Das ist Privatsache, das geht Sie gar nichts an.» Kellerhals verzichtete auf die Frage, ob Frau Riedo gerade die Arbeit der Polizei gemacht habe.

«Sie haben das Haus ...»
«*Unser* Haus! Brauchen Sie ein Hörgerät? Ein Kind im Ohr?»
«Sie haben das Haus widerrechtlich betreten, verweigern uns einen Blick in die Tasche. Ich muss Sie deshalb bitten, mit uns in die Zentrale nach Bern zu kommen, in den Ringhof.»
«Das werde ich sicher nicht!»
«Frau Riedo, wir können Sie auch mit einem Streifenwagen abholen lassen, wenn Ihnen das lieber ist. Die Aufmerksamkeit Ihrer Nachbarn hätten Sie bestimmt.» Kellerhals blickte in diesem Moment zu seinem Kollegen, mit Kopfnicken signalisierte er ihm, dass er Frau Riedo auffordern soll, hinten im Auto Platz zu nehmen. Sie weigerte sich weiterhin.
«Frau Riedo, wir haben überhaupt kein Interesse, hier eine unschöne Szene zu veranstalten. Bitte begleiten Sie uns nach Bern. Wenn die Befragung abgeschlossen ist, wird Sie jemand wieder hierherfahren, um Ihren Wagen abzuholen. Selbstverständlich steht es Ihnen frei, einen Rechtsvertreter zum Gespräch beizuziehen», meinte Zimmermann.

Mit sichtlichem Widerwillen befolgte die Ehefrau von Beat Neuenschwander nun die Anweisungen von Viktor Zimmermann, der sich zu ihr in den Fond gesellte. Noch vor ihrer Abfahrt informierte Kellerhals den Dezernatsleiter über die überraschenden Umstände, damit dieser die Befragung vorbereiten konnte, samt einem Beschluss der Staatsanwaltschaft, den Inhalt ihrer Tasche untersuchen zu können, konnte man doch davon ausgehen, dass die Frau nicht bloss Zahnpasta oder Eau-de-Toilette eingepackt hatte.

Während der Fahrt nach Bern wurde nur einmal gesprochen, nämlich als Frau Riedo ihren Anwalt anrief, mit der Bitte in einer Stunde im Ringhof zu erscheinen. Sie erklärte ihm ganz kurz die Umstände, ohne aber auf ihren Hausbesuch oder die Tasche einzugehen. Was Zimmermann/Kellerhals natürlich nicht hören konnten: Der Anwalt – in der Bundesstadt bestens bekannt – riet seiner Mandantin, vor seinem Eintreffen jede Aussage zu verweigern, was durchaus im Sinn von Frau Riedo war.

Ein versteckter Stick
(Noch immer Dienstag, 8. Juli)

Eugen Binggeli informierte sein Team unverzüglich über den Anruf und bat Elias Brunner, seine Arbeit vorerst zu unterbrechen, um die Befragung von Frau Riedo vorzubereiten. Binggeli wollte ihn mit am Tisch haben. Auch Aarti Svilaringam und Stephan Moser wurden gebeten, ihre «Hirni» in den Befragungsmodus zu stellen, damit diese unerwartete Gelegenheit «comme il faut» angegangen werden konnte. Staatsanwalt Martin Schläpfer hatte zugesagt, das Papier zur Untersuchung der Tasche sowie die Überprüfung der Daten des Handys von Frau Riedo bis zum Treffen zu mailen.

Auf Binggelis Pult lagen übrigens die beiden Drohbriefe von Unbekannt, die Iseli und Neuenschwander erhalten hatten. Weil in den letzten Tagen jede gute Fee an der Amtsstube ohne Halt zu machen vorbeigeflogen war, gab es keine Inputs zum Absender. Was es herauszufinden galt: Gab es mehr als diese beiden zufälligen Treffen zwischen Iseli und Neuenschwander, der eine ein investigativer Journalist, der andere ein recherchierender Krimiautor? Wo versteckte sich die Verbindung? Binggeli wusste, dass er nochmals Eric Schuler von der Kapo Schaffhausen anrufen und ihn befragen musste. Noch war er aber mit dieser Kontaktnahme nicht so weit.

Gerade als das Team die Fragen für Frau Riedo gesammelt hatte, meldete sich Kellerhals vom Empfang aus. Binggeli bat beide ins Gesprächszimmer. Kellerhals erwähnte noch, dass Aleksander Posch, der Anwalt von Kathrin Riedo, jeden Moment auch eintreffen werde. Er werde deshalb noch auf ihn warten. Dennoch begaben sich Binggeli und Brunner bereits in den für die Befragung vorgesehenen Raum, unterwegs stichwortartig die Fragen wiederholend. Der Dezernatsleiter hatte auch den notwendigen Beschluss des Staatsanwalts erhalten. Fünf Minuten später klopfte Kellerhals an die Tür, Riedo und Posch im Schlepptau. Binggeli bedankte sich beim Kriminaltechniker und bat die beiden Gäste Platz zu nehmen, während er für ihr Erscheinen dankte. Auf dem Pult standen vier Gläser und zwei Mineralwasserflaschen, einmal mit, einmal ohne Kohlesäure. Posch und Riedo lehnten ab, Posch kam umgehende zur Sache.

«Was werfen Sie meiner Mandantin vor?»
«Herr Posch, damit wir uns richtig verstehen: Wir werfen Frau Riedo nichts vor, wir möchten sie lediglich befragen, weshalb auch kein Aufnahmegerät auf dem Tisch steht», stellte Binggeli richtig.
«Worum geht es?»
«Frau Riedo hat widerrechtlich ihr Chalet in Diemtigen betreten.»
«Wie Sie korrekt sagen, handelt es sich dabei um ihr eigenes Eigentum», kommentierte Posch.
«Beim Chalet waren alle Türen mit einem Polizeisiegel versehen, Betreten verboten.»
«Frau Riedo trug eine grössere Tasche in der linken Hand, mit der rechten öffnete sie die Haustür, die Sicht auf den Kleber wurde dabei verdeckt. Es geht ja nur um diese eine Türe, die anderen wurden nicht benutzt», klärte der Anwalt auf.
«Das stimmt», bekamen die Vis-à-vis von Elias Brunner zu hören.
«Na also. Und deshalb werden wir jetzt gehen. Kommen Sie, Frau Riedo.»
«Moment, wir möchten nicht unhöflich sein und Sie bereits jetzt verabschieden.»
«Herr Binggeli, diese Formulierung ist weder passend noch originell. Sie zeugt auch nicht von professionellem Verhalten. Also: Was ist los? Und fassen Sie sich kurz. Ich habe nicht ewig Zeit.»

Binggeli – er hatte sich für seine Worte nicht entschuldigt – und Brunner wechselten sich in der Folge mit Äusserungen ab, fassten das Verschwinden von Beat Neuenschwander zusammen: seine beiden Übernachtungen, mehrere Spuren im Schnee, die in eine Gletscherspalte gemündet hatten, bevor ein Erdstoss den Zugang zum Verunfallten verunmöglichte. Es wurde auch erwähnt, dass man Spuren an der vermuteten Absturzstelle des Krimiautors gefunden und sein Handy in der Spalte lokalisiert habe.

«Herr Posch, weil wir in alle Richtungen ermitteln – ermitteln *müssen* – sind einige Fragen zum Verschwinden von Herrn Neuenschwander aufgetaucht. Es geht auch um Geldbeträge, die er sich selber überwiesen hat. Ebenso hat ein glaubwürdiger Journalist – Binggeli vermied es, Matthias Mast mit Namen zu nennen – uns nach seiner Begegnung mit dem Vermissten erzählt, dass seine aktuellen Recherchen im Vergleich zu den bisherigen Büchern möglicherweise eine neue Dimension annehmen oder angenommen haben und er erpresst wurde.»

«Und was wollen Sie uns damit sagen?», worauf das Wort zu Elias Brunner wechselte.
«Wir können ein Verbrechen nicht ausschliessen. Sie wissen um die Drohung, die Frau Riedo im Briefkasten vorgefunden hat?»
«Selbstverständlich.»
«Deshalb waren wir gestern bereits in Diemtigen, haben zum Schluss die Kleber angebracht.»
«Und? Sind Sie fündig geworden?»
«Das ist Gegenstand unserer Ermittlungen, weshalb ich Ihnen und Ihrer Mandantin nicht mehr sagen kann. Uns interessiert jedoch, was sich in der besagten Tasche befindet. Und bevor Sie sich dagegen sperren – hier ist die Verfügung der Staatsanwaltschaft.» Posch erhielt mit diesen Worten das Dokument überreicht. Er bat darum, sich allein mit seiner Mandantin besprechen zu können, weshalb Binggeli und Brunner das Zimmer verliessen, um in fünf Minuten zurückzukehren, wie sie die beiden informierten. Posch zeigte sich damit einverstanden. Fuchsteufelswild wurde er erst, als die Ermittler «zur Sicherstellung» die Tasche und eine kleinere Handtasche mitnahmen, ausdrücklich mit der Zusage, sie noch nicht nach dem Inhalt zu untersuchen. Diese Vorsichtsmassnahme hatten sie ergriffen, weil kein Einwegspiegel einen versteckten Einblick in den Raum erlaubt hätte. Mit der Massnahme wollten die Herren sicherstellen, dass Frau Riedo ihrem Anwalt nicht unbemerkt etwas hätte zustecken können.

Alexander Posch, gebürtiger Österreicher, war in der Justizwelt kein unbeschriebenes Blatt. Im Gegenteil: Einige in der Öffentlichkeit Aufsehen erregende Prozesse hatte er in den letzten Jahren für seine Mandanten entscheiden können.

Beim Warten sprachen Binggeli und Brunner praktisch nichts, sogar die Taschen blieben unerwähnt. Bereits nach drei Minuten wurde die Tür geöffnet, Posch bat die Wartenden herein, mit der spöttisch vorgetragenen Aufforderung «Taschen nicht vergessen».

«Was genau suchen Sie?», wollte Posch wissen.
«Frau Riedo soll uns das doch sagen», erwiderte Elias Brunner.
«Meine Mandantin wird sich dazu gar nicht äussern.»
«Getreu der Feststellung ‹Alles, das Sie jetzt sagen, kann später vor Gericht gegen Sie verwendet werden. Sie können die Aussage verweigern, um

sich nicht selber zu belasten und einen Anwalt beiziehen›, was hier der Fall wäre.»
«Herr Brunner, ich könnte es nicht besser formulieren.»
«Dann bitte ich darum, dass Frau Riedo uns den Inhalt ihrer grösseren Tasche zeigt und uns ihr Handy vorübergehend überlässt, damit wir ihre letzten Kontakte checken können. Gleiches gilt auch für ihre Handtasche», wozu Alexander Posch seine Mandantin mit Kopfnicken aufforderte.

Die Enttäuschung des ermittelnden Duos stand in ihren Gesichtern geschrieben, als sie sahen, was da auf dem Tisch ausgebreitet wurde – sehr zur Freude des Rechtvertreters. Nichts, was einen Zusammenhang mit Beat Neuenschwander ergeben hätte. Nur: Für diese Utensilien war Frau Riedo sicher nicht ins Oberland gefahren, das ergab überhaupt keinen Sinn. Binggeli bat darum, den Inhalt wieder in die Tasche zu stecken.

Spannung kam hingegen auf, als es um die kleinere Louis-Vuitton-Handtasche ging, weil Kathrin Riedo sie derart umständlich öffnete und Lippenstift und Co. herausnahm, dass man kein Hellseher sein musste, um zu erahnen, dass sich darin etwas befand, welches das Licht der Öffentlichkeit scheute. Und siehe da: Die Inhaberin musste auf Wunsch von Eugen Binggeli den innen diskret eingenähten und daher fast nicht sichtbaren, feinen Reissverschluss ziehen, worauf in einem winzigen Innenfach ein Chip zum Vorschein kam.

«Frau Riedo, was werden wir auf dem Chip finden?», wollte Binggeli wissen.
«Frau Riedo wird diese Frage nicht beantworten.»
«Das ist auch nicht nötig. Ich werde Sie jetzt mit Herrn Brunner allein lassen und den Chip in unserer Kriminaltechnik kopieren lassen, damit wir die Daten auswerten können. In der Zwischenzeit wird mein Kollege das Handy von Frau Riedo genauer untersuchen, rein auf Inhalte, die uns in Zusammenhang mit dem Verschwinden ihres Mannes interessieren. Frau Riedo, wo hatten Sie – oder Herr Neuenschwander – den Chip im Chalet versteckt?»
«Frau Riedo …», setzte der Anwalt an, wurde aber von Binggeli unterbrochen.
«… wird auch diese Frage nicht beantworten, nicht wahr, Herr Posch?», der zum Ende des Satzes nickte. «Noch etwas: «Frau Riedo, es wäre bestimmt nicht zu Ihrem Nachteil, würden Sie uns selber sagen, was wir auf dem

Chip finden werden.» Zum grossen Erstaunen aller Anwesenden brach Riedo ihr Schweigen, wenn auch nur ganz kurz.
«Beat sagte mir, dass ich diesen Chip sicherstellen solle, wenn ihm etwas passiert. Das habe ich jetzt getan, weiss aber nicht, was darauf abgespeichert ist.»
«Passwort?»
«Eeny, meeny, miny, moe…»
«Sehr lustig, Herr Anwalt, ‹catch a tiger by the toe…›, ‹Sig, sag, sug – und du bisch duus›. Ich kenne das Kinderlied aus Amerika, wenn man jemanden vor einem Spiel auszählt. Frau Riedo, wie lautet das Passwort?»
«Ich kenne es nicht, Herr Binggeli», worauf dieser aufstand und in Richtung KTD verschwand.

Er kehrte nach zehn Minuten wieder zurück und überraschte mit einer erstaunlichen Aussage. Er händigte nämlich Frau Riedo die Kopie des Chips aus – «Das Original bleibt hier» – mit der Bemerkung, sich die Dateien anzuschauen, weil sie ja nicht wisse, was sich darauf befindet. Der Dezernatsleiter forderte sie auch auf, jemanden aus dem Team anzurufen, sollte sie auf heikle Daten stossen, die der Polizei weiterhelfen könnten, anhand der Recherchen von Beat Neuenschwander Licht ins Dunkel seiner Arbeit zu bringen.

«Herr Binggeli, heisst das, dass Sie am Tod meines Mannes auf dem Gletscher zweifeln?»
«Frau Riedo, es geht einzig darum, die aktuelle Arbeit Ihres Mannes zu röntgen. Je mehr Puzzleteile wir beieinander haben, umso klarer wird das Gesamtbild, das dazu geführt hat, dass er ins Oberland aufgebrochen ist. Und jetzt können Sie gehen. Frau Riedo, Herr Posch, auf Wiedersehen.»
Zusammen mit Binggelis Worten übergab Brunner auch das Handy, auf dem prima vista nichts Verdächtiges gefunden wurde. Ein Umstand, der Brunner nicht überraschen konnte. Aber möglicherweise hatte das Ehepaar ja mehr als nur zwei Handys, eventuell auch eines, das in der Gletscherspalte verstummte.

Binggeli informierte in den nächsten Minuten sowohl die Staatsanwaltschaft Bern-Mittelland als auch jene im Oberland über die Befragung.

Obwohl es in der Zwischenzeit langsam, aber sicher dem Feierabend entgegen ging, versammelte sich die ganze Truppe des Dezernats Leib und

Leben bei den beiden Kollegen vom KTD, bei Viktor Zimmermann und Georges Kellerhals. Und dazu gab es nur einen Grund: Was war auf dem Stick abgespeichert?

«Habt ihr das Passwort bereits herausgefunden?», interessierte sich Eugen Binggeli.
«Nein, wir üben noch, setzen auch KI ein und Algorithmen, aber bisher ohne Erfolg», bekamen die Kriminalisten von Georges Kellerhals zu hören. Eine Feststellung, die sich Sekunden später als überholt herausstellte.
«Bingo! Wir sind drin!», jubelte Zimmermann, «Rosenlaui! So einfach, Schöre, weshalb haben wir das nicht selber herausgefunden? Lasst mir einige Augenblicke Zeit, um mich und die Programme zu sortieren.»

Nach mehr als einer Stunde hatte sich die anfängliche Euphorie dem Nullpunkt angenähert. Zwar konnte man jene Ordner mit den Recherchen zu Neuenschwanders Krimis öffnen, aber jene, die wirklich interessierten, glichen einem Buch mit sieben Siegeln. Was sollen einem denn auch Wortfetzen wie «RK weiss um die Überweisung, transferiert nach X47» oder «Zugeständnis 12» sagen? Nichts, rein gar nichts, das einen Zusammenhang mit seinem Verschwinden ergeben hätte, ausser dem Passwort, was immerhin den Verdacht erhärtete, dass Neuenschwander seinen Ausflug von langer Hand geplant hatte. Ein Hinweis mehr, dass sein Verschwinden durch das Erdbeben unerwartet und zusätzlich begünstigt wurde.

Die Kriminaltechniker wollten jedoch nicht aufgeben und setzten sich Mitternacht als Grenze für weitere Nachforschungen. Von Karin Riedo erwartete man keine Unterstützung.

Der Albaner
(Mittwoch, 9. Juli)

Katerstimmung im Nordring nach Kaffee und Gipfeli. Die Kriminaltechniker hatten nämlich nichts Verwertbares auf dem Stick gefunden, ausser der Geheimsprache von Neuenschwander, die wohl eher einer geistigen Pendenzenliste entsprach. Kopierte Dokumente: Fehlanzeige.

Lautstark ertönte danach das «Himmuheilanddonnernonemauschtärnesiech!» vom Dezernatsleiter, der sich ab seinem Anfängerfehler ereifern konnte. Und so Unrecht hatte der Mann nicht. Weshalb händigte er gestern Frau Riedo eine Kopie des Sticks aus? So konnte die Frau ihren Mann auf dem Laufenden halten, ging man doch davon aus, dass er noch immer am Leben war, sein eisiges Grab nur inszeniert.

Dem Wutanfall des Chefs – niemand aus seinem Team wagte es auch nur, ihm in die Augen zu schauen – folgte ebenso ein Anfall von Zimmermann, bei ihm jedoch ein Lachanfall.

«Iutschiin, du glaubst doch nicht im Ernst, dass wir den Stick tatsächlich komplett kopiert haben!?»
«Was dann?»
«Frau Riedo hat Daten erhalten, die in keinem Zusammenhang mit dem Fall ihres Manns stehen. Weil sie ja nicht weiss, was der Vermisste – oder sollte ich nicht eher «der Verschwundene» sagen? – abgespeichert hatte, wird sie sich nebst Banalem über einen Film von Laurel & Hardy erfreuen.»
«Das habt ihr getan, gestern, Zimi?»
«Sicher doch, wir sind ja Profis», wobei er *wir* nicht ausdrücklich betonte, sodass Binggeli das Amüsement in dessen Stimme glatt überhörte.
«Das gibt zwei Flaschen Dom Perignon für euch, auf meine Kosten, nicht zu Lasten des Polizeibudgets. Daaaaaaaanke!!», worauf ein lautes und tiefes Durchatmen folgte.
«Frau Riedo», so Zimmermann abschliessend, «wird uns kaum mehr kontaktieren und sich blamieren wollen ...»

Das eigentliche Problem beim Fall: Neuenschwander wurde einzig vermisst, was nichts anderes hiess, dass man nicht beliebig Durchsuchungsbeschlüsse der Staatsanwaltschaft beantragen konnte. Im Fall von Frau Riedo ohnehin überflüssig, weil man ja nicht wusste, wo suchen. Trotz einer Art Mission-impossible-Lage wurden fleissig Aufträge verteilt: Kontaktaufnahme mit Noah Iseli in Stein am Rhein zur Frage, ob er weitere Drohungen erhalten habe und ob er Neuenschwander nicht doch näher kennt. Zudem: Liessen sich die Fotos mit abgekratzen Kontrollschildern zuordnen? Was für einen Zusammenhang haben die Zeitungsausschnitte an der Pinwand? Die Zeit für Ermittlungen im Darknet konnte man sich gleich ersparen. Und überhaupt: Wenn Neuenschwander alle an der Nase herumgeführt hatte und noch unter uns war: Ein Fall für die Kollegen aus der Wirtschaft. Das Dumme auch dort: Kein Kläger. Einzig Frau Riedo hätte – hätte! – man wegen Irreführung und Behinderung der Justiz anklagen können. Wie ihr jedoch beweisen, dass sie gemeinsame Sache mit ihrem Ehemann machte?

Einen kleinen Lichtblick gab es an diesem Mittwoch dennoch. In einer gemeinsamen Aktion gelang es Simone Reber, die man von der Streifenpolizei als temporäre Verstärkung hinzugezogen hatte, Stephan Moser und Elias Brunner nämlich, den Halter eines der Autos auszumachen, deren Fahrzeuge an der Pinwand mit abgekratzten Kontrollschildern abgebildet waren.

«Wie habt ihr denn das innert ein paar Stunden geschafft?», wollte der Dezernatsleiter wissen.
«Iutschiin, Zufall. Bei der Kiste – anders kann man es nicht sagen – handelt es sich um einen Lada Vesta aus Russland. Nur zwei Modelle sind im Kanton Bern unterwegs. Eines ist für die albanische Botschaft gemeldet, das andere auf einen gewissen Paul E. Moser registriert, hat laut Abfrage eine Bude im Bereich Tourismus in Interlaken. Wir sind diese bereits am Durchleuchten», bemerkte Elias Brunner.
«Super, danke, Elias.»
«Das ist aber noch nicht ganz alles. Das Auto wurde nicht an der Pourtalèsstrasse in Muri fotografiert, Sitz der Botschaft Albaniens ...»
«Sondern? Mach es nicht so spannend!»
«In Oey, wie wir herausgefunden haben.»
«Hoppla ... Auf dem Weg nach Diemtigen?»
«Scheint so. Aber weshalb fährt Neuenschwander – oder wer auch immer – dem Albaner hinterher?»

«Was ist mit den anderen Fotos, auch in der Gegend fotografiert?»
«Da wird es schwierig, nicht ausgeschlossen, aber im Moment nicht zuzuordnen», meinte Brunner abschliessend.

Ohne, dass jemand gefragt hätte, wussten alle, dass es schwierig werden würde, wenn nicht sogar unmöglich, Ermittlungen in Bezug auf das eine Auto aufzunehmen, da dieses unter diplomatischer Immunität stand. Und wie wollte man diese aushebeln, nur mit einem Foto in der Hand? Also machte man sich wieder an der Infowand zu schaffen, ohne dass es dazu einen Grund gab, lediglich der Lada wurde mit «Albanische Botschaft, Oey» ergänzt.

Wenige Minuten später hatte Simone Reber Infos zum zweiten Lada-Vesta-Fahrer, zu Paul E. Moser. Er führte ein Reisebüro in Interlaken, PEM Reisen, spezialisiert auf Incoming, also die Betreuung ausländischer Touristen, dies in Zusammenarbeit mit den Jungfraubahnen. Gegen ihn lag in keiner Art und Weise etwas vor, keine Einträge im Straf- oder Betreibungsregister. Ein unbeschriebenes Blatt, mit einer Ausnahme, als letztes Jahr über PEM Reisen berichtet wurde: Eine anonyme und nie ermittelte Täterschaft hatte in einer Nacht-und-Nebel-Aktion das grosse Schaufenster des Reisebüros an der Bahnhofstrasse mit «Interlaken gehört den Einheimischen!» versprayt. Vor allem: Die Botschaft wurde auch in Mandarin verfasst, nicht ganz korrekt, aber durchaus verständlich.
Entsetzen bei Paul E. Moser und dem Direktor der Jungfraubahnen, weil einige Medien über die Aktion berichteten und das Schaufenster in ihren Berichten sozusagen zur Schau stellten. Hintergrund der Sprayerei: Während der Pandemie hatten die Einheimischen die Ortschaft für sich, keine Menschenmassen aus Asien wie in den Jahren zuvor, kein Overtourism. In einem Interview mit der Berner Zeitung vom Februar 2023 – also kurz vor dem Zwischenfall – hatte sich der Direktor der Jungfraubahnen unter anderem folgendermassen geäussert: «Es fehlen Flüge, um die Gäste aus dem Ausland nach Europa und in die Schweiz zu fliegen. Weiter kommen die Botschaften in Asien nicht nach, um die nötigen Visa auszustellen. […] Wir arbeiten auf eine Hochsaison hin, die zwölf Monate dauert.» Die Kommentare der Online-Leserinnen und -Leser auf diese Aussichten waren vernichtend. Ansonsten ging Moser seinen Geschäften ohne Aufsehen nach.

Die folgenden Tage und Wochen

Wie nicht anders zu erwarten: Die Ermittlungen rund um die Vermisstenmeldung mit möglicher Todesfolge von Beat Neuenschwander gestalteten sich schwierig, nicht nur in Bezug auf die fotografierten Autos oder die Aufnahme zweier Lover hinter dem Vorhang. Hinderlich waren vor allem die Aussagen von Karin Riedo, die nichts anderes behauptete, als dass ihr Mann zu Tode gekommen sei, schliesslich seien sein Handy und die Kleider in der Gletscherspalte lokalisiert worden, DNA-Analyse inbegriffen. Die Ermittler sollten doch bitte ihre Arbeit machen und nach der Täterschaft suchen, eine Ansicht, die auch ihr Anwalt teilte.

Die To-do-Liste wurde Punkt für Punkt abgearbeitet, allerdings nicht im Sinne der Erfinder. Der Steinwerfer an der Gesellschaftsstrasse blieb ebenso im Dunkeln wie der Verfasser der Drohungen an Beat Neuenschwander und Noah Iseli. Gleiches galt auch für den Lover von Karin Riedo, Mister Unbekannt. Auf die Zusammenarbeit mit Beobachterin Anderegg verzichtete man aus bekannten Gründen. Die Überweisungen von Beat Neuenschwander in eigener Sache waren bekannt, nicht jedoch die Herkunft des Geldes. Frau Riedo gab wenigstens Details rund um die abgeschlossene Lebensversicherung von über eine halbe Million Franken zu ihren Gunsten bekannt, vor einem halben Jahr abgeschlossen, die Auszahlung erst mit Todesbescheinigung – also zwei Jahre nach der Vermisstenanzeige. Und die albanische Botschaft liess ausrichten, dass man zum Auto nichts zu sagen habe.

Sackgasse.

Staatsanwalt Martin Schläpfer hatte zugesagt, sofort entsprechende Beschlüsse für weitere Ermittlungen auszustellen, wenn denn einmal konkrete Spuren vorliegen würden, aber von jenem Punkt waren die Kriminalisten ungefähr so weit entfernt wie die Stadt Bern von einer bürgerlichen Regierung.

«Aus die Maus», hiess es Mitte August von Eugen Binggeli, «wir legen Neuenschwander auf Eis, wo er sich ohnehin befindet, warten auf Unerwartetes, mit dem Tötungsdelikt an Frau Kreuzer haben wir sowieso genug zu tun.»

Ein Cold Case
(Freitag, 10. Juli, zwei Jahre später)

«Übrigens, Beat Neuenschwander ist vor einigen Tagen offiziell für tot erklärt worden. Das habe ich gestern Abend von den Behörden erfahren», erklärte Eugen Binggeli seinem Team zu Beginn der Sitzung um acht Uhr, «damit ist der Fall für uns erledigt, wird wohl zum Cold Case, sofern uns Kommissar Zufall nicht neue Erkenntnisse liefert.»

Als Cold-Case-Ermittlungen werden neue polizeiliche Ermittlungen in einem bisher ungeklärten Kriminalfall bezeichnet. Da Mord oder andere schwere Straftaten in zahlreichen Ländern nicht oder erst nach mehreren Jahrzehnten verjähren und sich die Kriminaltechnik ständig weiterentwickelt – beispielsweise die DNA-Analyse –, sowie aufgrund neuer wissenschaftlicher Erkenntnisse hinsichtlich Tatort- oder Täterverhaltensanalyse, können «kalte» Mordfälle mitunter auch nach Jahrzehnten noch aufgeklärt und die Täter verurteilt werden. Die Sendung «Aktenzeichen XY gelöst» des ZDF beweist es immer wieder.

«Ich fürchte, da habe ich was verpasst», meldete sich Simone Reber zu Wort. Und in der Tat: In den vergangenen zwei Jahren hatte sich im Dezernat Leib und Leben der Kantonspolizei Bern einiges getan, wenn auch nicht unbedingt im Fall Neuenschwander. Nachdem Aarti Sivilaringam als jüngste Ausländerin (!) eine Eignungsprüfung zur Weiterbildung beim Federal Bureau of Investigation FBI bestanden hatte und vor vier Monaten zum einjährigen Kurs vorübergehend in die USA übersiedelt war, engagierte Eugen Binggeli die 27-jährige Simone Reber von der Streifenpolizei als ihre Nachfolgerin, weil anzunehmen war, dass Aarti Sivilaringam nicht in gleicher Funktion wie zuvor zur Kapo Bern zurückkehren würde. Wie bei ihrer Vorgängerin erwies sich ihre Anstellung als Glücksfall, gelang es ihr doch, sich sehr schnell einzuarbeiten. Die Herren im Team waren jedenfalls happy. Apropos Herren in der Runde: Auch bei Stephan Moser stand eine Veränderung an: Zusammen mit seiner Frau – ihrerseits bei der Securitas in Zollikofen angestellt – hatte er um eine einjährige Auszeit gebeten, die ihm bewilligt wurde. Seine Frau, Claudia Lüthi, kündigte gar ihren Job. Grund der beruflichen

Unterbrechung: Eine ausgedehnte Weltreise, vermutlich im Vorfeld der Familienplanung, wie die Kollegen mutmassten.

Um Simone Reber updaten zu können, bat Binggeli die Runde – Elias Brunner, Stephan Moser, Simone Reber und er selber – in ein Besprechungszimmer zu gehen, wo auch ein Beamer zur Verfügung stand. Er bat Moser, «das Ding anzuwerfen». Binggeli suchte in der Zwischenzeit nach jenem Stick, auf dem der ganze Fall rund um Beat Neuenschwander abgespeichert war. Fünf Minuten später begann der Dezernatsleiter mit seinen Erklärungen, die jeweils von Fotos und/oder Dokumenten untermauert wurden.

Binggeli rief diese komische Bergtour von Beat Neuenschwander zum Rosenlauigletscher in Erinnerung, erzählte von dessen vermuteten Sturz samt Rucksack und Handy in eine Gletscherspalte, und vom nachfolgenden Erdbeben, das es verunmöglichte, nach dem Körper zu suchen. Einzig das ewige Eis würde die Leiche gut konserviert einmal freigeben.

«Hatte jemand den Zwischenfall beobachtet?», fragte die neue Kriminalistin.
«Nein, Simone, es ist eine reine Indizienkette, die jedoch durch eine Hotelbesitzerin und einen SAC-Hüttenwart nicht in Zweifel gezogen wird.»
«Aber wenn dieser Sturz nie stattgefunden hat, wie und wann hat er denn den Rückweg unter die Füsse genommen, scheinbar unbeachtet?»
«Sag es uns, Simone. Wir wissen es nicht.»

Es folgten die bekannten Fakten rund um jene Drohbriefe, die Neuenschwander und Journalist Noah Iseli in Stein am Rhein erhalten hatten. Der Verfasser – «oder die Verfasserin», monierte Brunner politisch korrekt – konnte nie ausfindig gemacht werden. Was deshalb in diesem Zusammenhang nicht ausgeschlossen werden konnte: War Neuenschwander allein auf dem Gletscher oder wurde er gestossen? Und wenn doch: Wie konnten er oder die Unbekannten unbemerkt entkommen?

En passant kam auch die offensichtliche Liebschaft von Karin Riedo zur Sprache, der Lover bisher unbekannt.

Etwas ausführlicher gestalteten sich die Erkenntnisse rund um das Chalet in Diemtigen, vor allem in Bezug auf den versteckten «Kommandoraum» von Beat Neuenschwander mit all seinen Fotos, Zeitungsausschnitten, Dokumenten an einer grosser Pinwand. Die drei untersuchten Festplatten brachten keine verwertbaren Erkenntnisse. Anders bei den gefälschten Pässen, die auf Thomas Bornhauser ausgestellt worden waren. Sie erlaubten es Beat Neuenschwander, undercover für seine Kriminalromane zu recherchieren, wobei jener Pass, der voller Stempel war, seine Einreise auch in Länder belegte, die in keiner Story vorkamen. Vor allem aber: Bei jenem Dokument handelte es sich um einen Pass der Bundesrepublik Deutschland. Also lag es auf der Hand, dass man der Spur von Matthias Mast nachgehen musste: Geld(zwischen)wäsche aus dem Ausland in der Schweiz, Edelmetall, Beziehungen nach Liechtenstein, Kryptowährungen und Darknet. Nicht zu vergessen das dubiose Anwaltsbüro in Zug und die Scheinfirma in Liechtenstein. Und der Umstand, dass Neuenschwander regelmässig Überweisungen in eigener Sache tätigte mit Geld unbekannter Herkunft. Dazu kam ein ansehnlicher Betrag aus einem Erbe.

Als ein echtes Corpus delicti erwies sich jener Stick, den Neuenschwander in Diemtigen versteckt hatte, mit der Bitte an seine Frau, das Dokument sicherzustellen, sollte ihm etwas geschehen. Sein Wunsch war Karin Riedo Befehl, wobei sich diese Aktion nicht ganz lupenrein bewerkstelligen liess. In der Tat: Um an das Versteck des Sticks heranzukommen, öffnete Frau Riedo bekanntlich die Haustür des Chalets, die von der Polizei mit einem Kleber versiegelt worden war. Dummerweise fuhren die KTD-Leute Kellerhals und Zimmermann just in jenem Moment vor das Haus, als Karin Riedo dieses verlassen wollte. Sozusagen auf frischer Tat ertappt, musste sie mit den Kriminaltechnikern nach Bern zu einer Befragung fahren, im Beisein ihres Anwalts Alexander Posch.

Nach dem üblichen Katz-und-Maus-Spiel zwischen Rechtsvertreter und Ermittler musste Karin Riedo ihre beiden mitgeführten Taschen über den Tisch schieben. In einer versteckten Innentasche kam der besagte Stick zum Vorschein. Dieser wurde später vom KTD ausgewertet. Weil die Kommunikation auf dem Handy von Karin Riedo sich als wenig zielführend erwies, liess man die Inhaberin samt ihrem Anwalt ziehen, mit der üblichen Aufforderung «sich zur Verfügung zu halten», weil man nicht wusste, was der Stick alles ans Tageslicht bringen würde.

«Iutschiin, machst du es immer so spannend?», was die drei Herren lachen liess. «Was war auf dem Stick gespeichert?»
«Simone, gemach …», meinte der Dezernatsleiter nur.

Der Stick erwies sich vor zwei Jahren als Anfang vom Ende der Recherchen, weil man nach dessen Auswertung definitiv in einer Sackgasse steckte, der Prellbock in Sichtweite und nicht mehr zu vermeiden. Zwar waren auf dem Stick unzählige Informationen gespeichert, die jedoch nicht direkt untereinander zugeordnet werden konnten, nicht zuletzt deshalb, weil sie durch Decknamen und Abkürzungen anonymisiert wurden. Unmöglich war auch die Rückverfolgbarkeit im Darknet. Die beiden Anwälte in Zug wiederum beriefen sich auf ihr Berufsgeheimnis, die Staatsanwaltschaften Bern-Mittelland und Zug hatten ihrerseits keine Handhabe, die Anwälte zu Aussagen zu zwingen, handelte es sich doch nach wie vor um einen Vermissten, ein Verbrechen war nach wie vor nicht nachweisbar.

Es bestätigte sich lediglich, dass Neuenschwander zwar möglicherweise auf Recherche für einen neuen Krimi war. Nicht vom Tisch wischen liess sich die Vermutung, dass er auch auf einer zweiten Hochzeit tanzte. Kamen die Drohungen aus jener Ecke, hatten diese eventuell gar nichts mit den Recherchen eines Krimiautors zu tun.

Das war – grosso modo – der Fall Neuenschwander, wie er vor knapp zwei Jahren mangels Beweise zu den Akten gelegt werden musste, zumal man nicht zwingend von einem Verbrechen ausgehen konnte, jedenfalls nicht offiziell. Eugen Binggeli und seinem Team wurde dennoch nicht langweilig. In den beiden letzten Jahren gab es Ermittlungsarbeiten in Hülle und Fülle zu erledigen. Selber Polizeidirektor Christian Grossenbacher schlug Binggeli vor, seine Equipe aufzustocken. Dieser winkte jedoch ab, denn nicht die Ermittlungen an sich verhinderten ein «9 to 5» oder die 42-Stunden-Woche, sondern das Administrative zwang die Kriminalisten, Überstunden zu leisten, weshalb der Polizeidirektor um Erlaubnis gebeten wurde, in dieser Beziehung «nur das absolut Notwendigste» erledigen zu müssen. «Und wenn das unseren Apparatschicks und Politikern nicht passt, sind sie herzlich eingeladen, einen Stage bei uns zu absolvieren, damit sie selber sehen, mit was für Gugus wir uns herumschlagen müssen». Klare Worte, die sogar Christian Grossenbacher zu überzeugen vermochten.

Simone Reber bedankte sich bei den Kollegen für diese «interessante Zusammenfassung», um gleich eine ebenso interessante Frage zu stellen: «Wenn dieser Neuenschwander offiziell für tot erklärt wurde, an wen geht jetzt sein Vermögen?» Binggeli nahm den Ball auf.
«Vermutlich seine Frau. Wenn ich mich richtig erinnere, hat Neuenschwander ein Testament bei einem Notar hinterlegen lassen. Elias, nimmst du mit Frau Riedo Kontakt auf?»
«Mit der Frage, ob die Testamentseröffnung bereits stattgefunden hat?»
«Exakt. Mir ist klar, dass wir bei diesem Treffen, sollte es noch bevorstehen, nicht dabei sein können, ein Einblick ins Dokument würde uns mit Sicherheit verwehrt, ausser …
«Ausser?»
«Ausser der Staatser zwinge den Notar dazu. Aber dazu müssen wir Fleisch am Knochen vorweisen – und das haben wir nicht. Noch nicht.»
«Iutschiin, was heisst das?»
«Ihr erinnert euch bestimmt daran, wie ich vor zwei Jahren an einer Sitzung ausgerastet bin, weil ihr in eigener Sache ein Brainstorming veranstaltet habt.»

Simone Reber wollte augenfällig eine weitere Frage stellen, wurde jedoch von Elias Brunner mit einer diskreten Handbewegung und Augenkontakt daran gehindert. In alten Wunden soll man bekanntlich nicht herumstochern. Damals, so erinnerten sich die drei Herren, dachten Aarti Sivilaringam, Stephan Moser und Elias Brunner in Abwesenheit des Chefs halblaut darüber nach, ob die Geschichte mit dem Gletscher nur vorgeschoben sei, als Mittel zum Zweck. War Neuenschwander gar nie in die Gletscherspalte gefallen? Und wenn nicht, weshalb diese eindrückliche Inszenierung mit entsprechenden Medienberichten? Um allfällige Erpresser in die Irre zu führen? Fragen über Fragen – alle ohne Antworten.

«Leute, ich habe in den letzten Monaten viel über die Causa Neuenschwander nachgedacht. Eines scheint mir klar, nämlich, dass nichts klar ist. Okay, er gilt jetzt offiziell als verschollen, als tot. Was aber jetzt? Ich möchte, dass sich Stephan und Simone nochmals in den Fall reinhängen, aufgrund der neuen Ausgangslage durch seinen offiziellen Tod. Elias und ich werden euch im Alltag entlasten, wenn auch nicht zu hundert Prozent, aber spürbar.»

Erste Allgemeine Verzettelung (EAV)

(Immer noch Freitag, 10. Juli)

Noch am selben Vormittag richteten Reber und Moser mit den vorhandenen Unterlagen zur Vermisstenmeldung von Beat Neuenschwander in Büro eine Infowand ein, mit allen bisher bekannten Fakten, vor allem Fotos beim Rosenlauigletscher und im Chalet Diemtigen. Logisch gab es auch Aufnahmen der Protagonisten: Beat Neuenschwander, Karin Riedo, Noah Iseli, Journalist aus Stein am Rhein, Matthias Mast, der Neuenschwander im «Pyri» getroffen hatte. Beim unbekannten Lover hing nur ein Portraitschatten mit einem Fragezeichen, neben dem Namen von Isolde Anderegg wurde ein Kreuz gezeichnet, die Beobachterin von Karin Riedo inzwischen verstorben. Ausgewählt wurden zudem Fotos von der Pinwand in der Diemtiger Kommandozentrale, von der man nach wie vor nicht wusste, weshalb Neuenschwander sich derart aufgerüstet hatte. Aus Freude an der Technik? Um sich selber wichtig zu nehmen? Commander Neuenschwander in his own headquarters at work? Als das Quartett wenig später gemeinsam vor der Wand stand, stellte Stephan Moser die Gretchenfrage.

«Puuuh, womit beginnen?»
«Steff, ich würde den Faden bei Karin Riedo aufnehmen.»
«Schon klar, aber wie?»
«Was ‹wie›?», fragte Binggeli ungläubig.
«Rufen wir Sie an, gehen wir vorbei, bieten wir Sie schriftlich zum Gespräch auf?»
«Erkundige dich einmal», so Binggeli nach einigen Augenblicken des Überlegens, «bei der Einwohnerkontrolle, ob Frau Riedo noch immer im Haus an der Gesellschaftsstrasse wohnt. Immerhin sind fast zwei Jahre vergangen – und da gab es bekanntlich diesen Lover. Wer weiss …»
«Und da ist ja dieses Foto», unterbrach Simone Reber und zeigte mit der Hand in Richtung der Aufnahme an der Infowand, «die durch die Vorhänge hindurch mit einem Tele aufgenommen wurde. Wer ist das, Karin Riedo mit Lover?»
«Wir gehen davon aus, ja. Allerdings nicht in der Länggasse.»

«Also hat Neuenschwander vom Verhältnis seiner Frau gewusst?»
«Simone, wenn es sich tatsächlich um Frau Riedo handeln sollte, ja. Nur wissen wir nicht, was er mit dem Schnappschuss bezwecken wollte.»
«Habt ihr Frau Riedo zur Aufnahme befragt?»
«Ja, Aarti, bei einem ihrer Besuche. Nur: Frau Riedo streitet kategorisch ab, dass man sie hier sieht. Und von einem Lover will sie gar nichts wissen, die Besuche des Unbekannten seien rein beruflicher Natur, in Details mochte sie nicht gehen.»

Unübersehbar in der Ecke oben rechts – neben dem Foto von Matthias Mast – die Stichworte in Bezug auf Geldwäsche, Kryptowährungen, Edelmetall, Darknet, Kanzlei in Zug und Liechtenstein. Der Schlüssel zum Verschwinden von Beat Neuenschwander musste in diesem Spannungsfeld liegen, gab es doch keine griffigen Hinweise darauf, dass der Krimiautor in anderer Beziehung recherchierte, trotz gegenteiliger Aussage seiner Ehefrau, die behauptete, Neuenschwander wäre einzig mit Krimis unterwegs.

Der Theorie liess man die Praxis folgen, mit einem Anruf von Stephan Moser bei der Einwohnerkontrolle der Stadt Bern. Und als ob es der Dezernatsleiter geahnt hätte: Karin Riedo hatte sich, so die Mitarbeiterin an der Predigergasse, vor einem halben Jahr abgemeldet, um angeblich in die Gemeinde Köniz zu ziehen, hatte sich jedoch offenbar nie dort niedergelassen, wie sich zeigte. Binggeli bat Reber, «über die gängigen Kanäle» nach ihr suchen zu lassen.

Elias Brunner seinerseits fasste den Auftrag, zuerst bei den Kollegen im Dezernat für Wirtschaftsdelikte nachzufragen, ob sie in der Zwischenzeit neue Erkenntnisse in Bezug auf Geldwäsche, Liechtenstein und Zug hatten, immerhin war einige Zeit verstrichen, das eine oder andere geschehen, namentlich die internationalen Konflikte mit weitreichenden Sanktionen gegenüber gewissen Ländern, womit bei jenen Oberschichten der Reiz anwuchs, Geld ins Ausland zu transferieren.

Um Simone Reber die Arbeit zu erleichtern, wurde eine To-do-Liste auf den Flipchart notiert:

Notar / Testament SM / SR
Wohnort Karin Riedo: EB
Gespräch Matthias Mast: SM / SR
Kontakt Dezernat Wirtschaftsdelikte: DL
Kontakt SAC-Dossenhütte: EB
Kontakt Fedpol: DL

Damit es keine Verwechslung mit den Abkürzungen gab, wurde Eugen Binggeli mit «DL» für Dezernatsleiter abgekürzt, Elias Brunner mit EB.

«Iutschiin, wieso Kontakt zur Dossenhütte, zu David Zweifel?»
«Elias, ich möchte wissen, wie sich die vermutete Absturzstelle heute präsentiert. Ist es möglich, mit elektronischen Geräten einen gefrorenen Körper zu lokalisieren?»
«Gell, du glaubst noch immer nicht an einen Absturz?»
«Müsste ich mich festlegen, nein. Da passt Verschiedenes nicht zusammen, in der Gesamtheit des Falls. Der Typ hat sein Verschwinden einfach grandios inszeniert und ist jetzt erst noch offiziell für tot erklärt worden. Mögliche Erpresser oder Geprellte werden nicht weiter nach ihm suchen.»
«Und wo soll er sich deiner Meinung nach aufhalten?», wollte Simone Reber wissen.
«Mit viel Geld lässt sich alles arrangieren, vom veränderten Aussehen über eine gefälschte Identität und Pässe bis hin zu einem Wohnort im Ausland.»
«Aber die Kohle wurde ja bis zum bestätigen Tod und der Testamentseröffnung bestimmt blockiert, nicht wahr?», fragte Simone nach.
«Ja, aber wer sagt uns, dass Neuenschwander zuvor nicht einiges an cash gehortet und ins Ausland transferiert hat, nebst den regelmässigen Einzahlungen aufs eigene Konto? Geld, von dem wir nicht wissen, woher es stammt. Vielleicht aus krummen Geschäften?», warf Binggeli eine der ungeklärten Fragen in den Raum.
«Deshalb das Stichwort Fedpol.»
«Richtig, Elias. Ich möchte dort einmal reinhören. Vielleicht wissen die Leute dort aus Erfahrung mit Europol oder Interpol, wo es sich im Ausland leichter als anderswo verstecken lässt. Lucky punch, aber ein Versuch ist es wert.»

Nach einer längeren Diskussion war sich die Truppe einig: Es galt unbedingt, die bisherigen Aussagen von Matthias Mast weiterzuverfolgen. Und was, wenn Neuenschwander gar nicht zu Geldwäsche und Edelmetall grabte, sondern sich bereits mittendrin befand? Als recherchierender Krimiautor – man erinnere sich an die vielen Stempel in einem der Pässe, die in Diemtigen gefunden wurden – hatte er bestimmt Kontakt in dubiose Kreise. Und als Schweizer mit Wohnsitz in der Schweiz, wäre er in einem solchen Fall ein Glückstreffer für Individuen krummer Geschäfte aller Art.

Nur: Wo den Hebel ansetzen, bei diesen vielen Mutmassungen? Elias Brunner hatte eine durchaus valable Idee, nämlich mit der Sichtung aller Stempel im besagten Pass. Durch seine Kriminalromane war bekannt, in welchen Ländern sich Neuenschwander für Recherchen zu verschiedenen Themen aufhielt. Diese galt es einmal zu «vaporisieren», meinte Brunner in Anlehnung an «1984» von George Orwell.

Man könne auch einen Werbespruch der Schweizer Fleischproduzenten nehmen: «Alles andere ist Beilage.» Hiess für Brunner, herauszufinden, welche Länder Neuenschwander ohne Bezug zu seinen Romanen bereist hatte.

Weil die Eintragungen im bundesdeutschen Pass samt und sonders für die Ermittlungen fotografiert worden waren, begann man Minuten später, diese ab Stick auszudrucken und alle Blätter auf einem Tisch auszulegen. Moser hatte vor zwei Jahren den Auftrag gefasst, die Krimis von Neuenschwander alias Thomas Bornhauser durchzulesen und festzustellen, ob daraus Ansätze für einen Mord an Neuenschwander abzuleiten seien. «Clever», wie er nach eigenen Aussagen war, habe er jene Notizen nicht vernichtet, sondern aufbewahrt. Er stand noch während seiner Ansage auf und durchsuchte sofort die Schubladen seines Pults, die Unterlagen vermutlich weniger clever geordnet. Wie auch immer: Zum Schluss fand er die Unterlagen doch noch.

Es begann der Abgleich mit den Stempeln. Für die weiteren Recherchen konnten Polen, Ungarn, die Ukraine, Rumänien, Tschechien, die Slowakei, Mauritius und Russland ausgeschlossen werden, waren diese Länder doch Handlungsorte in den Krimis. Selbstverständlich hatte Neuenschwander auch andere Länder aufgesucht, wo es kein Abstempeln mehr gab wie Österreich, Finnland, Schweden, Deutschland oder Holland.

«Stephan, die Stempel aus Russland hin oder her, ich möchte das Land auf der Liste behalten, weltfremd sind wir ja nicht, wenn ich an die Drogen und die Fake-Uhren denke, von denen du aus einem seiner Krimis erzählt hast», bemerkte Binggeli. Es gab dazu keinen Widerspruch. Blieben für allfällige Nachforschungen übrig, neben Russland: USA, China und weitere Destinationen im Fernen Osten, Bulgarien, Albanien, Georgien, Aserbaidschan, diverse Inseln in der Karibik, der Südsudan, Dubai sowie verschiedene Länder in Südamerika.

«Chef, kommt mir gerade in den Sinn wegen Russland. Es ist ziemlich heftig, was Neuenschwander in ‹Belpmoos› zur Russen-Mafia veröffentlicht hat. Sollten wir nicht auch dort ansetzen?», meinte Moser.
«Nein, Steff, sonst beginnen wir wieder mit einer Verzettelung.»
«EAV, wie die Popband aus Österreich, der Ersten Allgemeinen Verunsicherung, ‹Küss die Hand, schöne Frau›. In unserem Fall Erste Allgemeine Verzettelung, EAV», was zu Gelächter führte.
«Moser at his best», bemerkte Brunner.
«Iutschiin, wäre es eine Idee, die Stempel chronologisch nach Einreisedaten zu ordnen, sofern es auf den Einreisestempeln ersichtlich ist?», wollte Reber wissen.
«Guter Vorschlag, Simone, machen wir.»

Es war in der Tat nicht ganz einfach, Ordnung in das Ganze zu bringen, weil Neuenschwander sich in den letzten Jahren zum Beispiel mehrfach in den USA aufgehalten hatte. Davon liess man sich nicht entmutigen und wühlte sich durch den Stempel-Dschungel, auch wenn einige Einträge sich fast nicht mehr lesen liessen. Als das Team so weit war, meldete sich wieder Moser zu Wort.

«Spielen wir das beliebte Kinderspiel ‹Ich-sehe-was-das-du-nicht-siehst›?»
«Stephan ...», erging von Elias Brunner.
«Cool, Elias, ganz cool», beruhigte der Dezernatsleiter und fuhr sachlich fort. «Fällt euch bei den Far-East- und Südamerika-Destinationen etwas auf?»
«Durchaus, dass Neuenschwander zum Beispiel innert weniger Tage China *und* Taiwan besucht hat. Wie ging das denn?», fragte Brunner.
«Lauwarm sage ich jetzt, aber du bist auf der richtigen Spur, Elias», was zu Achselzucken führte.

«Schaut euch die Einreisedaten an. Zwei, drei Tage Abstand nacheinander.»
«Was sagt uns das?», wollte Simone Reber wissen.
«Simone, das schaut für mich nach Kreuzfahrten aus – und falls das zutrifft, wäre es unwahrscheinlich, dass Neuenschwander und Riedo da geschäftlich unterwegs waren», meinte Stephan Moser.
«Gute Überlegung, Stephan. Simone, checkst du mal die Reisebüros in und um Bern ab, ob in den beiden Jahren Buchungen auf die Namen Neuenschwander oder Riedo für Kreuzfahrten in den Fernen Osten und Südamerika stattgefunden haben?», delegierte der Dezernatsleiter.
«Was ist mit Bornhauser?», wollte nun aber Brunner wissen.
«Bingo! Der deutsche Pass mit den Stempeln ist ja auf jenen Namen ausgestellt», bemerkte Binggeli mehr zu sich selber.
«Gleichzeitig frage ich bei den bekannten Reedereien nach, Costa, MSC, AIDA, Royal Caribbean, Carnival. Die haben ja auch Passagierlisten, zumal wir die genauen Daten jener Passagen kennen.» Simone bekam nach dieser Feststellung anerkennende Blicke des männlichen Trios. Moser drückte den Unterkiefer nach oben. Simone notierte das entsprechende Stichwort auf den Flipchart.

Anschliessend ging es an die Feinarbeit. Brunner auf die Suche nach Karin Riedo, Simone Reber nach Kreuzfahrt-Passagen, Stephan Moser rief Matthias Mast an, Eugen Binggeli Fedpol sowie das Dezernat für Wirtschaftsdelikte.

Am schnellsten hatte Simone Reber ihre Infos beisammen, was allerdings nicht zu erstaunen vermochte, weil sie bereits bei ihrem zweiten Anruf Erfolg hatte, nämlich bei Costa. Die Mitarbeiterin der Reederei schien zu Beginn jedoch misstrauisch («Das kann ja jedermann sagen, man sei von der Kriminalpolizei»), worauf Reber die Frau bat, die offizielle Telefonnummer der Kapo Bern anzurufen und dann nach Simone Reber zu fragen, «intern 3356», worauf die beiden Frauen wieder miteinander verbunden wurden.

Ein Thomas Bornhauser hatte in der Tat mehrere Passagen mit Costa gebucht, zusammen mit Karin Riedo. Dabei waren jene im Mittelmeer und in Richtung Polarkreis nicht von allgemeinem Interesse für die Ermittlungen. Fazit: Die angelaufenen Schiffshäfen im Fernen Osten und in Südamerika konnten die Ermittler bedenkenlos streichen. Für den Moment, jedenfalls. Somit dünnten sich die Namen der Länder merklich aus. Simone Reber kam in den Sinn, dass sie Eugen Binggeli unbedingt fragen musste, ob bekannt sei, woher der offenbar perfekt gefälschte Pass des Verschwundenen kam, vergass die Frage jedoch. Anschliessend ging es für Simone Reber darum, Näheres zum Testament von Beat Neuenschwander in Erfahrung zu bringen, dazu musste sie jedoch wissen, wem genau sie dafür zu telefonieren hatte. Aber die junge Frau liebte Herausforderungen dieser Art. Erste Anlaufstelle: Der Verband bernischer Notare an der Zieglerstrasse in Bern. Dort erfuhr sie einiges.

Fakt war, wie sich beim Gespräch herausstellte: Wenn ein Berner Notar eine Verfügung von Todes wegen aufbewahrt, hat er die Pflicht, dies der Wohnsitzgemeinde, wo die Person, die das Testament errichtet hat, wohnt, mitzuteilen – ebenso dem Verband. Gleichzeitig muss der Verband auch dem Zentralen Testamenten Register (ZTR) Meldung machen. Also kann bei der Wohnsitzgemeinde und beim ZTR eigentlich ausfindig gemacht werden, wo dieses Testament hinterlegt ist. Es gibt aber auch eine gesetzlich verankerte Pflicht, wonach alle, die ein Testament einer verstorbenen Person entdecken, dieses auch einliefern müssen.

Der Verband bernischer Notare konnte also Simone Reber in wenigen Minuten sagen, bei welchem Notar in Bern das Testament von Beat Neuenschwander lag.

Nach dem Mittagessen – mit Take-Away-Food – sass man eher zufällig beisammen. Stephan Moser erzählte, dass er – mit Blick auf seine Uhr – Matthias Mast im «Pyri» treffen werde, «In einer halben Stunde. Ich würde mich also für den Nachmittag abmelden, zumindest für die erste Hälfte.» Sowohl Eugen Binggeli als auch Elias Brunner konnten nicht mit Erfolgserlebnissen brillieren, Elias auf der Suche nach Karin Riedo, der Dezernatsleiter nach seinem Besuch bei den Kollegen der Wirtschaftskriminalität. Ein Zwischenresultat gab es dennoch zu vermelden. Hätte Neuenschwander tatsächlich mit krummen Geschäften zu tun gehabt, so liessen sich die suspekten Länder – soweit die Meinung der Kollegen aus der Wirtschaft – schliesslich an einer Hand abzählen: Bulgarien, Albanien, der Südsudan, Dubai und … die Schweiz.

«Chef, ist Russland keine Option?», wollte Brunner wissen.

«Die Kollegen meinen, erst in zweiter Linie. Und wegen der Schweiz, bevor du fragst: Sie ist für Edelmetalle oder Geldwäsche als Drehscheibe zu verstehen.»
«Südsudan und Dubai … Chef, in seinem Roman ‹Westside› beschreibt Neuenschwander die Zusammenhänge mit Gold. Auf der einen Seite Gold mit einer mehr als zweifelhaften Herkunft im Südsudan wegen Umweltzerstörung, Kinderarbeit oder Waffenhandel als Gegengeschäft. Auf der anderen Seite ein Broker in Dubai, der auch eine Schweizer Raffinerie im Tessin beliefert, ohne zu deklarieren, woher das Edelmetall genau stammt.»

Das Leid im Südsudan ist unvorstellbar. Krieg, Terror, Hunger, Armut und Naturkatastrophen haben das jüngste Land der Erde fest im Griff. Vor allem politische Machtgier stürzt bis heute Millionen Menschen ins Elend. Der Präsident legt grossen Wert auf Selberinszenierung, er war einst Unabhängigkeitskämpfer. Aber die Militäruniform hat er eingetauscht gegen Anzüge und auffälligen Goldschmuck.

Ein grosses Problem ist, dass die Korruption im Südsudan international gefördert wird. Die Rohstoffe, an denen sich nur eine kleine südsudanesische Elite bereichert, finden leicht internationale Abnehmer, unter anderem Gold, Diamanten, Silber, Eisenerz und Wolfram. Die Profiteure aus diesem System haben ihre Konten im Ausland. Diese könnte allerdings eine entschlossene internationale Gemeinschaft auf Eis legen. Tut sie nicht. Eine Studie der Weltbank gelangte zu dem Ergebnis, dass die Beteiligung an den Erdöleinnahmen, die der Autonomieregierung zufloss, ausreichen würde, um die Armut zu bekämpfen und die Lebensbedingungen der Bevölkerung zu verbessern. Die Korruption gilt als bedeutendstes Entwicklungshindernis.

Es war die Kriminalistin, die aufhorchen liess: «Albanien … Albanien, da war doch was mit diesem Auto», meinte Simone Reber.
«Frau Kollega, genau. Ambassade d'Albanie à Berne. Gibt es da Verbindungen?», wollte Moser wissen.
«Puuuh …», meldete sich Binggeli dazwischen, «ohne konkreten Verdacht können wir Ermittlungen gleich vergessen. Und selbst wenn da einer aus der Botschaft kriminelle Energie beweist, wird der Mann einfach nach Tirana zurückberufen, Angelegenheit erledigt. Ende der Fahnenstange. So geht Diplomatie.»

«Fällt euch auf dem Foto des Autos etwas auf?»
«Simone, kommt nicht gerade aus der Waschanlage ...», witzelte Moser.
«Ich meine nicht das, Blödmann ...», in Richtung ihres Kollegen, «... etwas anderes», was zu Kopfschütteln beim Trio führte.
«Da sind drei Köpfe zu sehen. Was, wenn nur der Fahrer Diplomat ist oder war und die anderen beiden Zugeladene?»

«Simone, Simone, das müssen wir abklären, du bist eine Wundertüte, gute Frage», meinte Binggeli anerkennend.
«Die nach einer guten Antwort verlangt. Iutschiin, ich habe etwas zu fragen vergessen. Weiss man, wo der gefälschte Pass von Neuenschwander alias Thomas Bornhauser, angeblich deutscher Staatsangehöriger, gedruckt wurde? Etwa ... in Albanien?», was zu einem Schmunzeln bei den drei Kollegen führte.
«Nein, Simone, aber auch diese Überlegung passt zu dir. Der Pass wurde in Deutschland selber hergestellt, in Frankfurt an der Oder, Grenzstadt zu Polen. Alles organisiert und betrieben von der Pruszków-Mafia», beantwortete Binggeli ihre Frage.

Die grösste Gruppe im Bereich der organisierten Kriminalität in Polen bildete tatsächlich die sogenannte Pruszków-Mafia. Die Bande besass internationale Kontakte zu anderen kriminellen Organisationen und ebenso in die höchsten Kreise der polnischen Politik, Wirtschaft und Gesellschaft. Das Tätigkeitsfeld der Pruszków-Mafia umfasste hauptsächlich Drogenkriminalität, aber auch Autodiebstähle, Schutzgelderpressung und Raubüberfälle. Wie man weiss, gehörte auch Urkundenfälschung zu ihrer Kernkompetenz.

Beweise: Fehlanzeige
(Noch immer Freitag, 10. Juli)

Es war durchaus eine freundschaftliche Begrüssung im «Pyri» zwischen Matthias Mast und Stephan Moser, schliesslich hatten die beiden Herren schon bei den Ermittlungen rund um den Fall der ermordeten Véronique von Greifenbach zu tun, Inhaberin der Supermarktkette DBD mit Hauptsitz in Thun. Mast hatte den Kriminalisten Tipps in Richtung der Berner High Society gegeben.

Eigentlich wollte Stephan Moser sofort in medias res gehen, wer aber Mast näher kannte, wusste, dass dieser zuerst immer ein geistreiches Bonmot zu aktuellen Ereignissen auf den Lippen hatte, er selber konnte jeweils am meisten darüber lachen. Mit anderen Worten: Langweilig waren Treffen mit dem inzwischen 60-Jährigen nie. Im Gegenteil. Bevor man zum eigentlichen Grund des Treffens kam, bestellte der Journalist einen «dreier Epesses» von Potterat aus Cully für eine ungezwungene Atmosphäre, wie er sich Moser gegenüber ausdrückte. Dem konnte das Vorgehen nur recht sein. Moser kam auf das kurz zuvor geführte Telefongespräch zurück, erklärte Mast, dass Beat Neuenschwander offiziell für tot erklärt worden war.

«Sie haben vor ungefähr zwei Jahren mit meiner Kollegin Aarti Sivilaringam bereits einmal über den Fall gesprochen.»
«Ich erinnere mich sehr gut, eine ausserordentlich hübsche Erscheinung. Ist sie nicht mehr bei der Kapo?»
«Doch, schon. Im Moment nimmt sie aber in den USA an einer Fortbildung des FBI teil.»
«Soso, beachtlich, in ihrem Alter», grinste Mast und griff zu seinem Glas. «Prost! Ich bin der Mättu.»
«Und ich Stephan oder Steff oder einfach Moser, ganz wie du willst. Prost.»

Nähe war für Kriminalisten kein Hinderungsgrund, um an Informationen heranzukommen, die auf den offiziellen Kanälen nur schwer – wenn überhaupt – zugänglich waren. Besondere Beachtung kam dabei den V-Leuten zu, von einem solchen war Mast jedoch weit entfernt. Er war einfach extrem gut vernetzt, kannte in Bern Gott-und-die-Welt (umgekehrt auch) und hatte eine weit überdurchschnittliche Allgemeinbildung.

Matthias Mast bekam in den nächsten Minuten ein Update zur Causa Neuenschwander. «Vertraulich» wurde ihm auch gesagt, dass die Leute von Leib und Leben zum Tod des Buchautors einige Fragezeichen hätten, der Gletscher aber behalte die Wahrheit für den Moment für sich. Aus diesem Grund gehe man im Nordring der Möglichkeit nach, dass Neuenschwander noch am Leben und untergetaucht sei. Auch die Rolle der Ehefrau würde hinterfragt, allerdings ohne Anhaltspunkte. Man vermute aber, dass sie gemeinsame Sache mit ihrem Gatten mache.

Mast überraschte Moser mit der Feststellung, dass ihn der Fall Neuenschwander – «Genial, das mit dem Pseudonym Thomas Bornhauser» – selber interessiere, habe er doch den einen oder anderen seiner Krimis gelesen, meinte er mit einem Lächeln auf den Lippen, «selbstverständlich auch ‹Tod auf der Trauminsel›, wo ich ja selber vorkomme».

«Du hast seinerzeit mit Aarti über eine Begegnung mit Beat Neuenschwander gesprochen, als der an einer heissen Story gewesen sei. Stichworte wie ausländische Investoren, die Geld in der Schweiz zwischenwaschen, Kryptowährungen, Darknet, Scheinfirma in Liechtenstein, Anwaltskanzlei in Zug. Kannst du dich daran erinnern?»

«Sicher doch», antwortete Mast, «deine Infos vorhin waren sehr interessant, vor allem diese mögliche Verbindung mit Albanien. Aber auch der Südsudan und Dubai machen Sinn.»
«Wie meinst du das? Darf ich mir Notizen machen?», was Mast mit Kopfnicken bestätigte.

Ein gewisser «Krasniqi» – mehr zur Person und den Umständen sagte Mast nicht – werde «im Moment» von Fedpol überwacht, dies in Zusammenarbeit mit Europol. Es gehe dabei um die Finanzierung von Waffenlieferungen in afrikanische Konfliktgebiete. Was er sagen könne: Krasniqi stamme aus Albanien, habe aber mit der diplomatischen Vertretung in Muri nichts zu tun, jedenfalls sicher nicht direkt. Gut möglich, dass Krasniqi hingegen Beifahrer in Richtung Oey war und der Wagen von Neuenschwander deshalb fotografiert wurde. Unbestritten hingegen der Umstand, dass der Albaner in zwielichtige Geschäfte verwickelt sei, deshalb das Rechtshilfegesuch von Europol. Sein Strafregister lese sich wie das Drehbuch eines Hollywood-Films, so ziemlich alles vorhanden, drei mehrjährige Zuchthausstrafen inbegriffen. In zwei vermuteten Mordfällen könne ihm aber nichts nachgewiesen werden, weshalb diese in seinem Palmarès fehlten.

Krasniqi wohne seit zwei Wochen in einem Nobelhotel am Bahnhofplatz. Einen festen Wohnsitz habe der 55-Jährige seit einem Jahr in Belgien, zuvor habe er sich in verschiedenen Ländern Osteuropas aufgehalten. Vermutet werde, dass Krasniqi sich gegenwärtig deshalb in der Schweiz befinde, um sich mit Mittelsmännern zu treffen. Europol wolle eine solche Zusammenkunft auf keinen Fall unbeachtet lassen, könne man doch davon ausgehen, dass sich ein harter Kern von Waffenhändlern und Geldwäschern einfinden werde. Zu diesem Zweck sei ein verdeckter Ermittler als Rezeptionsmitarbeiter ins Hotel eingeschleust worden. Mast konnte die Frage hingegen nicht beantworten, ob Krasniqis Telefonverbindungen abgehört oder Wanzen in seinem Zimmer installiert wurden, wie es bei anderen Treffen von bekannten Leuten in einem Sitzungszimmer offenbar geschah. Der Rezeptionist habe die Aufgabe gefasst, mögliche Treffen von Krasniqi mit Bekannten oder Geschäftsfreunden zu beobachten und diese umgehend dem in die Observation eingeweihten Sicherheitsverantwortlichen des Hotels zu melden, damit dieser die Videokamera gezielt auf die Männerrunde einstellen konnte.

Moser wunderte sich vor allem wegen des Umstands, dass Mast offenbar bestens über die Observation von Krasniqi durch Fedpol im Bilde war, seine Infos hatten nämlich – bis jetzt jedenfalls – den Nordring nicht erreicht. Vielleicht hatte es damit zu tun, dass das Foto des Lada noch nicht die offizielle Runde gemacht hatte.

«Mättu, zu Neuenschwander, hast du da Erkenntnisse?»
«Nein, bloss Überlegungen.»
«Auf die bin ich gespannt.»
«Weshalb sollte Neuenschwander das Auto fotografiert haben?»
«Moment... Nicht vergessen, da hängen noch andere Fahrzeuge an der Wand», gab Moser zu bedenken.

«Macht das Möglichste, um deren Halter herauszufinden. Aber zurück zum Lada: Nehmen wir an, die drei Insassen waren auf dem Weg nach Diemtigen. Nehmen wir weiter an, Neuenschwander habe sie in seinem Chalet getroffen …»
«Aber er ist dem Lada bloss hinterhergefahren …»
«Wie und was auch immer, auf diesen Umstand würde ich den Fokus nicht legen.»
«Du meinst, Neuenschwander sei nicht bloss ein investigativer Krimischreiber, sondern stehe in Verbindung mit den Albanern? Immer vorausgesetzt, er lebe noch.»
«Moser, das Schlimmste an der Fantasie wäre, sie mit Leitplanken zu begrenzen.»
«Guter Spruch, muss ich mir merken.»
«Habe noch andere auf Lager, zum Beispiel den eingefleischten Veganer. Aber lassen wir das, zurück nach Diemtigen. Ist es Zufall, dass Krasniqi sich ausgerechnet jetzt in der Schweiz aufhält, da Neuenschwander für tot erklärt wurde?»
«Was rät der Fachmann?»
«Moser, *du* bist doch die Polizei...»
«… die immer auf gute Hinweise aus der Bevölkerung angewiesen ist.»
«Weisch, Moser», Mast lehnte sich zu seinem Vis-à-vis hinüber, «du bist ja Profi, ich gehe mal davon aus, dass du mir nicht ganz alles gesagt hast. Kein Problem, das Mosaik müsst ihr euch aber selber zusammensetzen. Wollen wir noch einen Dreier?»
«Für mich nicht, sonst torkle ich in den Nordring zurück», und mit Blick zu David Steinman, dem Co-Geschäftsführer des «Pyri», der sich nicht zu schade war, auch zu bedienen, «Dävu, zahle, bitte!» Drei Minuten später verabschiedeten sich Journalist und Kriminalist.

Zurück im Büro hatte Simone News. Ihr war es nämlich mit Hilfe des bernischen Verbands gelungen, jenen Notar ausfindig zu machen, bei dem das Testament von Beat Neuenschwander lag. Nur: An das Dokument heranzukommen, war nicht so einfach. Der besagte Notar, Gregor Zumstein, verweigerte die Auskunft. Er werde am Telefon sicher nichts sagen, dazu müsse es schon einen richterlichen Beschluss geben, was eindeutig darauf hinwies, dass das Dokument tatsächlich bei ihm hinterlegt worden war. Zur Frage, ob die Testamentseröffnung bereits stattgefunden habe oder noch bevorstehe, schwieg er sich ebenso aus, wie auf die Frage, ob er Kontakt zu Karin Riedo habe. «Tricky», würde ein Amerikaner bei dieser Ausgangssituation wohl sagen. Zwar liess sich vermuten, dass das Team auf dem richtigen Pfad war, aber es fehlen die Wegweiser, um es zu bestätigen. Ohne Beschluss der Staatsanwaltschaft standen Binggeli und Co. wie der Esel am Berg. Zu dürftig, was sie in den Händen hielten respektive eben nicht vorzuweisen hatten. Dabei drängte die Zeit.

«Steff, was hat das Gespräch mit Mast ergeben?», wollte Eugen Binggeli wissen.
«Chef, eine ganze Menge, vor allem Informationen, von denen wir noch keine Ahnung haben», was natürlich zu verwunderten Blicken und Aufmerksamkeit führte.

Moser fasste das Gespräch mit Matthias Mast zusammen, erklärte den Kollegen – und der Kollegin –, dass er dem Journalisten nicht alles erzählt habe, wie zum Beispiel die regelmässigen Einzahlungen in eigener Sache. So oder so: Die drei Zuhörenden kamen nicht aus dem Staunen heraus, vor allem als Moser von der Überwachung Krasniqis erzählte und seine vermuteten Verbindungen zur Waffenmafia: Die Achse Südsudan-Dubai-Schweiz. Moser teile übrigens die Meinung von Mast, dass in letzter Zeit die Waffenlieferungen – vor allem aus NATO-Beständen – wegen des Kriegs in der Ukraine eher grosszügig gehandhabt worden seien, geradezu eine Spielwiese für Waffenschieber.

Als Moser seine Ausführungen beendet hatte, wollte er mit den schon von Mast ausgesprochenen Spekulationen zu Neuenschwander und Krasniqi beginnen. Eugen Binggeli schlug hingegen eine «biologisch notwendige» Pause vor, zudem wolle er schnell mit dem Polizeikommandanten und mit dem Staatsanwalt sprechen. Die Sache mit der Observation durch Fedpol sei schon komisch, vor allem weil das Dezernat nichts ins Bild gesetzt wurde, und sei es bloss pro forma.

Eine Viertelstunde später sass das Quartett wieder zusammen. Binggeli informierte über seine beiden Anrufe, unterliess es jedoch zu erwähnen, dass er dabei ziemlich laut und deutlich zu und her ging. Sowohl Christian Grossenbacher als auch Martin Schläpfer mussten zugeben, dass sie von der Aktion wussten, mussten Fedpol gegenüber jedoch hoch und heilig versprechen, die «absolut vertrauliche Angelegenheit» für sich zu behalten, was

Binggeli dann doch laut lachen liess, wusste doch «ein Informant unseres Dezernats, nicht im Dienst der Polizei» bereits bestens Bescheid, was Polizeikommandant Grossenbacher umgehend nach dem Gespräch mit Binggeli veranlasste, Fedpol via Handy einen Satz rote Ohren zu verpassen.

«Also denn, beginnen wir mit möglichen Spekulationen, ob es eine Verbindung zwischen Albanern – es muss ja nicht zwingend dieser Krasniqi sein – und Neuenschwander gibt, immer vorausgesetzt, er sei nur amtlich für tot erklärt worden. Stephan?», forderte der Dezernatsleiter auf.
«Die brennendsten Fragen für mich: Hat er wirklich mit Waffenschiebereien zu tun, mit Geldwäsche? Sind das nicht zwei, drei Nummer zu gross für einen Krimischreiber?»
«Hat Mast nichts dazu spekuliert?», fragte Brunner.
«Nein, Elias, er vermutete aber zu Recht, dass ich ihm nicht alle Karten auf den Tisch gelegt habe – ich denke, dass auch er Infos mir gegenüber zurückgehalten hat.»
«Wieso sollte er das tun?»
«Iutschiin, er ist Journalist, ein guter dazu. Wer sagt uns denn, dass er nicht selber an der Sache dran ist und eigentlich nur bei uns reinhören wollte? Wie wir bei ihm umgekehrt.»
«Lasse ich gelten. Also, Neuenschwander hat mit Albanern zu tun, hat sie in Diemtigen getroffen. Mit welcher Absicht?», worauf alle mit Schweigen glänzten. Simone Reber meldete sich nach einigen Augenblicken zu Wort.
«Albaner und Neuenschwander haben sich nicht zu einer Besichtigung für ein BnB getroffen. Sie kennen sich, was auch die Einreisestempel im Pass erklären würden. Was hätten sie zu besprechen gehabt?»
«Die Mutter aller Fragen», kam es aus dem Mund des Dezernatsleiters, sodass nur Stille folgte.
«Gehen wir einmal davon aus, dass die Einzahlungen von Neuenschwander aufs eigene Konto von den Albanern stamme, was für Dienstleistungen hätte er erbracht?», fragte Moser in die Runde.
«Stephan, für eine mögliche Geldübergabe fährt man doch nicht ins Oberland», bemerkte Binggeli.
«Richtig, Iutschiin, das nicht. Gibt oder gab es dort aber Unterlagen für eine weitere Zusammenarbeit, eine weitere Aktion?»
«Moment!», unterbrach Binggeli Mosers Spekulationen. «Haben wir das Umfeld von Neuenschwander gut ausgeleuchtet? Wen kennt er, der bei solchen Mauscheleien von Nutzen sein könnte?»

«Waffenschiebereien sind keine, wie du sagst, Mauscheleien», entgegnete Stephan Moser seinem Chef.
«Richtig, Steff, also müssten es einflussreiche Kreise sein. Wenn schon. Aber zurück zu meiner Frage: Haben wir das Umfeld von Neuenschwander vor zwei Jahren genügend untersucht?»
«Nein, haben wir sicher nicht, weil wir immer nur von einer Vermisstenmeldung mit Todesfolge ausgingen, die heutigen Erkenntnisse hatten wir damals nicht. Wobei ...», meldete sich Brunner zu Wort.
«Wobei ...?», hakte Binggeli fragend nach.
«Erkenntnisse ist das falsche Wort, wir spekulieren noch immer, dass Neuenschwander noch lebt.» Und so drehte man sich wieder einmal im Kreis.

Um die Mosaiksteine überhaupt zu einem bunten Ganzen zusammensetzen zu können, musste man sie zuerst farbig anstreichen. Hiess: Bevor man keine griffigen Beweise hatte – zum Wohnort von Frau Riedo, zum Testament, zu den Beziehungen von Neuenschwander mit den Albanern und zu den Banktransaktionen – stand man mit leeren Händen da. Vor allem: Man hatte keinen einzigen Beweis, dass der Krimiautor noch lebte. «S.O.S.» für in diesem Fall: «Same Old Story». Zum Glück stand das Wochenende an, Zeit, die Köpfe durchzulüften.

Luzius Kauter und Emanuel Stöckli

(Montag, 13. Juli)

Eugen Binggeli hatte vorgestern Samstagmorgen Kontakt mit seinem Vorgänger aufgenommen, mit Joseph Ritter. Genauer gesagt, war es sein Vorvorgänger, weil der unmittelbare Nachfolger von Ritter, Peter Kläy, vor zwei Jahren vor der Toblerone-Fabrik erschossen und Eugen Binggeli aus dem damaligen KTD zum Leiter Dezernat Leib und Leben ernannt wurde, weil sowohl Elias Brunner als auch Stephan Moser aus persönlichen Gründen darauf verzichtet hatten. Erstens wollte Binggeli «J. R.» – so sein Kürzel in Anlehnung an die TV-Serie «Dallas» der 80er-Jahren – ganz allgemein fragen, wie es ihm denn so gehe, und zweitens, was er von den Spekulationen rund um Beat Neuenschwander halte.

Joseph Ritter erfreute sich seines Rentnerlebens, das er zusammen mit seiner Ehefrau Stephanie in vollen Zügen – damit sind nicht die vollen SBB-Züge gemeint, wenn sich Pensionierte jeweils in Scharen bei schönem Wetter auf Reise begeben – zu geniessen wussten. Es mussten dabei nicht Reisen in ferne Länder sein, schon ein Wochenende in Stresa am Lago Maggiore, nur zwei Bahnstunden von Bern entfernt, vermittelte das Gefühl echter Italianità. Vor allem das Hotel La Palma mit seiner grandiosen Dachterrasse hatte dem Ehepaar Ritter-Imboden «den Ärmel inegno».

Und selbstverständlich verfolgte Ritter das Geschehen im Nordring noch immer, jetzt allerdings aus sicherer Distanz, quasi in der Loge sitzend. Von Zeit zu Zeit hatte er – sei es telefonisch oder bei einem Bier – Kontakt mit Kapo-Ehemaligen, die sich auch als Gruppe zweimal im Jahr zum Ausflug trafen, meistens in Verbindung mit einer interessanten Besichtigung. Ritter sagte, er sei froh, beruflich nicht mehr aktiv zu sein, das sei doch «geistesschwach», wie sich die administrativen Arbeiten entwickelt hätten, «weil jeder sich gegen jeden absichern will und niemand mehr bereit ist, Entscheide selber zu treffen und Verantwortung zu übernehmen.» Mit dieser Feststellung schloss Ritter den Small Talk ab.

«Iutschiin, aber deshalb rufst du ja kaum an …»
«Richtig kombiniert, J. R., ich brauche deinen Rat und bräuchte Zugriff auf dein legendäres Bauchgefühl.»
«Ich höre.»

Binggeli konnte – wie sich schnell herausstellte – davon ausgehen, dass Ritter das Wesentliche rund um den Fall des verschwundenen Krimiautors bereits wusste, weshalb der heutige Dezernatsleiter ihn bat, «laut zu denken», dies, nachdem sein Vorvorgänger die Neuigkeiten rund um «diesen Krasniqi» zu hören bekam.

«Iutschiin, ist noch lustig, spätestens nach dem Erdbeben beim Rosenlauigletscher habe ich mich gefragt, ob dieser Neuenschwander nicht ein ganz Durchgetriebener ist.»
«Wieso das?»
«Er hat sich mit seinen beiden Übernachtungen ein nettes Alibi verschafft.»
«Da gibt es aber noch eine Daunenjacke in der Gletscherspalte mit passender DNA-Analyse, die Ortung seines Handys und ein Schuh, der vermutlich zu sehen war.»
«Iutschiin, als Krimiautor hat der Mann mit Sicherheit eine blühende Fantasie.»
«Wie hat er aber den Rückweg geschafft, ohne gesehen zu werden?»
«Die Gretchenfrage, gewiss. In der einsetzenden Dunkelheit, von dort aus, wo man ihn eventuell hätte sehen können? Diese Antwort muss offenbleiben, ebenso die anderen Fussspuren. Ganz schön clever, falls inszeniert, das muss ich zugeben.»
«Und seine Frau, die uns immer dazu gedrängt hat, nach dem Mörder zu suchen?»
«Showtime, Teil zwei?»

Nach einer längeren Diskussion schien den beiden Herren klar: Neuenschwander hatte eine falsche Spur gelegt, um von sich abzulenken. Hinter der Causa Neuenschwander versteckte sich etwas anderes. Also – auch da stimmte man überein – galt es, das eigentliche Umfeld des Beat Neuenschwanders durchzukämmen. Das hatte man auf Grund der seinerzeitigen Ausgangslage vernachlässigt, weil es sich einzig um eine Vermisstenmeldung handelte, um einen Unglücksfall mit Todesfolge. Aussagen von Frau Riedo hin oder her.

«Danke für deine Einschätzung, J. R., was steht am Weekend an?»
«Immer wieder gerne. Wie hat es Moser einmal gesagt? ‹Sherlock Holmes am Telefon. Wie kann ich dienen?›», was beide lachen liess. «Wir nehmen es easy, haben heute Abend Gäste, morgen gehen wir vermutlich ins Kino. Und du? Noch immer Single?»
«Joseph Ritter … Noch immer der Ermittler … Jein, ich brauchte einige Zeit, um über die letzte Beziehung hinwegzukommen. Ich hatte seither einige nette Begegnungen, mehr nicht. Aber seit drei Monaten treffe ich regelmässig eine gleichaltrige Frau, ich denke, wir passen ganz gut zusammen. Mal sehen, wie sich die Sache entwickelt. Das Team hat bisher noch nichts gemerkt, aber dagegen habe ich nichts einzuwenden.»
«Iutschiin, unterschätze deine Leute nicht, es sind Kriminalisten … Grüsse sie mir auf jedem Fall.»

Mit dieser Feststellung ging das Gespräch zu Ende. Weitere berufliche Telefonate führte Binggeli am Wochenende nicht. Am Montagmorgen richtete er den Gruss von Ritter dem Team aus und erzählte von den Erkenntnissen des Gedankenaustauschs.

Das Gespräch zwischen den Herren Ritter und Binggeli ging danach sozusagen in die Verlängerung, denn das Team nahm den Ball auf. Ein Blick zur aktualisierten Infowand untermauerte die Vermutungen, dass Neuenschwander wohl eher nicht im ewigen Eis gefangen war. Wie und wo hatte er sich seither aber verstecken können? Und weshalb? Welche Rolle spielte seine Frau? Wo lebte sie überhaupt? Was war mit diesem Auto der albanischen Botschaft? Mit wem stand Neuenschwander in Kontakt? Wo beginnen?

«Jemand muss versuchen herauszufinden, wo sich Frau Riedo aufhält.»
«Ich schaue mal auf local.ch.», witzelte Stephan Moser.
«Stephan, Auftrag geht somit an dich. Wir drei heften uns an die Fersen seiner Entourage.»

In den folgenden Stunden wurde viel gesprochen, allerdings noch nicht koordiniert, dafür hatte man sich das Mittagessen aufgespart. Jeder und jede versuchte unterdessen, Informationen über das Ehepaar Neuenschwander-Riedo zu sammeln. Eine erste wichtige Erkenntnis kam von Stephan Moser, die er sofort mitteilte, weil es auch von Interesse für das ganze Team war. Karin Riedo hatte bei der Heirat mit Beat Neuenschwander zwar ihren bisherigen Namen behalten, ihr Mädchenname indes lautete anders. Vor einer ersten Ehe mit einem Bernhard Riedo hiess sie Zingg, Karin Zingg. Heimatort Diessbach bei Büren. Eine Rückfrage bei der Gemeinde ergab Erstaunliches: Der Vater – Landwirt – war noch immer in der Gemeinde gemeldet, sodass das nächste Telefon ihm galt. Weil niemand den Anruf entgegennahm, machte sich Moser umgehend nach Diessbach auf, in der Hoffnung, Peter Zingg dort anzutreffen. Er sei sicher «um 13 Uhr wieder da», sagte Moser in Eile zwischen Tür und Angel.

Einen derart schnellen Zwischenerfolg konnten die übrigen Teammitglieder nicht vermelden. Dennoch gelang es ihnen, einige Namen herauszufinden, die mit Neuenschwander in Verbindung gebracht werden konnten. Als die grösste Hilfe erwies sich dabei – irgendwie naheliegend – Annette Weber vom gleichnamigen Verlag, der die Bücher von Beat Neuenschwander publizierte. Nur einige Minuten nach dem Weggang von Stephan Moser verliess auch Elias Brunner den Nordring – er in Richtung Thun/Gwatt, dies nachdem er kurz mit Annette Weber telefoniert hatte. Die Verlagschefin – und Inhaberin – sagte Brunner zu, in der Zwischenzeit auch Mitarbeiterinnen und Mitarbeiter zu befragen, denn sie waren es in erster Linie, mit denen Neuenschwander zu tun gehabt hatte, namentlich Madeleine Hadorn, David Heinen und Bettina Ogi.

Die beiden Herren flugs unterwegs, zurück blieben Simone Reber und Eugen Binggeli, der sich bei seiner Kollegin erkundigte, ob auch sie ihn vorübergehend zu verlassen gedenke. Zu seinem Erstaunen antwortete sie mit «ja», wenn auch nur ganz kurz, in Richtung Stadt. Sie habe den Namen eines Simon Pulfer genannt bekommen, einem Nachbar von Neuenschwander. Ihn möchte sie kurz aufsuchen, offenbar bei Lidl im Untergeschoss des Bahnhofs Bern beschäftigt. Sie sei aber sicher auch um 13 Uhr wieder zurück, worauf Binggeli einen Seufzer ausstiess und Simone mitteilte, dass er die Stellung halten und Finger Food besorgen würde. Er schob noch ein gespielt ernstes «spätestens 13 Uhr» mit drohendem Zeigefinger nach, gefolgt von einem Augenzwinkern und der Schlussbemerkung «Gang itz, hü!»

Binggeli sah sich im leeren Büro um, wusste nicht wirklich, wie ihm geschah, so ganz allein ohne sein Team. Wie auch immer: So konnte er schalten und walten, wie er wollte. Und deshalb nutzte er die Gelegenheit, um seine Freundin Sara anzurufen, die es offiziell ja gar nicht gab. Dachte er jedenfalls, denn sein Team hatte es längst gerochen, zumal die joggende Simone Reber die beiden einmal zufällig aus der Distanz gesehen hatte, spazierend auf der anderen Seite des Aareufers. Das Team hatte abgemacht, dem Chef davon nichts zu sagen, er selber solle den günstigsten Zeitpunkt wählen können. Ganz schön rücksichtsvoll.

Um 12.45 Uhr begab sich der Dezernatschef zum Take-Away in der gegenüberliegenden Migros Lorraine. Von Stephan und Elias wusste er, worauf sie mittags Lust haben, bei Simone war er sich nicht sicher, weshalb er für sie Vegetarisches mit auf den Rückweg nahm, ein Volltreffer, wie sich später zeigen sollte, obwohl Simone Reber nach eigenen Angaben keine Fleischverweigerin war. Als es sich alle gemütlich gemacht hatten, erging das Wort zuerst an die Kriminalistin, die Simon Pulfer aufgesucht hatte. Zuerst gab sich Pulfer im Laden wortkarg, erst als er die Erlaubnis seines Vorgesetzten erhielt, sich in einem Rückraum mit der Polizistin unterhalten zu dürfen – «Es liegt gar nichts gegen Ihren Mitarbeiter vor, aber er könnte uns eventuell mit Auskünften weiterhelfen» –, so lockerte sich seine Zunge nadisna, bis er zum bedeutungslosen Plauderi wurde. Simone Reber liess sich nicht anmerken, dass sie ihre Aufmerksamkeit vor allem zum Schluss auf Erstfeld-Bodio eingestellt hatte, bei einem Ohr rein, beim anderen raus. An Substanz blieb zum Schluss nicht viel übrig. Die Familie von Simon Pulfer wohnte vor vielen Jahren an der Gesellschaftsstrasse neben dem Ehepaar Neuenschwander-Riedo, wirkliche Nähe gab es nicht, «wenn schon, wüsste das eher mein Vater, aber der ist verstorben». Witzig: Pulfer sprach während seinen leeren Worthülsen auch von und über Yvonne Anderegg, «dem Sperberauge von gegenüber». Fazit: Ausser Spesen nichts gewesen.

Ein ähnliches Kapitel war auch der Ausflug von Stephan Moser nach Diessbach. Zwar war Peter Zingg tatsächlich noch an der Adresse des Bauernhofs gemeldet – inzwischen von einem Pächter geführt –, er selber aber seit einigen Monaten im Alters- und Pflegeheim Waldheim Dotzigen zuhause. Moser suchte das Tertianum auf, um mit Herrn Zingg zu sprechen, was sich jedoch als unmöglich erwies, weil dieser an fortgeschrittener Demenz litt. Ob man die Telefonnummer seiner Tochter Karin hätte, wurde der Verwalter gefragt, der aus Datenschutzgründen nicht weiterhelfen konnte. Vielleicht – je nach Stand späterer Ermittlungen – könnte der Staatsanwalt mit einem Beschluss weiterhelfen. Nicht aber jetzt.

Blieb also noch Botengänger Brunner nach seiner Rückkehr aus Thun. Und der hatte doch einige Namen im Gepäck.

«Also, Leute, ich konnte mit Annette Weber und einigen ihrer Mitarbeitenden reden. Ich möchte meine Äusserungen zweiteilen – Autor und Entourage.»
«Elias, weshalb das? Aber nur zu, du hast unsere ungeteilte Aufmerksamkeit», sagte der Chef und nahm noch einen kräftigen Schluck Coca-Cola-Zero.
«Zuerst», Brunner zückte dabei sein Notizbüechli und blätterte kurz darin rum, «geht es um Neuenschwander selber, erst nachher um Leute aus seiner Entourage. Meine Gesprächspartner waren sich einig: Eigentlich ein durchaus zugänglicher Zeitgenosse, konnte seine Krallen aber ausfahren. Offenbar war es besser, ihn zum Freund als zum Feind zu haben.»
«Fast wie du, Iutschiin», stellte Moser neckisch fest.
«Soso … Elias, du bist wieder an der Reihe.»
«Sicher sei auch, dass Neuenschwander sich während seiner Recherchen nicht bloss Freunde gemacht habe. Allein schon seine Veröffentlichungen im Krimi ‹Wohlensee› kamen im Schweizer Sport Dynamit gleich.»
«Habe ich verpasst, Elias, worum ging es da bei dieser Sprengkraft?», fragte Simone Reber.
«Noch vor den Enthüllungen des Magazins vom Tages-Anzeiger hat er Magglingen an den Pranger gestellt. Da schluckten Kunstturner ohne ihr Wissen Wachstumshemmer, damit sie nicht zu gross wurden. Antwort des Turnverbands: ‹Davon ist uns nichts bekannt›. Auch beschreibt er eine Situation anlässlich einer Party, als ihm die Frau des Göttis eines sehr bekannten Schwingers verriet, dass sie den Schwinger einmal beim Spritzen überrascht hätte. Seine Reaktion: ‹Du hast jetzt aber gar nichts gesehen›. Auch andere Passagen lassen einem das Blut in den Adern gefrieren. Passiert ist nach der Veröffentlichung gar nichts – nicht einmal in der Sportpresse.»
«Was nicht sein darf, kann nicht sein?», fügte die Kriminalistin hinzu.
«Ja, Simone, besser kann man es nicht sagen. Aber auch auf anderen Gebieten hatte er seine Nase zuvorderst. Bei Autoschiebern in Polen, vermuteten Drogenkurieren im Belpmoos, auch ist er mit Behörden nicht gerade zimperlich umgegangen, obwohl die Handlungen immer frei erfunden waren. Und über die Freimaurer standen auch Fakten, die sogar viele Freimaurer nicht wissen. Trotzdem. Ich glaube aber nicht, dass sein Verschwinden mit den Recherchen zu tun hat, die sind *zu* lange her. Annette Weber

mochte es dennoch nicht explizit ausschliessen, schliesslich sei Peter Kläy auch wegen einer früheren Geschichte in Polen ermordet worden.»

Nach dieser Auslegeordnung diskutierte das Quartett ausführlich über die Möglichkeit, ob das Verschwinden von Beat Neuenschwander nicht eben doch mit seinen Recherchen zusammenhängen könnte. Es gab ein einstimmiges 4:0, diese Spur nicht weiterzuverfolgen, weshalb man Elias Brunner bat, Informationen zum Umfeld des Verschwundenen zu geben.

«Also, ich habe drei Personen notiert, mit denen Neuenschwander offenbar näheren privaten Kontakt hatte. Da wäre einmal Emanuel Stöckli, der im Weber Verlag ebenfalls Kriminalromane veröffentlicht. Offenbar haben Neuenschwander und Stöckli die Manuskripte von neuen Kriminalgeschichten vor dem offiziellen Lektorat gegenseitig gelesen.»
«Weshalb denn das? Da könnte doch geistiges Eigentum im Frühstadium geklaut werden.»
«Stimmt, Stephan, das habe ich Annette Weber auch gefragt. Sie meinte, dass beide das gar nicht nötig hätten, weil beide mit sehr viel Fantasie gesegnet seien. Zudem würden Krimiautoren sofort merken, wenn etwas in einer Handlung bockt, oder wenn der Schäferhund von Seite 18 plötzlich auf Seite 222 zum Boxer mutiert.»

In der Tat: Bei Krimis verhält es sich wie bei gutem Brot, wenn der Teig während 48 Stunden gären kann – nicht zu lang und nicht zu kurz. Heisst in unserem Fall: Neuenschwander schrieb einen Krimi über eine Zeitspanne von ungefähr zehn Monaten. Wenn im Flow, kamen pro Tag zehn, zwölf Seiten zusammen. Es gab aber, wie er sagte, «Schaffenspausen», während denen er schlicht keine Lust zum Schreiben hatte, da ruhte seine Tastatur während Wochen. Kein Wunder, wusste er – vor allem, wenn das Manuskript zu neunzig Prozent fertig war und das Grande finale anstand – nicht mehr auswendig, was er Monate zuvor zu Papier gebracht hatte. Klar las er die Story immer wieder durch, von Anfang an, mit der Zeit aber drehte sich alles in seinem Kopf. Stöckli ging es ähnlich, weshalb sich die beiden Herren, im wahrsten Sinne des Wortes, austauschten.

Ganz anders Edgar Wallace, von dem es hiess, er schliesse sich zwei Tage in sein Zimmer ein, um dann – nota bene, damals auf Schreibmaschine – mit einem neuen Krimi herauszukommen. Kriminalgeschichten übrigens, die in den Sechzigern verfilmt wurden, schwarzweiss, mit Grössen wie Joachim Fuchsberger, Heinz Drache, Karin Dor oder Eddie Arent.

«Der zweite Name, den ich mir notiert habe: Luzius Kauter, der wohl beste Copain, der als Begleiter einige Mal mit Neuenschwander im Verlag auftauchte. Die beiden verstanden sich glänzend und überboten sich geradezu mit rhetorischen Kapriolen. Annette Weber ist sich sicher, dass Kauter weiss, wo Karin Riedo heute zu finden ist.»
«Und der dritte Mann?», gab sich Binggeli neugierig.
«Matthias Mast.»
«Hallo! Und der Typ erzählt mir im ‹Pyri›, dass er Neuenschwander nicht wirklich kennt...»
«Moment Steff, ich bin noch nicht fertig. Frau Weber hat nicht gesagt, dass sich die beiden kennen.»
«Sondern?»
«Dass man Mast fragen soll, wenn es um Leute geht, die nicht gerade auf dem Radar zu finden sind.»
«Also können wir ihn vorerst streichen und uns auf die Herren Stöckli und Kauter konzentrieren. Elias, hast du ihre Koordinaten?»
«Sir, yes, Sir!»

Wie immer wurden die Aufgaben auf einem Flipchart notiert und zugeteilt.

Luzius Kauter / Karin Riedo SR
Emanuel Stöckli SM
Spur Fedpol / Europol EB
Testament / Bankverbindungen DL
Richterliche Befehle Staatser DL

Die Aufgabenzuteilung durch den Dezernatsleiter zeigte vor allem eines: Binggeli speiste seine Kollegin nicht mit Beilagen ab, sie bekam mit dem Kontakt zu Kauter ein zünftiges Stück Fleisch aufgetischt. Und auch ihre beiden Kollegen konnten sich nicht über zu viel Administratives beklagen.

Somit machte man sich im Laufe des Nachmittags an die gestellten Herausforderungen heran.

«Ja!», «Nein!», «Doch!»
(Dienstag, 14. Juli)

«Oho, der Herr Dezernatsleiter mit einem Polohemd bleu / blanc / rouge …»
«Oui, exactement, Madame Simone, très bien constaté, fête nationale en France.»
«Hast du Vorfahren aus der Grande Nation, Mösiö Bähnschöli?»
«Nicht das ich wüsste, das Polohemd habe ich vor einigen Jahren in Bordeaux gekauft, war übrigens 2014 europäische Kulturhauptstadt, echt sehenswert. Und bevor du konterst: Nicht bloss der Weine wegen. Zufrieden?»
«Durchaus», womit diese Ouvertüre bereits ihr Ende fand.

Der Nachmittag hatte sich gestern der Recherchen wegen in den Abend verlagert, bei Simone Reber sogar in die Nacht, war es ihr doch gelungen, sich mit Luzius Kauter zu treffen. Dieser hatte vor zwanzig Uhr «keine Zeit», worauf die Kriminalistin fragte, ob es ihm möglich sei, um Acht in den Ringhof zu kommen. Zwar schlug Kauter zuerst das Musigbistrot im Monbijou-Quartier vor, aber das war für die Ermittlerin ein No-Go, eine Befragung in einem öffentlichen Lokal zu führen. Sie wusste sich danach mit charmanter Stimme durchzusetzen, sodass Kauter zur besagten Zeit beim Eingang läutete, worauf die Einsatzzentrale bei Simone Reber zuerst nachfragte, ob sie Besuch erwarte, was diese bestätigte.

Binggeli war klar, dass Simone einiges zu erzählen hatte, weshalb er ihre Ausführungen mit Augenzwinkern zur Kollegin kurzerhand an den Schluss der Inforunde setzte, im Sinne eines perfekten Spannungsbogens der Regie. Deshalb begann er mit seinen doch eher unspektakulären Aussagen. Er hatte ja selber den Auftrag gefasst, Kontakt mit dem Staatsanwalt aufzunehmen, um ein mögliches weiteres Vorgehen in Bezug auf das Testament und die Bankverbindungen von Beat Neuenschwander abzuklären. Von einem Durchbruch konnte er nicht berichten, obwohl zum Beispiel der Name des Notars bekannt war. Martin Schläpfer beharrte beinahe erwartungsgemäss auf seinen juristischen Standpunkt: Ermittlungen hin oder her – Beat Neuenschwander war für tot erklärt worden, Umstände unbekannt. Solange Binggeli und Co. keine stichhaltigen Beweise für ein Verbrechen oder eine massive Irreführung der Justiz vorweisen konnten, gab es auch keine richterlichen Beschlüsse für Hausdurchsuchungen oder Einsicht in Bankunterlagen. Schläpfer sah auch keinen Grund, sich für seine Aussagen zu entschuldigen, «That's the game, you know the rules.» Er bekam eine kurze Antwort: «I know. Holy shit.»

Umso gespannter wartete man auf die Aussagen von Elias Brunner, der sich – stinkfrech – mit Fedpol in Verbindung gesetzt hatte, weil es dort ein Leck gab. Er kannte einen der Verantwortlichen, sodass sich das Gespräch sehr rasch entwickelte, nachdem Brunner sein eigenes Wissen unter Beweis gestellt hatte.

«Also ... Fedpol ist schon länger am Fall dran. Mein Bekannter fasste unser gemeinsames Wissen zusammen. Ausgangspunkt ist der Südsudan, der erhebliche Mengen an Gold an einem noch unbekannten Ort raffinieren lässt und ...»
«Sorry für die Unterbrechung, Elias. Kommt die Schweiz dafür in Frage, die über die Hälfte des Weltgoldes raffiniert, im Tessin und Neuenburgischen?», wollte Binggeli wissen.
«Nein, Iutschiin, das schliesst er aus. Item: Das Gold kommt anschliessend nach Dubai, von wo aus es über Umwege in den Balkan gelangt.»
«Nach Albanien?», hakte Reber neugierig nach.
«Das weiss man nicht so genau, Simone. Kosovo? Serbien? Nordmazedonien? Das ist noch nicht klar. Was Fedpol hingegen weiss: Von dort aus wird es exportiert, fast ausschliesslich nach Moskau, von wo die Russen es wiederum ins Ausland verkaufen und gegen Devisen eintauschen, weil sie ja eigentlich vom Welthandel abgeschnitten sind. Eigentlich.»

«Wie findet der Waffenhandel statt?», wollte Simone Reber wissen.
«Jetzt muss ich ablesen, ist ziemlich kompliziert, ich versuche, es so einfach als möglich zu erklären, wobei meine Aussagen vielleicht nicht wasserfest sind, es ist nämlich ein echter Dschungel.»

Ausgangspunkt – und später auch Zieldestination – war der Südsudan, der das geschürfte Gold «irgendwo» raffinieren liess. Die Goldbarren wurden anschliessend nach Dubai geschafft, von dort aus direkt in den Balkan, vermutlich Albanien. Dubai bezahlte das Gold dem Lieferanten – direkt oder indirekt über Umwege – in Bitcoins. Diese wurden später in Dollarscheine umgewandelt und zu Cash veredelt, weil die Waffenschieber Bares sehen wollten, am liebsten kofferweise. Mit der US-Währung liess sich Geld leichter waschen. Ihre damit erworbenen Waffen wurden via Mittelmeeraum ans Horn von Afrika verschifft. In Bern trafen sich nach Informationen von Fedpol Geldboten und Waffenschieber, um die Deals jeweils zum Abschluss zu bringen. Selbstverständlich hatten sie alle – Broker in Dubai, Zwischenstation Balkan, Geldboten, Waffenschieber und -verkäufer – ihre Provisionen. Trotz dieser diversen Etappen für alle ein lukratives Millionen-Business. Nur die Goldschürfer gingen leer aus und mussten froh sein, überhaupt einige Dollars pro Monat zu erhalten.

«Elias, die Anwaltsbude in Zug als Weisswäscher?» Diese Frage von Binggeli entbehrte nicht einer gewissen Logik, denn am Freitag, 27. November 2020, hielt Manuel Brandenberg eine bemerkenswerte Rede. In der Berner Zeitung BZ nachzulesen.

Der Zuger Kantonsrat tagte wegen der zweiten Corona-Welle in der Turnhalle der Kantonsschule. Und der damalige Fraktionschef der SVP hatte Grosses vor. Brandenberg wollte nichts weniger als die Zuger Regierung dazu verpflichten, beim Bund die Abschaffung eines nationalen Gesetzes zu verlangen. Traktandiert war eine SVP-Motion zur Aufhebung des Geldwäschereigesetzes. Dieses Gesetz regelt, wie die Akteure der Finanzbranche vorgehen müssen, um schmutzige Gelder zu erkennen und von der Schweiz fernzuhalten. Es verpflichtet Banker und andere Finanzintermediäre, den Hintergrund ihrer Kunden und die Herkunft von deren Geldern abzuklären – und einen allfälligen Verdacht den Behörden zu melden. Das sind Standardvorgaben, wie sie auf jedem seriösen Finanzplatz gelten.

Doch dieses Gesetz wollte Manuel Brandenberg, der mit seinem Einsatz für die SVP-Ausschaffungsinitiative 2010 und einer Ständeratskandidatur 2015 auch über Zug hinaus Bekanntheit erlangt hatte, nun ersatzlos streichen. Das Geldwäschereigesetz habe sich «zu einem Überwachungs-, Denunziations- und Bürokratiemonstrum entwickelt», erklärte er seinen Ratskolleginnen und -kollegen, die sich in der ganzen Dreifachturnhalle verteilt hatten. Für Brandenberg war das Thema so ernst, dass er selber vor einem Vergleich mit einem der schlimmsten Diktatoren der Geschichte nicht zurückschreckte. «Unter Stalin begannen Mitglieder des Zentralkomitees andere Parteimitglieder wider besseres Wissen als Verräter zu brandmarken, damit sie selber nicht in Verdacht gerieten.»

Die Gesellschaftsstrasse im Berner Länggassquartier, wo auch das Ehepaar Neuenschwander-Riedo wohnte.

Manuel Brandenberg ist als Anwalt und Notar selber in Bereichen tätig, die dem Geldwäschereigesetz unterliegen. Einige Ratskollegen fragten sich deshalb, weshalb ausgerechnet er sich so ins Zeug legte gegen das bestens etablierte und auf dem Finanzplatz praktisch unbestrittene Gesetz in den Krieg zu ziehen. Nach zwölf Jahren im Zuger Kantonsrat zog sich Manuel Brandenberg per Ende 2022 aus der Politik zurück. Die von Brandenberg so vehement vertretene Motion zur Abschaffung des Geldwäschereigesetzes hat der Zuger Kantonsrat im November 2020 mit satter Mehrheit abgelehnt. Ausser seinen Kollegen aus der SVP-Fraktion stimmte niemand für den Vorschlag.

Für Aufsehen sorgte auch ein Bericht der BILD in Deutschland, als bekannt wurde, dass der Sohn eines russischen Geheimdienstagenten der im Europarat eine wichtige Abteilung des Rats in Strassburg leitete, ausgerechnet für die Geldwäsche-Bekämpfung zuständig war. Hatten die Waffenhändler dadurch sozusagen eine Gratis-Ausstattung an «Staatspersil» für ihre Geldwäsche?

Damit hatte der Mann – dessen Namen hier aus rechtlichen Gründen nicht genannt werden darf – Einblicke in die Anti-Geldwäsche-Massnahmen der 46 Mitgliedsländer des Europarats. Nach der Recherche forderten mehrere Parlamentarier des Europarats Konsequenzen. Der estnische Aussenminister Urmas Reinsalu schrieb sofort einen Brief an die Spitze des Europarats: «Ich war überrascht, aus dem Artikel zu erfahren, dass nach wie vor ein russischer Staatsbürger eine Position bekleidet, die für Transparenz und Offenheit stehen soll», sagte Reinsalu der Zeitung gegenüber. Und: «Genau diese Werte werden in seinem Land nicht befolgt. Es ist völlig absurd und inakzeptabel, dass russische Staatsbürger weiterhin im Europarat arbeiten. Es sollte so schnell wie möglich eine Lösung gefunden werden.»

Fedpol hatte – wie bekannt – Krasniqi im Fadenkreuz. Was die Bundespolizei bisher verschwiegen hatte: Das Auto der Albaner wurde auf dem Rückweg aus Oey von einer mobilen Radarkamera erfasst, von vorne, die drei Insassen erkennbar. Weil das Fahrzeug einer ausländischen Mission angehörte und mit einem CD-Kontrollschild ausgestattet, wurde Fedpol der guten Ordnung halber informiert, nicht aber das Dezernat Leib und Leben, dazu gab es schliesslich keinen Grund. Die Recherchen zu den drei Typen ergaben zwei Angestellte der Botschaft, vermutlich Agenten, die inzwischen nach Tirana zurückberufen wurden, und ... Arben Krasniqi, von Europol überwacht.

«Und Neuenschwander, was sagt Fedpol dazu?», fragte Binggeli.
«Das war Neuland für sie, ihn hatte niemand auf der Liste, auch Europol nicht, wie sich nach einer Rückfrage herausstellte. Fedpol ist aber mit uns einig, dass es eine Beziehung Krasniqi-Neuenschwander geben muss. Sie melden sich aktiv bei uns, wenn neue Erkenntnisse vorliegen.»
«Sonst noch etwas?», was Brunner den Kopf schütteln liess. «Zu dir, Stephan», übergab der Dezernatsleiter dem Kriminalisten das Wort.

Moser atmete tief durch, bevor er von seiner Begegnung mit Emanuel Stöckli berichtete, gerade so, als wolle er allen anderen den Wind aus den Segeln nehmen. Umso grösser die Enttäuschung, dass sich der Kriminalautor als Nullnummer sogar als Verklemmter herausstellte. Mosers Fragen beantwortete er meistens mit «Ja» oder «Nein», einige auch mit «Weiss ich nicht». Er sprach bloss davon, wie Neuenschwander und er sich gegenseitig die Manuskripte lesen liessen, dabei «viel Freude» hatten und einander auch Tipps geben konnten. Kurz und bündig: Ein Fünf-Sterne-Reinfall.

Da waren die Auskünfte von Luzius Kauter, von denen Simone Reber berichten konnte, von einem ganz anderen Kaliber.

«Wo soll ich beginnen? Ach, ich rede einfach einmal drauflos, das können Frauen ja gut, ihr unterbrecht mich bitte, falls ihr den roten Faden verliert, weil ich zu sprunghaft oder zu kompliziert werde», was das Trio mit «Ja, sicher doch» oder Kopfnicken quittierte.
«Dieser Luzius Kauter könnte wirklich auf jeder Comedybühne auftreten. Blitzgescheit, hochsympathisch, schlagfertig, wie es nur wenig Leute gibt.»
«Ein kleiner Dieter Nuhr?», wollte Brunner wissen.
«Sagen wir es so: Er könnte locker als Gast von Nuhr auftreten, an der Seite von Lisa Eckhard, Torsten Sträter oder Monika Gruber.»
«Hoppla, Simone, du kennst dich aber aus ...», bemerkte Stephan Moser.
«Weisst du, Stephan, *das* ist Comedy auf allerhöchstem Niveau: bissig, pointiert, nicht mit angezogener Handbremse wie bei uns in der Schweiz, um ja keine Konzessionsverletzung oder einen Shitstorm zu riskieren.»
«Simone, bitte jetzt aber zu Emanuel Kauter», brachte sich Binggeli ein.

Die junge Polizistin sollte in den nächsten Minuten ihre Kollegen nicht enttäuschen, sondern deren Erwartungen sogar übertreffen. Kauter und Neuenschwander waren gleichen Jahrgangs, sassen auch zusammen in der gleichen Sekundarschulklasse im Berner Hochfeld. Obwohl ihre Lebensläufe sich nach der – ebenfalls gemeinsamen! – Rekrutenschule in andere Richtungen entwickelten, blieben sie all die Jahre ständig in Kontakt, selber wenn dazwischen schon einmal ein ganzes Jahr lag, in dem Funkstille herrschte. Neuenschwander kannte man zwar als Krimischreiber, hauptberuflich jedoch agierte er als Anlageberater beim Schweizer Sitz einer ausländischen Privatbank. Im Gegensatz zu seiner Frau war die Heirat mit Karin Riedo seine erste Ehe.

«Simone, Anlageberater bei einer ausländischen Bank?»
«Ja, aus Saudi-Arabien, also nicht Dubai», worauf den Herren die Unterkiefer auf die Tischplatte fielen.
«Hueresiech!», fluchte Binggeli lautstark, «Und wieso haben wir das nicht selber herausgefunden? Was sind wir denn für Anfänger?»

Elias Brunner wollte den Chef beruhigen, der jedoch winkte wirsch ab, «Elias, muesch itz grad gar nüt säge! Wie pynlech ist das denn?!», was alle sprachlos werden liess, sie vermieden jeden Augenkontakt, auch untereinander.

«Simone, hat dieser Kauter gesagt, was Frau Riedo im Leben so macht?», fragte Binggeli, nachdem er sich wieder gefasst hatte. Nun ja, einigermassen gefasst hatte.
«Pflegefachfrau in einer Berner Privatklinik.»
«Wo womöglich Saudis als Privatversicherte gegen Petrodollars die Vorzüge der Schweizer Spitzenmedizin geniessen?», der Chef schob noch ein trotziges «Isch doch wahr ...» hinterher, als er die fragenden und leicht amüsierten Blicke seines Teams sah.
«Chef, das weiss ich nicht, das habe ich Kauter nicht gefragt.»
«Isch o wurscht, tuet nüt zur Sach. Mach wyter», meinte er nur.

Was sich seit der Vermisstenmeldung ereignet hatte, wusste Kauter nicht. Es würde ihn aber nicht verwundern, wäre Neuenschwander untergetaucht und noch am Leben.

«Wie kommt Kauter zu diesem Schluss?»
«Er meinte, das würde bestens zu ihm passen, er gestalte sein Leben wie einen Ritt auf der Rasierklinge, immer mit einem Bein im Chefi.»
«Wie denn das?», hakte Binggeli nach.
«Neuenschwander habe ihm einmal – vermutlich in einer schwachen Stunde, nach der dritten Flasche Rotwein, so sagte mir Kauter – erzählt, wie da bei Millionen-Transaktionen getrickst werde, um das Geld möglichst unbemerkt an der amerikanischen Börsenaufsichtskommission vorbeizuschleusen und schliesslich in den USA zu investieren. Oder auf irgendwelchen Inseln in der Karibik zwischenzulagern», führte Reber aus.
«Okay, da gibt es ja Beispiele von Schweizer Banken, die auch nicht streng nach Lehrbuch agiert haben und happige Vergleiche in den USA eingehen mussten. Das ist die Finanzwelt, that's the way the cookie crumbles …»
«Simone, Infos zu Frau Riedo?»
«Ja, Iutschiin, aber haltet euch fest.»
«Wieso das?»
«Der Lover, den eure Frau Anderegg beobachtet hat, das war …»
«Kauter?»
«Ja.»
«Nein!»
«Doch!»
«Nein!»
«Doch!»

Man wähnte sich bei diesem Dialog zwischen Binggeli und Reber in einem Film mit Louis de Funès. Binggeli schnappte nach Luft, die Herren Moser und Brunner schauten sich ziemlich belämmert an und brauchten einige Augenblicke, um wieder in die Spur zu kommen. Wenn man etwas erwartet hätte, dann alles, nur gerade das nicht. Zuerst die Sache mit der Privatbank, jetzt noch Kauter als geheimnisvoller Lover von Karin Riedo. Irgendwie too much in dieser Konzentration. Welchen Trumpf würde Simone Reber jetzt noch ausspielen? Die Frage von Binggeli, ob Kauter ebenfalls den aktuellen Aufenthaltsort von Karin Riedo preisgegeben hatte, lag auf der Hand.

«Frau Riedo ist entgegen ihrer Absicht, in die Gemeinde Köniz zu zügeln, schliesslich mit gefälschten Papieren nach Frankreich ausgewandert.»
«Und wo dort?»

«Chef, du wirst schmunzeln. Nach Le Bouscat, an die 14 Rue Albert Lavaud.»
«Sagt mir nichts. Wo liegt denn das?»
«Ein Vorort von Bordeaux», was beim Dezernatsleiter zu einem alles entwaffnenden Lachen führte, das alle anderen anzustecken vermochte.
«Hat dir Kauter auch gleich ihre Handynummer gegeben?»
«Ihr werdet staunen, ja, hat er. Frau Riedo würde das Handy aber nur alle paar Tage für einige Stunden aktivieren. Verzwickte Situation, weil Karin Riedo respektive LeGrand, wie sie nun heisst, so gesehen auch auf der Flucht ist. Aber vielleicht lässt sich das Ganze ja auch elektronisch via Mail abhandeln, keine Ahnung. Und jetzt habe ich alles gesagt. Ach nein, noch das hier: Riedo und Kauter haben ihre Beziehung mit ihrer Abreise nach Frankreich aufgegeben, offenbar im gegenseitigen Einvernehmen, vor über einem Jahr.»
«Super, danke, Simone. Hat Kauter auch noch eine Ahnung, wo sich Neuenschwander aufhalten könnte, wäre er noch am Leben?»
«Negativ, Iutschiin, er hat logischerweise seit dem Sturz in die Gletscherspalte nichts mehr von ihm gehört. Behauptet er jedenfalls.»

Nach den Äusserungen der Kollegin hellten sich die Mienen der Herren merklich auf. Kunststück. Die Ausgangslage entpuppte sich als machbar. Entsprechend wurde das oberste Blatt des Flipcharts nach hinten geschlagen, um Platz für Neues zu schaffen, für Aktuelles. Und das hiess:

Fedpol / Krasniqi Abwarten / EB
Kontakt Karin Riedo SR
Connections Neuenschwander, Bank SM
Kontakt Staatser DL
Überwachung Hotel?

Von der Aare und von Satellitentelefonen (Donnerstag, 16. Juli)

Die Feststellungen von Luzius Kauter waren im wahrsten Sinne ein Knaller, derart viel hatten die Kriminalisten erfahren. Nun hatten sie endlich die Zügel in den eigenen Händen, entsprechend die Euphorie gestern am frühen Morgen.

Den Mittwoch hatte das Team damit verbracht, die Karten neu zu sortieren – und sich selber gleich mit. Denn noch immer hatte man in der Causa Neuenschwander keinen wirklichen Fortschritt erzielt, befand sich noch immer auf Nebenstrassen. Wichtige zwar, die jedoch zum Verbleib des Krimiautors in einer Sackgasse zu münden schienen. Binggeli wollte den gordischen Knoten mit einer eher unkonventionellen Massnahme durchtrennen und gab seiner Equipe den Nachmittag frei, «zum Durchlüften», wie er präzisierte. Das galt auch für ihn, zusammen mit seiner Freundin Sara ging er der Aare entlang spazieren.

Er besprach sich mit Sara, erzählte ihr aber nur das, was er wirklich durfte, während die Aare an ihnen auf Höhe der Keiler und Steinböcke im Tierpark Dählhölzli vorbeifloss. Viele Leute nutzten die Gelegenheit für eine Abkühlung, stiegen auf Höhe Eichholz ins 21 Grad warme Wasser. Die Berner Medien sprachen angesichts der Tausenden von Schwimmenden gerne vom «Kopfsalat», ganz zu schweigen von den vielen Gummibooten, die in Münsingen oder in Thun eingewässert wurden. Viele davon stellten einen Verbund mit anderen dar, die Besitzer in Partystimmung, mit allem, was dazu gehört. Störend bloss, dass eine beachtliche Anzahl von Booten zum Schluss im Marzili entsorgt wurden, weil sie ihren Zweck erfüllt hatten. Ein Zeichen unserer Wohlstandsgesellschaft.

Sara Rüfenacht war – wie Eugen Binggeli übrigens auch – eine attraktive Erscheinung. Auch sie hatte eine gescheiterte Beziehung hinter sich, weshalb die beiden Lovers es mit dieser neuen Freundschaft sorgfältig angingen. Von Zeit zu Zeit hielten Sara und Eugen inne, umarmten und küssten sich, ohne sich um andere Spaziergänger zu kümmern. Es war Sara, die ihrem Freund vorschlug, einmal bei Mondschein in der Aare baden zu gehen – es konnte durchaus nur ein «kurzer Schwumm» sein, zum Beispiel vom Schönausteg in Richtung Marzili. «Das machen wir», bekam sie ins Ohr geflüstert, obwohl Binggeli nicht als Baderatte galt.

Der Dezernatsleiter erzählte ihr von den Aussagen durch Luzius Kauter und dessen Einschätzung zum Verschwinden von Eugen Neuenschwander, im Gletscher oder wo auch immer. Für einmal gab es jedoch kein weibliches Gschpüri, das dem Kriminalisten weitergeholfen hätte. Die Hunzikenbrücke benutzten die beiden, um Fluss abwärts retour in die Stadt zu laufen, wo sie sich abends im Restaurant da Vinci am Bärenplatz al Italianità verwöhnen liessen.

Es war Elias Brunner, der am Donnerstag als Erster mit News aufwarten konnte, von Fedpol: Der eingeschleuste Rezeptionist hatte gestern davon berichtet, dass sich für morgen Freitag eine Gruppe von acht Leuten in acht Einzelzimmern für zwei Übernachtungen kurzfristig angemeldet hätten, ohne jedoch die einzelnen Namen bereits zu nennen, alle gebucht unter «Incentive 2024». Auffällig: Die Reservation wurde von Krasniqi vorgenommen, persönlich an der Rezeption. Das alles passte irgendwie zusammen: Gegen aussen ein netter Weekend-Städtetrip in die Hauptstadt. Fehlte bloss noch, dass der Berner Tourismusdirektor und der Stadtpräsident den Leuten ihre Aufwartung machen würden, mit Apéro im Erlacherhof, samt Fotos für die People-Seiten im BärnerBär. Das jedenfalls die ausgesprochenen Gedanken von Stephan Moser, der seine Äusserungen mit «Ahnungslosigkeit ist die beste Voraussetzung fürs Selbstbewusstsein» abschloss, ohne näher darauf einzugehen, an welche Adresse die Worte gerichtet waren. Sygseso.

Brunner berichtete auch davon, dass Krasniqi weiter ein Sitzungszimmer für den Samstagvormittag reserviert hatte. «Wer weiss, vielleicht sogar jenes, in dem sich FIFA-Präsident Gianni Infantino mit Ex-Bundesanwalt Michael Lauber getroffen hatte.» Schmunzeln allenthalben, niemand stellte eine Verständnisfrage, alle hatten es gecheckt.

«Was heisst das für uns?», wollte Simone Reber von Eugen Binggeli wissen.

«In erster Linie, dass wir im Hintergrund bleiben.»
«In der Zuschauerrolle?»
«Überspitzt gesagt, ja. Hier sind Interpol, Europol und Fedpol federführend, wir pfuschen denen nicht ins Handwerk. Ich denke aber, dass Enzian[13] den Auftrag für einen möglichen Zugriff erhalten wird, sollte die Sache eskalieren, was ich mir in einem solchen Etablissement aber nicht vorstellen kann. Immerhin: Acht Leute und Krasniqi, wahrscheinlich sind da auch Bodyguards im Einsatz. Zuerst wird es jedoch darum gehen, den Herrschaften im Sitzungszimmer diskret darauf hinzuweisen, dass ihnen eine besondere Aufmerksamkeit der Stadt Bern zuteilwird und sie in Begleitung von Offiziellen einige hundert Meter weiter zum Amthaus geleitet werden, wo sich natürlich auch das Regionalgefängnis befindet.»
«Und Enzian draussen vor der Türe?»
«Genau, Simone. Die anderen Hotelgäste werden zuvor diskret gebeten, bis auf Weiteres in ihren Zimmern zu bleiben, die öffentlichen Räume werden geräumt, sobald die Sitzung beginnt.»

Weil noch niemand die Namen der Gäste kannte, wurde die Übung «Goldfinger» bereits jetzt generalstabsmässig vorbereitet, musste man doch unmittelbar nach Ankunft und Registrierung der Gäste am Freitagnachmittag wissen, mit wem man es zu tun hatte. Nicht allein die Kurzfristigkeit stellte eine Herausforderung dar, sondern auch die Identifikation, denn bei ihrer Ankunft musste man davon ausgehen, dass der eine oder die andere – falls Frauen dabei waren – unter falschen Namen und Dokumenten einchecken würde. Klartext: Es galt, von der Rezeption Fotos von jedem Einzelnen aus der Gruppe zu machen, um die, wie Binggeli sagte, «Visagen» umgehend mit den internationalen Datenbanken abgleichen zu können.

«Iutschiin, wie wahrscheinlich ist es, dass auch Neuenschwander auftaucht?», wollte Simone Reber wissen.
«So mit gefärbten Haaren, Vollbart, Hornbrille und weissem Stock? Negativ, Simone, der geht mit Sicherheit dieses Risiko nicht ein.»
«Zumal er ja tot ist», kam als Replik.
«Genau. Einzig Arben Krasniqi ist gesetzt.»

[13] Enzian ist das Sondereinsatzkommando der Kantonspolizei Bern.

Elias Brunner erhielt vom Chef den Auftrag, die Koordination mit Fedpol sicherzustellen, damit man immer auf dem Laufenden bleibt. Anschliessend bekam Stephan Moser den Auftrag, sich mit dem Flughafen Bern-Belpmoos «kurz zu schliessen», was beim Kriminalisten zu Stirnrunzeln führte.

«Hä? Wieso das?»
«Ist nur so ein Gedankensprung von mir. Die Herrschaften werden ja kaum individuell mit dem ÖV anreisen, sondern vermutlich als Gruppe. Erkundige dich doch mal, ob für morgen Nachmittag ein Flugi aus Albanien angemeldet ist. Wäre ein Volltreffer.»
«Oder aus Russland», fügte Moser hinzu.
«Exakt. Lass dir alle angemeldeten Flüge geben.»
«Schon jetzt?»
«Schon jetzt.»
«Das ist das nicht zu früh?»
«Vermutlich schon. Und deshalb doppelst du morgen Vormittag nach. Auch nach dem Zmittag.»

Die Überlegungen des Dezernatsleiters hatten einen geschichtlichen Hintergrund. Buchautor Beat Neuenschwander hatte vor drei Jahren in einem Roman darüber berichtet, dass die Kontrollen am Flughafen Belpmoos – zumindest damals – eher grosszügig gehandhabt wurden, vor allem bei Passagieren, die mit dem Privatflugzeug anreisten. Sollte nun Bargeld mit im Spiel sein, konnte es sich möglicherweise um acht Koffer handeln. Wenn die Herrschaften clever genug waren – und davon durfte man ausgehen –, würden sie auch einige grosse Koffer mit Kleidern mitführen, zur Ablenkung. Binggeli bat Moser, ebenfalls bei den Berner Taxiunternehmen nachzufragen, ob sie für morgen einen Auftrag mit Grossraum-Taxis oder Limousinen nach Belpmoos hätten. Und wenn ja, von wem in Auftrag gegeben, falls die Unternehmen das überhaupt wussten.

Klar, das mit dem Flughafen war nur eine von verschiedenen Möglichkeiten, wie die Gruppe einreisen konnte. Was, wenn ein anderer Schweizer Flughafen mit besserer Anbindung an die Welt in Frage kam? Was, wenn die Leute bereits in der Schweiz waren? Oder aus Deutschland kamen, direkt aus einer Waffenschmiede, und es nur noch darum ging, das Finanzielle zu regeln?

Und überhaupt: Wer sagte denn, die acht Leute seien Waffenhändler und Goldschmuggler? Was, wenn es sich um einigermassen normale Geschäftsleute handelte, ohne Interesse für die Ermittlungsbehörden? Dagegen sprach, dass sich Fedpol für die Truppe interessierte, ein untrügliches Zeichen dafür, dass kein Business as usual im Programmheft stand. Im Zentrum des Wirbelsturms: Arben Krasniqi.

Eine Überraschung folgte: Simone Reber war es gestern Abend doch tatsächlich gelungen, mit Karin Riedo zu sprechen, Frau LeGrand total überrascht, dass der Anruf von Unbekannt aus der Schweiz kam. Die Kriminalistin hatte per Zufall einer jener seltenen Momente erwischt, da die Schweizerin ihr Handy auf Empfang gestellt hatte. Entsprechend wortkarg gab sich die Ex von Beat Neuenschwander. Simone Reber legte ihr Handy auf den Tisch und liess ihre Kollegen mithören. Zu Beginn gab sich die Anruferin zu erkennen, es folgten anschliessend mehr Fragen als Antworten, schon gar keine griffigen. Die Tonaufzeichnungen begann mit einer Fangfrage, einer allerdings vergeblichen.

«Frau LeGrand, wissen Sie, wo sich Beat Neuenschwander aufhält?»
«Frau Reber, Sie scheinen nicht auf dem Laufenden zu sein. Herr Neuenschwander ist vor zwei Jahren in eine Gletscherspalte gefallen und wurde kürzlich für tot erklärt.»
«Und deshalb haben Sie sofort wieder geheiratet?»
«Ich denke nicht, dass ich jemandem dafür Rechenschaft schuldig bin, Ihnen schon gar nicht.»
«Hat die Testamentseröffnung schon stattgefunden?»
«Auch dazu werde ich nichts sagen.»
«Obwohl Sie vermutlich die Meistbegünstigte sind.»
«Mein Notar wird mich schon benachrichtigen. Ich komme deswegen sicher nicht nach Bern.»
«Der Notar wird das sicher bestens machen.»

Diese präzise Antwort schien Karin Riedo zu irritieren, weil danach die Verbindung abbrach. Reber fuhr gleich mit der Fragerei fort, erkundigte sich bei Eugen Binggeli, ob es sinnvoll wäre, die Verbindungsdaten des Handys bei einem französischen Provider von Karin Riedo abzufragen. Sie erklärte dabei, dass sie sich mit dem neuen Namen von Karin Riedo nicht anfreunden könne, mit LeGrand.

Binggeli musste sie enttäuschen, ein solches Gesuch würde kein Staatsanwalt unterschreiben, weil objektiv gar nichts gegen «Madame LeGrand» vorliege. Einwand seiner Mitarbeiterin: Und weil sie mit gefälschten Papieren in der Grande Nation unterwegs war? Dennoch: Dafür gab es nicht einmal einen Anfangsverdacht. Schon gar nicht, ohne zu wissen, was im Testament stand.

Weitere Erkenntnisse gab es nicht. Immerhin hatte Martin Schläpfer in Aussicht gestellt, Beschlüsse auszustellen, die es ermöglicht hätten, Einsicht in die Bankverbindungen des Ehepaars zu nehmen – sobald belastende Beweise vorlägen. Einiges wusste man ja bereits von der inoffiziellen Recherche des Stephan Moser, aber bei weitem nicht alles.

Mit anderen Worten: Kauter hatte mit seinen Aussagen weit mehr geholfen als die Direktbetroffene selber. Wie auch immer: Heute und morgen konnte man alles zur Seite schieben, was nicht in direktem Zusammenhang mit Arben Krasniqi stand. Die Zeit drängte, sodass Elias Brunner aufgefordert wurde, sofort mit Fedpol Kontakt aufzunehmen, um sich auf den aktuellen Stand zu bringen. Binggeli hatte den Satz noch nicht beendet, als Brunner bereits die Tastatur seines Handys beanspruchte. In den folgenden Minuten war im Ringhof meistens nur «Ja» oder «Nein» zu hören, in beträchtlichen zeitlichen Abständen, ein Hinweis darauf, dass der Guisanplatz, Sitz von Fedpol, einiges zu vermitteln hatte. Brunner jedenfalls zeigte mit einer hastigen Handbewegung, dass er Notizpapier und Kugelschreiber benötigte, was ihm sofort gereicht wurde. Nach satten zwölf Minuten verabschiedete Brunner seinen Bekannten bei Fedpol. Mit einem «So, gut aufpassen!», sicherte er sich jene Aufmerksamkeit, die sich ein jeder Vortragende wünscht.

Es war in der Tat spannend, was Brunner zu erzählen hatte, besser gesagt, Fedpol. Dank Angaben eines «befreundeten Geheimdienstes» konnte man in Bern definitiv davon ausgehen, dass es sich bei der «Incentive 2024»-Gruppe um Leute mit krimineller Energie handelte. Unbekannt war hingegen nach wie vor der Umstand ihrer Anreise in die Bundesstadt. Was der ausländische Geheimdienst herausgefunden hatte: Arben Krasniqi benutzte in der Regel ein Satellitentelefon. Diese Mobiltelefone kommunizieren direkt mithilfe eines Nachrichtensatelliten und benötigen keine Funkstationen. Genau genommen empfängt der Satellit durch Funkwellen das

Signal des Satellitentelefons und leitet es dann an eine Funkstelle auf der Erde weiter, wodurch es im öffentlichen Telefonnetz ankommt. Die Annahme von Anrufen funktioniert genau umgekehrt. Aufgrund ihrer starken Sende- und Empfangsleistung ähneln Satellitentelefone älteren Tastenhandys, sind also ziemlich gross und haben eine dicke Antenne auf der Oberseite. Im Gegensatz zu normalen Mobiltelefonen ist es mit Satellitentelefonen nicht möglich, innerhalb von Gebäuden zu telefonieren. Das geht nur bei freier Sicht zum Himmel.

Satellitentelefone sind überall dort nützlich, wo Sendestationen für Mobilfunkgeräte fehlen. Das ist etwa mitten auf dem Ozean, auf abgelegenen Berggipfeln, in Wüstenregionen oder in wirtschaftlich schlecht entwickelten Nationen der Fall. Aus diesem Grund nutzen etwa Soldaten im Auslandseinsatz, Seeleute und Abenteurer Satellitentelefone. Für Durchschnittsmenschen ist ein Satellitentelefon allenfalls in abgelegenen Urlaubsregionen wie in Teilen Grönlands und Alaskas sinnvoll.

«Und jetzt wird es besonders spannend, wenn wir davon ausgehen, dass Krasniqi sich öfter im Südsudan aufhielt, also im Niemandsland: Der Satellitentelefonie-Anbieter Thuraya aus den Vereinigten Arabischen Emiraten bietet das SatSleeve an. Dabei handelt es sich um eine Hülle, die ein Android- oder iOS-Smartphone mit Satelliten kommunizieren lässt. So verwandelt es ein Smartphone zum Satellitentelefon, nicht weltweit nutzbar, aber immerhin in Europa, Afrika, Asien und Ozeanien.
Somit würde sich der Satellitenkreis hier schliessen: Gerät aus den Vereinigten Arabischen Emiraten, dort zu benutzen, genauso im Südsudan wie in Europa», erklärte Binggeli.
«Meine Gedanken, Iutschiin.»
«Was weiss Fedpol noch?»
«Der eingeschleuste Rezeptionist liefert uns ein Puzzleteil, weil Krasniqi – der offenbar keinen Schimmer davon hat, dass er längstens überwacht wird – zwei Grossraumlimousinen für morgen um 14 Uhr hat reservieren lassen, für den ganzen Nachmittag. Und nein, bevor ihr fragt: Destination unbekannt.»
«Elias, darf ich nochmals auf das Satellitentelefon zurückkommen?», fragte Reber.
«Ich bitte sogar darum, Simone …»
«Kann man das Ding auch abhören?»

«Lange Zeit nicht, jetzt schon.»
«Und wurde oder wird Krasniqi abgehört?»
«Nein, das habe ich auch gefragt. Fedpol schliesst es aus, weil kein konkretes Verdachtsmoment gegen ihn vorliegt.»

Mit dieser Aussage hatte Brunner nicht bloss die Unwahrheit gesagt, sondern schlicht ... gelogen. Fedpol hatte das Abhören ihm gegenüber nämlich ausdrücklich bestätigt, Brunner im gleichen Atemzug jedoch geradezu genötigt, diese Information zurückzuhalten, weil «kritisch», da für das Abhören kein richterlicher Befehl vorlag. Zwar betraf die Massnahme nicht die Schweiz, wohl aber den erwähnten befreundeten Geheimdienst. Binggeli wunderte sich zwar über diese Zurückhaltung, verzichtete jedoch auf Nachfragen. Zudem: Geheimdienste wären ja keine Geheimdienste, würden sie für jede Aktion zuerst artig nachfragen und auf Beschlüsse warten. Die Politik war diesbezüglich eher Bremser als Steuermann.

«Elias, was sonst noch?»
«Chef, wir vier halten uns zurück, wie bereits gesagt. Fedpol koordiniert mit Enzian sowie Europol und Interpol. Es gibt derart viele Unbekannte, dass nicht einmal die künstliche Intelligenz weiterhelfen kann, diese wurde bereits abgefragt. Der Verdacht liegt nahe, dass Belpmoos eine Rolle spielen wird. Genauer wissen wir es aber erst ab 14 Uhr. Christian Grossenbacher steht in Kontakt mit seinen Zürcher, Basler und Genfer Kollegen, wegen deren Flugplätze. Man weiss ja nie, Diese informieren auch ihre Spezialeinheiten, für den Fall, dass ...»

Fast überflüssig zu erwähnen, dass Brunner eine «unüberhörbare Nervosität» während seines Anrufs bei Fedpol festgestellt hatte.

Alle weiteren Arbeiten an diesem Donnerstag wurden den zu erwartenden Ereignissen am Freitag untergeordnet. Simone Reber konnte sich nicht zurückhalten und schwärmte von diesem Fall, weil «so aufregend, so ungewohnt», im Vergleich zum kriminalistischen Alltag, bei dem es meistens um Detail- und Routinearbeiten ging. Ihre drei Kollegen stimmten ihr zu, mahnten jedoch, «dass es spätestens am Montag» wieder «Business as usual» geben werde, die aktuelle Lage «auch für uns alte Hasen» spannend, nicht zuletzt, «weil wir in der ersten Zuschauerreihe sitzen», wie sich der Dezernatseiter ausdrückte.

Und wer bezahlt jetzt die beiden Taxis?
(Freitag, 17. Juli)

Konnte es erstaunen, dass niemand aus dem Team eher schlecht denn recht schlafen konnte? Kein Wunder, waren Binggeli, Brunner, Moser und Reber um acht Uhr bereits seit über einer Stunde im Büro, die Kaffeemaschine bereits zum zweiten Mal mit Wasser aufgefüllt. Noch sechs Stunden Warten. Was aber in dieser Zeit tun, denn seit gestern Nachmittag war aus Sicht von Leib und Leben alles vorbereitet, wobei es für die Kriminalisten ja nicht derart viel vorzubereiten gab, sah man von Brunners Verbindungsmann zu Fedpol, ab. Und auch der stand in der Warteschlaufe, auf Infos wartend. Niemand schien unglücklich darüber, dass die Herren Kellerhals und Zimmermann vom KTD kurz vorbeischauten, Kellerhals mit der Bemerkung «Alles klar?», sein Kollege mit der Frage «Gibt's bei euch Kaffee? Riecht hier so gut». Es war Moser, der Klarheit schaffen konnte, mit der Aufforderung an Zimmermann, vis-à-vis Gipfeli zu holen, weil der erste Einkauf von Binggeli bereits Geschichte.

Zehn Minuten später sassen sechs Leute um ein Pult herum und schauten sich gegenseitig an, jede und jeder wohl in der Hoffnung, jemand anderes werde das erste Wort ergreifen und damit einen zusammenhängenden Satz bilden. Es war Kellerhals, der seine Frage von vorhin wiederholte.

«Iutschiin, alles paletti?»
«Soweit schon, wir kommen uns wie die Katze vor dem Mauseloch vor, harren der Dinge, die da um 14 Uhr geschehen könnten.»
«Was glaubst du?»
«Schöre, wir halten uns eher an Fakten als an Glauben. An die beiden Limousinen, die Krasniqi reserviert hat und damit seine Incentive-2024-Leute abholen wird – oder lässt. Alles andere ist im Moment Kaffeesatzlesen.»
«Apropos, kann ich mir noch einen Espresso rauslassen?», wollte Zimmermann wissen.

«Das mache ich gerne für dich, bei euch Männern weiss man ja nie, was passiert, wenn ihr euch an Technik heranmacht…», bemerkte Simone Reber belustigt.
«Danke, Simone, aber nicht für die Bemerkung, sondern für den Espresso. Apropos Technik und Männer: Unsere Kernkompetenz liegt beim zweiten Buchstaben KTD», was die Anspannung im Büro zu lösen vermochte, selbst wenn die beiden Kriminaltechniker nicht direkt in die kommenden Ereignisse eingebunden waren.

Gegen zehn Uhr erreichte Brunner ein Anruf von Fedpol. Weil alle zuhörten – der KTD längst wieder ausgeflogen –, musste man kein Prophet sein, um zu erahnen, dass es keine wirklichen News gab. Es handelte sich mehr oder weniger um einen Kontrollanruf, ob seitens Kriminalisten alles klar sei, was Brunner bestätigte. Wenig später gesellte sich Polizeikommandant Christian Grossenbacher hinzu, ebenfalls auf der Suche nach Neuigkeiten. Er rekapitulierte ein mögliches Szenario mit der Bitte, ihn zu unterbrechen, falls fehlerhaft.

«14 Uhr, Taxis stehen bereit, fahren nach Belpmoos ab. Enzian in einem Hangar unsichtbar in Bereitschaft. Tarmac und Ankunftsgebäude menschenleer, alle im ersten Stock. Landung der Maschine, Passagiere steigen aus. Zugriff.»
«Chrigu, ich bin absolut bei dir. Was aber, wenn…»
«Wenn was, Iutschiin?»
«Wenn die beiden Limousinen nicht Richtung Thun abfahren?»
«Dann haben wir ein Open Space.»
«Open Space, Herr Grossenbacher, was muss ich mir darunter vorstellen?»
«Frau Reber, Open Space ist eine Methode der Grossgruppenmoderation zur Strukturierung von Konferenzen. Sie eignet sich für Gruppen. Charakteristisch ist die inhaltliche Offenheit, jeder gibt seine Meinung ein.»
«Und wieso das, wenn die Taxis morgen nicht nach Belp fahren?», wollte die Kriminalistin weiter wissen.
«Dann müssen wir vorbereitet sein. Interpol, Europol, Fedpol, Enzian, KTD, das gesamte Rösslispiel. Möglicherweise auch andere Polizeikorps, ich habe deshalb bereits alle meine Kolleginnen und Kollegen über einen möglichen Einsatz informiert. Das gibt eine Videokonferenz, bei der wir schnell schalten und entscheiden müssen.»
«Und wer ist federführend?»

«Frau Reber, *ich*, weil der Ausgangspunkt der Aktion in Bern zu suchen ist. Aber Sie dürfen gerne für mich einspringen», sagte Grossenbacher mit einem Lachen in Richtung Kriminalistin, die das Angebot charmant ablehnte.

Die Krux bei den ganzen Vorbereitungen: Was und wie, wenn es nicht in Richtung Belpmoos ging? Die Gruppe versuchte sich mit den verschiedensten Möglichkeiten auseinanderzusetzen, auch deshalb, um die Zeit bis 14 Uhr zu überbrücken. Einigkeit herrschte bei der Ausgangslage mit den beiden Grossraum-Taxis. Die Incentive-2024-Gruppe musste gemeinsam an einem noch unbekannten Ort abgeholt werden.

Aber wieso zwei Limousinen, weshalb kein Kleinbus à la Renault Master? Woher kam die Gruppe – und womit? Mit Helikopter-Transfer von einem noch unbekannten Flugplatz? Weshalb zwei Übernachtungen? Von wo aus und womit reiste die Gruppe am Montag wieder ab? Soweit bekannt, gab es keine anderen Reservationen während des Aufenthalts, oder dann hätte Krasniqi sie nicht via Hotelrezeption getätigt. Was war mit der Überwachung seines Satellitentelefons, keine Hinweise – oder gab sich Fedpol dazu wortkarg? Weshalb hielt sich Krasniqi seit zwei Wochen in Bern auf?

Niemand war unglücklich darüber, als Moser einige «Müsterli» aus seinem Leben erzählte – und zwar in einer Art, wie nur er es konnte, hintergründig, mit Witz. So auch, als er vor vielen Jahren mit einem Cousin sich bis in eine Sitzung des US-Senats schmuggeln konnte. Logisch, mit dem Schweizer Polizeiausweis war da nichts zu machen – im Gegenteil, umgehend wären vermutlich in einem solchen Fall die Cops mit den Worten «Down on your knees, hands behind your heads!» angerückt. Also musste eine politische Lösung her. Auf seinem Handy hatte Moser ein Selfie abgespeichert, das bei einem offiziellen Anlass im Bellevue Palace gemacht worden war, wo er als Sicherheitsbeamte in Zivil amtete. Bei der Veranstaltung handelte es sich um den kurzen Besuch des damaligen US-Aussenministers in Bern mit seinem Schweizer Kollegen. Binggeli zeigte den Securityleuten im Capitol die Aufnahme und erklärte sich bei ihnen als «Swiss Senator», was zu beeindrucken vermochte, weil zwei der Männer den US-Politiker erkannten. Nach einer Leibesvisitation wurde Moser mit seinem Cousin Zutritt in den Senat bewilligt, wo die beiden Schlufis auf bekannte Leute trafen, mit denen sie als Wichtigtuer gleich das Gespräch suchten, à la «Hello, Senator Bernie Sanders, who's gonna win the next elections?»

«Moser, Moser... Das wird noch einmal böööse enden...», konstatierte Binggeli.
«Kultspruch aus jenem Film, der Uschi Glas berühmt machte, ‹Zur Sache Schätzchen›», brachte sich Elias Brunner ein, ein anerkannter Filmexperte, worauf Moser und auch der Dezernatsleiter sich beeindruckt zeigten, denn er – Moser – hatte erst kürzlich von diesem Film erfahren, beim Zappen, als auf einem Sender eine Doku über die deutsche Schauspielerin lief.

Moser betätigte sich anschliessend als Finanzanalyst, erklärte den Kollegen die Wertschöpfung einer zweihunderter Note. Handlungsort: Ein Hotel in einer grösseren Ortschaft in den Schweizer Bergen, sagen wir, Zermatt. Ein Eventmanager muss für einen Kunden Übernachtungen für ein Seminar organisieren, die Zimmer mit einem vernünftigen Preis-/Leistungsverhältnis. Ihm fällt das besagte Hotel auf, das jedoch – weil Nebensaison – nicht gross belegt ist. Er bittet den Mann an der Rezeption, der sich als Inhaber herausstellt, ihm einige Zimmer zu zeigen. Der muss passen, «weil ich gleich weg muss, Sie können sich aber gerne selber umsehen, ich gebe Ihnen einige Schlüssel. Seien Sie mir nicht böse, hinterlassen Sie mir zweihundert Franken als Depot. Sie erhalten das Geld zum Schluss retour.»

Gesagt, getan. Der Eventmanager kriegt seine Schlüssel, der Hotelier das Geld, beide machen sich auf ihren Weg, der Hotelier direkt in die Käserei, der er zweihundert Franken schuldet. Der Käsermeister subito zur Bäckerei, weil er dort mit zweihundert Franken in der Kreide steht. Der Bäcker umgehend ins Sportgeschäft. Und so weiter und so fort. Auch die Masseuse für besondere Ansprüche kriegt zum Schluss dieses Kreislaufes ihre zweihundert Franken von einem Schuldner, worauf sie ins Hotel hetzt, weil sie, auf Kundschaft wartend, die Barrechnung ihres letzten Besuchs nicht bezahlt hatte, und wo der Hotelier inzwischen wieder an der Rezeption sitzt. Rechnung beglichen. Just in diesem Moment kommt der Eventmanager retour, «Es isch doch nüt gsi, nüt für uguet. Merci einwäg für d'Schlüssle», bedauert er. Die eigene zweihunderter Note bekommt er retour.

«So geht Nachhaltigkeit entlang der Wertschöpfungskette...»

Ein Fedpol-Anruf aufs Handy von Elias Brunner beendete das Intermezzo seines Kollegen. Aber im Gegensatz zu den Erwartungen, es kämen neue Infos, wollte jener Anrufer selber wissen, ob es News aus dem Hause Leib und Leben gab. Ein Zeichen, wie angespannt die Stimmung war. Erstaunlich auch, dass der Rezeptionist im Hotel über keinerlei auffällige Aktivitäten von Arben Krasniqi berichten konnte.

Kurz: Das Warten ging weiter und zerrte an den Nerven, an andere Arbeiten war nicht zu denken, sie wären für die Katze gewesen. Oder für die Füchse. Zum Glück brachte das Take-Away-Zmittag eine kleine Abwechslung. Um 13.56 Uhr endlich die Nachricht, auf die alle gewartet hatten. Krasniqi hatte den Taxifahrern das Ziel angegeben.

«Airport Grenchen.»

Nun lief das zuvor geschmierte Räderwerk wie in einer Schweizer Uhr, perfekt abgestimmt. Die Enzian-Truppe rannte zum Super-Puma, bei dem bereits die Rotorenblätter zu kreisen begannen, zum Erstaunen der Zuschauenden und Reisenden, die den ersten Stock nach dem Abheben verlassen konnten. «War das alles? Und deswegen hat man uns sozusagen zwangsevakuiert? Da ist bei uns die GSG ein ganz anderes Kaliber!», konnte sich ein Deutscher ereifern. Er erhielt aber von niemandem eine Antwort. Wozu auch?

Elias Brunner nahm unverzüglich Kontakt mit Christian Grossenbacher auf, mit der Bitte, sofort seinen Kollegen im Kanton Solothurn anzurufen. Einzuleiten aus Sicht der Berner: Zu- und Wegfahrsperren zum / vom Flughafen, Evakuierung aller Personen auf dem Flughafengelände ins Innere der Gebäude, Insassen von wartenden oder startenden Flugzeugen inklusive, Information an den Tower, Blaulichtorganisationen im Alarmzustand, versteckt in den Hangars. Die Eingreiftruppe Falk aufbieten, für Koordination mit Enzian. Festnahme der ganzen Truppe. Und das alles cool, ohne Aufsehen am Boden zu erregen. «Selbstverständlich, Herr Brunner, das mache ich sofort. Chapeau, professionelle Arbeit, Gruss ans Team», quittierte der Berner Kommandant, ohne zu vermerken, dass anfliegende Maschinen nach Belpmoos umzuleiten und die beiden Limousinen zum Terminal durchzulassen seien.

«Gehen wir!», sagte Brunner nach seinem Anruf beinahe im Befehlston.
«Wohin?», konterte sein Chef.
«Nach Grenchen, wohin denn sonst?»

«Gaaaaaanz ruhig, Elias. Gemach. Da werden genügend Leute vor Ort sein. Je weniger Offizielle, umso besser. Klar gehen wir, aber erst in einer Viertelstunde – und bleiben auf Distanz zum Flughafen. Ruf mal die beiden Mediensprecherinnen an. Falls erreichbar, sind sie locker in einer Viertelstunde hier, was bei Brunner zu einem einzigen Fragezeichen im Gesicht führte.

«Elias, gut aufpassen! Wenn du jetzt schon losfahren, pardon, ich meine losrasen willst, was dann?», fragte sein Chef ihn.
«Wie meinst du das?»
«Unterwegs überholen wir mit Blaulicht und Horn die beiden Taxis, um Krasniqi zu warnen?», was Brunner einige Sekunden reflektieren liess.
«Bewilligt.»

In der Zwischenzeit hatten die beiden Towers in Basel – wohin die Maschine aus Belgrad ursprünglich gestartet war – und Grenchen die Meldung von Skyguide erhalten, dass die Cessna mit dem Länderkennzeichen HA-3177 die Bewilligung erhalten habe, in ungefähr einer halben Stunde in Grenchen zu landen. Und in dieser halben Stunde lief alles wie am Schnürchen ab. Die grosse Herausforderung: Der Pilot der in Ungarn immatrikulierten Maschine durfte in keinem Fall misstrauisch werden. So wurden auch einige Sportflieger entlang der Landepiste von Mitgliedern der beiden Einsatztruppen bewegt. Weil gerade leichter Nieselregen eingesetzt hatte, war es weiter nicht verwunderlich, dass es keine Zuschauende auf dem Areal gab – mit Ausnahme jener Polizeiangehörigen, die sich mit Schirmen zu schützen wussten. Falk und Enzian einsatzbereit in einem Hangar. Die Götterdämmerung im Anflug.

Die Landung, eine unter vielen Tausenden in Grenchen im Jahr, liess nicht erahnen, dass Minuten später der Airport zum Nabel Europas werden sollte. Der Tower dirigierte die Cessna zu ihrem finalen Standplatz unmittelbar neben einem Hangar, wo Augenblicke später die Turboprop-Motoren ihren Dienst einstellten und die Treppentür von innen geöffnet wurde. Acht Passagiere nutzten sie, um sich zum Gepäckraum zu begehen, weil sich dort die Geldkoffer befanden. Weil alle auf den Stauraum fokussiert, bemerkte niemand das Öffnen der Schiebetüre des Hangars. Sekunden später standen acht Herren mit gespreizten Füssen da, sich auf ihre Hände am Flugzeug abstützend.

Der Einsatzleiter informierte sie in knappen Worten in Englisch über ihre vorläufige Festnahme. Sie wären zu keiner Aussage verpflichtet, ihre Anwälte würden informiert. Sie selber würden wegen Verdunkelungsgefahr jetzt getrennt an sichere Orte gefahren, worauf die «Incentive Gruppe 2024» in vier Spezialfahrzeugen das Gelände verliessen. Arben Krasniqi inbegriffen. Die gesamte Aktion wurde von drei Videokameras aus verschiedenen Blickwinkeln aufgenommen, um später vor Gericht Beweise sicherzustellen, würden Anwälte mit Unwahrheiten dagegen protestieren.

Eine Viertelstunde später erinnerte bereits nichts mehr an die ungewöhnlichen Umstände. Die Einsatzleitung zog umgehend ein erstes Fazit des Einsatzes, ein sehr zufriedenes, worauf die Mediensprecherinnen der Kapo Bern und Solothurn zum Einsatz kamen, zusammen mit dem Gesamtleiter. Eine grössere Medieninformation sah man für morgen Samstag vor.

Der Cessna-Pilot konnte nach einer längeren Befragung und dem Durchsuchen seiner Maschine sowie dem Auftanken der Cessna die Rückreise nach Belgrad unter die Flügel nehmen.

Wer denn jetzt die Kosten für die beiden Taxis übernehmen werde, fragten zwei frustrierte Chauffeure. Eine Frage, die niemand beantworten konnte.

«They are sheltered in different places»
(Samstag, 18. Juli)

Zu behaupten, dass eine ruhige Nacht hinter den Ermittlern lag, wäre leicht untertrieben. Nach den Ereignissen am Flugplatz Grenchen mussten Gabriela Künzi und Ursula Meister handeln. Einerseits für spontane Live-Interviews gestern noch vor Ort, zusammen mit ihrer Kollegin der Kapo Solothurn – von Radio 32 über TeleBärn bis hin zu «10 vor 10» –, andererseits für eine ebenso kurzfristig anberaumte Medienkonferenz am Samstag um zehn Uhr im Hotel Kreuz, weil das grosse Sitzungszimmer der Kapo Bern am Waisenhausplatz erwartungsgemäss zu klein.

Das Organisieren der Informationsveranstaltung – über Nacht – bereitete den beiden Medienverantwortlichen keinerlei Kopfzerbrechen, dazu hatten sie eine zu grosse Erfahrung. Die Mutter aller Fragen: Wen aufs Podium bitten? Dafür kamen locker ein Dutzend Spezialisten in Frage, jedoch unsinnig, weil nicht zielführend, wie man sich neuerdings auszudrücken pflegte. Wen also aufbieten, ohne weitere Fachleute zu desavouieren? Schliesslich hatten alle einen erstklassigen Job gemacht, die Kapo Bern, Fedpol, Europol, Interpol, Enzian, Falk, der Flugplatz Grenchen und, und, und.

Ursula Meister wählte für das Podium das Ausschlussverfahren. Aktuell waren einzig die Ereignisse am Flugplatz Grenchen, was nichts anderes hiess, als dass das Dezernat Leib und Leben als Erstes durch die Maschen fiel, weil das Duo Neuenschwander / Riedo kein Thema. Der Polizeikommandant der Kapo Bern war ebenso gesetzt wie je ein Vertreter von Fedpol und Europol, namentlich am Vorabend noch nicht bestimmt. Eugen Binggeli wurde schliesslich doch noch als Auskunftsperson vor die Medienleute gebeten, da die Causa Neuenschwander Ausgangspunkt der ganzen Aktion gewesen war. Neben diesen vier Herren zu sitzen, kamen Vertreter von Enzian und Falk. Alle weiteren Spezialisten wurden gebeten, auf den Stühlen in den beiden ersten Reihen Platz zu nehmen, um allfällige Fragen aus dem Publikum beantworten zu können. Gleiches galt auch für die Medienverantwortliche der Kapo Solothurn.

Das Medienecho war so gross wie seit vielen Jahren nicht mehr. Kein Wunder, ging es doch um Waffenschmuggel im grossen Stil, viele Länder und Staatsangehörige betroffen. Im Saal fanden sich sogar Medienschaffende von CNN und Al Jazeera ein, total gegen die siebzig Journalisten. Niemand konnte sich erinnern, dass der Saal jemals derart «plein à craquer» war, wie ein Journalist von TSR feststellte.

Mit fünf Minuten Verspätung – es mussten kurzfristig noch zusätzliche Sitzgelegenheiten bereitgestellt werden – begrüsste Ursula Meister die Anwesenden und stellte das Podium vor:

Christian Grossenbacher, Kommandant der Kantonspolizei Bern
Regula Witschi, Leiterin Fedpol
Karsten Müller, Medienchef Europol
Christoph Füglistaler, Sondereinheit Falk, Kapo SO
Annamaria Inauen, Sondereinheit Enzian, Kapo BE
Eugen Binggeli, Dezernatsleiter Leib und Leben, Kapo Bern

Wie zuvor abgesprochen, begann Eugen Binggeli entgegen einer ersten Einschätzung mit Ausführungen zu Beat Neuenschwander, dessen Fall schliesslich auf vielen Zwischenstationen, die Binggeli bewusst nicht einbrachte, zu diesem ungewöhnlichen Polizeieinsatz führte. Er überliess nach nur knapp zwei Minuten Redezeit das Wort Christian Grossenbacher, weil die Kapo Bern bis Anfang dieser Woche in der Sache den Lead hatte. Der Polizeikommandant hielt sich ebenfalls kurz, weil die eigentliche Vorgeschichte wenig interessierte, vor allem die ausländischen Medienschaffenden nicht.

Der imaginäre Seismograf schlug erstmals aus, als Regula Witschi von Fedpol an die Reihe kam. Sie berichtete von der monatelangen Überwachung von Arben Krasniqi, der von einem V-Mann als Drehscheibe zwischen Waffenhändlern und Geldwäschern enttarnt worden war.

Weil Krasniqi von seiner Überwachung nichts ahnte, liess man ihn gewähren. Regula Witschi spannte anschliessend doch noch den Bogen zu Beat Neuenschwander, der Kontakt zumindest mit Krasniqi hatte. Zu den beiden Botschaftsangehörigen im vom Radar erfassten Auto kein Wort – Frau Witschi wollte offenbar einem möglichen diplomatischen Konflikt mit Albanien von Anbeginn aus dem Weg gehen.

Karsten Müller von Europol – über Nacht aus Brüssel angereist – lüftete nach und nach das Geheimnis der Waffenschieber und Geldwäscher, sofern er dazu berechtigt oder überhaupt in der Lage war, denn die Befragungen der gestern Festgenommenen standen erst noch bevor. Es handelte sich bei den insgesamt neun Personen – Krasniqi inbegriffen – um vier Albaner, zwei Russen, dazu ein Deutscher, ein Südsudanese und ein Emiratis aus Dubai.

Müller hielt sich kurz und für alle Anwesenden nachvollziehbar. Die Waffen – das wusste Eugen Binggeli mit seinem Team bereits – für Rebellen im Südsudan stammten aus NATO-Beständen, vor allem aus Deutschland, sofern dort noch vorhanden. Das leichte Kriegsgerät – u. a. Maschinengewehre, Mörser und tragbare Raketenwerfer – wurde als Ersatzgeräte für Landmaschinen nach Albanien deklariert, von dort aus verschiffte man sie in den Südsudan. Die Empfänger bezahlten die Ware mit Gold, das wiederum nach Russland gelangte, um das Edelmetall via Ausland-Verkäufe umgehend gegen Devisen umzutauschen. Moskau bezahlte jedoch nicht in Devisen – das wäre ja paradox gewesen –, sondern im Darknet mit Kryptowährungen im Umtausch zu Rubel, die auf kaum rückverfolgbaren Umwegen schliesslich in Dollarscheinen durch angereiste Geldboten in der Schweiz auftauchten. Ein solches Treffen hätte gestern in Bern stattfinden sollen. Im Reisegepäck der als Touristen deklarierten Kriminellen wurde von den Behörden Bargeld im Wert von um die fünfzig Millionen US-Dollars sichergestellt und beschlagnahmt.

Die beiden Sondereinheiten der Polizeikorps Bern und Solothurn spielten gestern die entscheidende Rolle bei der Festsetzung des Flugzeugs und seinen Insassen, dies in «hervorragender Zusammenarbeit» mit den Verantwortlichen des Flugplatzes Grenchen, wie Annamaria Inauen von Enzian betonte. So war es nicht selbstverständlich, dass zum Beispiel die ungefähr 150 Zuschauerinnen und Zuschauer in nur wenigen Minuten aus einer möglichen Gefahrenzone mit dem Hinweis auf eine längst vorgesehene und nicht kommunizierte Übung ins Restaurant und öffentliche Räume wie Korridore gebeten und die Strassenzufahrten gesperrt werden konnten.

Christoph Füglistaler von Falk ging auf einige der Herausforderungen beim interkantonalen Einsatz ein. Das Einzige, das bekannt war: Arben Krasniqi hatte bekanntlich zwei Fahrzeuge um 14 Uhr reservieren lassen, die Kapo Bern vermutete, dass die beiden Limousinen ins Belpmoos fahren würden, weshalb dort ein entsprechendes, durchaus diskretes Dispositiv von Enzian für einen Einsatz bereitstand, ein Super-Puma-Helikopter der Schweizer Armee inklusive, per Zufall ohnehin vor Ort. Und dies alles, obwohl keine Privatmaschinen aus Europas Osten angemeldet waren. In der Folge wechselten sich Annamaria Inauen und Christoph Füglistaler mit Informationen ab.

Bereits bekannt: Die Maschine, eine *Cessna 560 XL Citation* mit Zielflughafen EuroAirport Basel-Mulhouse-Freiburg, hatte Belgrad gestern Mittag verlassen, wich jedoch eine halbe Stunde vor der Landung plötzlich ohne Kontaktnahme vom Kurs ab, worauf das Cockpit von Skyguide auf die Abweichung aufmerksam gemacht wurde.

Der Captain erklärte der Flugüberwachung, dass er auf Wunsch der Passagiere unvorhergesehen in Grenchen zu landen gedenke, man möge das Einverständnis geben und die dazu notwendigen Vorkehrungen treffen. Die neue Route wurde bewilligt. Weil der Basler Tower bereits über eine mögliche Landung aus einem osteuropäischen Land informiert war, erging sofort ein Anruf ans Dezernat Leib und Leben in Bern. Keine dreissig Sekunden später wusste auch Fedpol Bescheid.

Es folgte ein Szenario, das man nicht hatte planen können, bewies aber eindrücklich, wie gut vernetzt die kantonalen Polizeikorps inzwischen waren, nicht zuletzt durch entsprechende Übungen. Die rasche Eingreiftruppe von Enzian wurde mit dem Super-Puma nach Grenchen geflogen, wo die Männer sogar noch einige Minuten vor jenen von Falk eintrafen, die Kantonspolizei Solothurn ebenfalls umgehend alarmiert.

In der Zwischenzeit hatte der Captain der Cessna den Kontrollturm von Grenchen angepeilt, die erwartete Ankunftszeit nur gerade fünfzehn Minuten nach der eilends einberufenen Befehlsausgabe der beiden Eingreiftruppen, die vom Leiter Falk koordiniert wurde, weil es auf Solothurner Boden stattfand und Enzian – der Kapo Bern unterstellt – keine Autorität auf diesem Gebiet hatte. Erste Priorität: Die Landepiste freihalten und – vor allem – beim Piloten mit herumstehenden Fahrzeugen von Blaulichtorganisationen kein Misstrauen erwecken. Zu diesem Zeitpunkt befanden sich viele der Besucherinnen und Besucher des Flughafens bereits im Restaurant, neugierig darauf, was und wie in den nächsten Minuten geübt werden sollte. Einige Augenblicke vor der Landung der Maschine aus Belgrad wurden sie gebeten, sich von der Fensterfront zu entfernen, zu einem Zeitpunkt, als die Aktivitäten auf der Piste in eine Art Dornröschenschlaf zu verfallen schienen. Zwar standen einige Maschinen zum Abflug bereit, dass die Cockpits leer waren, konnte man aus der Distanz nicht feststellen. Andere Kleinflugzeuge wiederum wurden von Spezialisten der Eingreiftruppen pro forma bewegt. Die Cessna hatte ohnehin die Aufmerksamkeit aufgrund des leichten Nieselregens auf die bevorstehende Landung fokussiert. Christoph Füglistaler fasste zum Schluss die Minuten nach der Landung zusammen und übergab das Wort Ursula Meister, damit sie die Fragen der Journalisten koordinieren und moderieren konnte. Sie bat die Medienvertreter – ebenfalls in schriftdeutscher Sprache, wie alle Informationen zuvor –, ihren Namen und ihr Medium zu nennen, «denn einige unter Ihnen kennen wir noch nicht».

Marcel Ineichen, NZZ am Sonntag: «Wie und wann wusste die Polizei, dass die beiden Taxis nach Grenchen fahren?» Die Frage richtete sich an Eugen Binggeli. «Arben Krasniqi, der seit zwei Wochen in Bern logiert, hat die beiden Fahrzeuge für 14.00 Uhr am Hotelempfang reservieren lassen, ohne vorerst ein Ziel anzugeben. Der Rezeptionist war ein eingeschleuster Polizeibeamte», was zu Lachern im Publikum führte. «Er hat uns umgehend informiert, worauf wir mit dem Taxi-Unternehmen Kontakt aufgenommen haben. Als die beiden Fahrer gestern aus dem Stadtzentrum wegfuhren – Krasniqi selber im ersten Fahrzeug – wurde die Taxizentrale über das Ziel der Reise informiert.»

Bruno Petroni, Berner Oberländer: «Herr Binggeli, Frage am Rande: Beat Neuenschwander wurde für tot erklärt. Glauben Sie es?»
«Herr Petroni, sagen Sie es mir.»
«Zusatzfrage: Woher kannten sich Krasniqi und Neuenschwander, ein ziemlich ungleiches Gespann, wie mir scheint.»

Eugen Binggeli lüftete ein Geheimnis, das noch niemand im Saal kannte. Es handelte sich um eine telefonische Information, ihm gestern Abend nach Bekanntwerden der Ereignisse in Grenchen von Matthias Mast spontan mitgeteilt. Wie bereits von Elias Brunner nach dem Gespräch im «Pyri» vermutet, legte Mast beim Gespräch nicht ganz alle Karten offen auf den

Tisch. Neuenschwander hatte ihm nämlich erzählt, dass er an einer «grossen Story» sei. Geldwäsche, Edelmetall, Bitcoins, Anwaltskanzlei in Zug – aber das alles wussten die Ermittler bereits.

Neu hingegen war der Umstand, dass Krasniqi und Neuenschwander bis zum Unglück des Schweizers auf dem Rosenlauigletscher schon während zwei Jahren Kontakt hatten. Die beiden lernten sich per Zufall in Bukarest kennen, wo Neuenschwander zu Doping recherchierte. Durch seine verschiedenen Aufenthalte in Polen, Ungarn und Rumänien kam der Krimiautor automatisch mit eher dubiosen Zeitgenossen in Kontakt, so auch mit Krasniqi. Im Laufe der Zeit verstärkte Neuenschwander die damals begonnene Zusammenarbeit in Sachen Geldwäsche mit ihm – bis zum fatalen Moment, da das Waffensyndikat bemerkte, dass der Schweizer Geld für sich abzweigte, über die üblichen Abmachungen hinaus. Mehr wollte Binggeli nicht preisgeben, er hoffte auf neue Details bei der Befragung des Albaners in den nächsten Tagen.

Abdul Habibi, Al Jazeera: «Mister Muller, in which prisons have the arrested men been taken in?»
«Mister Habibi, they are sheltered in different places in Switzerland and will be questioned by the prosecutors together with Europol on Monday. Unfortunately, I can't give you any further information.»

Sven Rieder, Luzerner Zeitung: «Wir haben gehört, dass eine Zuger Anwaltskanzlei in Zusammenhang mit der Geldwäscherei involviert sei. Können Sie das bestätigen?» Ursula Meister leitete die Frage an Regula Witschi von Fedpol weiter.
«Fedpol untersucht alle Fakten, insbesondere jene der Geldwäsche, weil die Waffenlieferungen ja nicht über die Schweiz liefen. Mehr kann ich Ihnen dazu im Moment nicht sagen.»
«Frau Witschi, Sie dementieren nicht?»
«Ich bestätige es nicht», womit nicht nur bei Sven Rieder Klarheit herrschte. Rieder erinnerte sich dabei an einen Zuger SVP-Kantonsrat und seine Forderung in Bezug auf die Geldwäscherei.

John Rüegg, Inside Paradeplatz: «Herr Binggeli, Sie sprachen davon, dass dieser Neuenschwander erhebliche Summen für sich abzweigte. Weiss man, auf welches Konto das Geld transferiert wurde?»

«Wir sind daran, dieses Dickicht zu durchforsten und werden Ihnen sicher in den nächsten Tagen mehr dazu sagen können. Schon jetzt steht allerdings fest, dass die eigene Begünstigung von Neuenschwander siebenstellig ist.»

Renato Zwissig, 20 Minuten: «Können Sie sagen, wo die gestern verhafteten Leute untergebracht sind?», was zu Schmunzeln im Saal führte. Ursula Meister übernahm die Beantwortung, Profi, der sie war, ganz sachlich, ohne süffisante Zwischenbemerkungen.
«Herr Zwissig, die Männer wurden vorerst festgenommen und aus Sicherheitsgründen und Verdunkelungsgefahr an verschiedenen Orten untergebracht. Ob gegen sie Untersuchungshaft beantragt wird, entscheiden am Montag die Staatsanwälte in Absprache mit Europol.»

Tina Hunziker, Schweiz aktuell SRF1: «Gibt es ein Testament, das Herr Neuenschwander hinterlegt hat?»
«Ja, das gibt es. Es wurde aber laut seinem Notar noch nicht eröffnet.» Binggeli verzichtete aus Sicherheitsgründen ausdrücklich darauf, Karin Riedo als mögliche Erbin und Nutzniesserin zu erwähnen, sie sollte in Bordeaux unerkannt weiterleben können.

«Karsten Müller, weiss Europol bereits Näheres, seit wann dieses Syndikat Gold verschiebt und Waffen schmuggelt – und in welcher finanziellen Grössenordnung?» Die Frage kam von Anita Gress, Redaktorin beim SonntagsBlick.
«Frau Gress, wir gehen davon aus, dass diese Aktivitäten seit fünf, sechs Jahren stattfinden. Entsprechend hoch sind auch die finanziellen Transaktionen. Genaue Zahlen kann ich Ihnen nicht nennen.»

Jutta Smolek, Bild: «Karsten Müller, ist Rheinmetall involviert?»
«Bis jetzt haben wir keine Hinweise in Richtung Rheinmetall. Und gestatten Sie mir eine rein persönliche Einschätzung vorab: Bei den Lieferungen handelte es sich um gebrauchte Waffen aus früheren Produktionen und Beständen, also nicht um die allerneueste Technik. Diese würde die Rebellen vermutlich überfordern, defektanfällige Hightechwaffen werden in den umkämpften Gebieten mit seinen Sandstürmen sowieso nicht benötigt.»

Nathalie Kummer, Berner Zeitung: «Welche Rolle spielte dieser Krasniqi genau und seit wann hält er sich in der Schweiz auf?» Die Frage ging an Regula Witschi von Fedpol.
«Bei Arben Krasniqi hatten wir für Recherchen Zeit. Also, seit zwei Wochen logiert er in einem Berner Hotel und empfing seine Geschäfts- oder Gesprächspartner immer ausserhalb des Hotels, meistens im Restaurant ‹Toi et moi› beim Bahnhof. Er wurde von Fedpol observiert. Einige seiner Geschäftspartner waren Europol und Fedpol bekannt, zum Teil international zur Fahndung ausgeschrieben, so auch Krasniqi.»
«Und Sie haben trotz Haftbefehl nicht interveniert? Ist das nicht eher… ungewöhnlich?»
«Frau Kummer, das mag es tatsächlich erscheinen, weshalb ich Ihre Bemerkung verstehe. Sehen Sie, Fedpol war immer mit Europol in Kontakt. Wir haben uns gemeinsam für diese Vorgehensweise entschieden, um möglichst den ganzen Sumpf trockenzulegen. Das ist uns gestern vermutlich gelungen. Vier von Krasniqis direkten Kontakten sassen im Flugzeug aus Bukarest, sorry, ich korrigiere mich, aus Budapest.»

Es folgten weitere Fragen kreuz und quer, die Antworten waren den Ermittlern aus dem Ringhof bereits bekannt. Nach Ende der Informationsrunde standen die Experten für weitere, individuelle Interviews zur Verfügung.

Gegen Mittag verabschiedeten sich alle Akteure voneinander. Mit den besten Wünschen für ein ruhiges Wochenende, alle gespannt auf die Berichterstattungen und die Verhöre der Festgenommenen am Montag.

Gwundernase Simone Reber
(Montag, 20. Juli)

Was für ein verrücktes Weekend für alle in den Fall involvierten Personen. Die Berichterstattungen in den Medien gigantisch, anders konnte man sie nicht bezeichnen. Beim alternativen Radio Rabe aus Bern angefangen bis hin zur Washington Post, Welt umspannend die News, dass der Schweizer Polizei in Zusammenarbeit mit Europol und Interpol zweifellos ein Coup gegen das organisierte Verbrechen gelungen war. Weil internationale Polizeibehörden involviert, wurden in deren Länder in erster Linie deren Verdienste hervorgehoben. Konnte man aus Schweizer Sicht akzeptieren. Und auch heute Montag zierten Fotos aus Grenchen die Titelseiten der internationalen Presse – auch Fotos, die unerlaubterweise von Handys der Zuschauer stammten und für deren Veröffentlichung keine Bewilligungen eingeholt worden waren. Aber das war ohnehin Sache der Strafuntersuchungsbehörden, wenn überhaupt, sicher nicht vom Dezernat Leib und Leben, das sich erst um zehn Uhr zu einer vorerst letzten Sitzung im Ringhof traf.

«Wow! Was für ein Orkan, der da über unser Land gezogen ist! Und bevor ich es vergesse: Ich soll euch ein riesengrosses Kompliment ausrichten, vom Polizeikommandanten, vom Berner Regierungsrat, von Fedpol und, und, und … Was hat sich da doch alles aus der banalen Vermisstenanzeige von Beat Neuenschwander entwickelt. Unglaublich, so etwas habe ich noch nie erlebt. Wäre direkt ein Grund, auf dem Höhepunkt meiner Karriere aufzuhören», meinte Eugen Binggeli belustigt.
«Iutschiin, sicher nicht», entsetzte sich Brunner. «Meinerseits kann ich nachdoppeln, Fedpol ist rundum glücklich, auch, und insbesondere, mit unserer Arbeit, dem Erkennen und Kommunizieren der Zusammenhänge.»

Binggeli überraschte darauf seine Truppe mit Lachsbrötli, einer Flasche feinen Champagners und der Bemerkung «in der kommenden Stunde reden wir aber nicht über Neuenschwander und Co.». Worüber der Dezernatsleiter seinerseits keine Ahnung hatte: Sein Team hatte viele Verantwortliche zum «gemütlichen Umtrunk» um elf Uhr eingeladen, sodass dieser an sich gewöhnliche Montagmorgen zu einem ungewöhnlichen mutieren sollte, zu einem sehr ungewöhnlichen.

Zwar hielten sich die Dezernatsleute an die Vorgabe des Chefs, nicht über die Causa Neuenschwander zu reden – Brunner berichtete über seine Kids, Stephan gab Details zu seiner bevorstehenden Weltreise bekannt, Simone erzählte von ihrer Jugendzeit und der Chef überraschte mit der Freundschaft mit Sara Rüfenacht. «Oder heit dirs scho gwüsst oder emu vermuetet?», fragte er seine Meute, worauf alle in irgendeine Richtung schauten, nur nicht dem Chef in die Augen. Ihr Lächeln sagte jedoch alles. «Jaja, scho guet…», kam lachend retour.

Gegen elf Uhr trafen die ersten Geladenen ein und das Team begann, zuvor versteckte Goodies aufzutischen, vom amüsierten Kopfschütteln Binggelis begleitet: Veronika Schuler vom IRM knapp vor den beiden Mediensprecherinnen Ursula Meister und Gabriela Künzi, gefolgt von der Staatsanwaltschaft in der Person von Martin Schläpfer – sogar in Begleitung von Generalstaatsanwalt Max Knüsel und Christine Horat aus dem Oberland. Der Polizeikommandant und der Kantonale Polizeidirektor, die beiden KTD-Herren, Regula Witschi von Fedpol, die beiden Leitenden der Spezialeinheiten, Annamaria Inauen von Enzian und Christoph Füglistaler von Falk. Der kantonale Polizeidirektor, der höchste Berner im Büro, hielt sich bei seiner «inoffiziellen Ansprache» kurz, dankte im Namen «des Gesamtregierungsrats des Kantons Bern» allen Anwesenden – «und Abwesenden, mit der Bitte den Dank weiterzuleiten» – für das Engagement und den grossen Erfolg der Aktion.

Simone Reber wurde ihrem Ruf als «Gwundernase» gerecht und fiel zur Belustigung aller gleich mit der Tür ins Haus des Generalstaatsanwalts, als sie von ihm wissen wollte, ob Anklage gegen die «glorreichen neun» erhoben werde. Sogar Knüsel musste über die jugendliche Unbekümmertheit schmunzeln, antwortete aber ganz sachlich, dass «die Herrschaften» erst einmal den Untersuchungsrichtern vorgeführt werden mussten, erst danach werde sich das ganze Rollenspiel entfalten können. «Ist die Interpellantin mit dieser Einschätzung zufrieden?» Reber war es.

Gegen Mittag löste sich die Gesellschaft auf, ohne neue Erkenntnisse zu Krasniqi und Co., aber das war auch nicht Sinn der Sache. Kurz zuvor hatte Eugen Binggeli noch zum Debriefing am 13. September im Gasthaus Rössli Säriswil eingeladen. «Es chunnt, wär Luscht het», um mit einer wichtigen Feststellung abzuschliessen. «Und uf eigeti Rächnig.»

Karin LeGrand und Robert Robinson
(Mittwoch, 13. September)

Zum inoffiziellen Debriefing trafen sich die meisten Beteiligten, ganz im Stil von «The same procedure as every year» im Gasthof Rössli Säriswil von Fritz und Marina Kaufmann-Wanner. Die beiden repräsentieren die fünfte Fritz-Kaufmann-Generation im traditionellen Wirtshaus und hatten das Säli für die Ermittler reserviert. Sinn und Zweck dieser Zusammenkunft: Weil nicht alle Involvierten über alle Details zum Fall Bescheid wussten – da bereits anderweitig bei neuen Ermittlungen engagiert –, besprach man noch offene Fragen.

An diesem Abend anwesend: Eugen Binggeli, Simone Reber, Elias Brunner, Stephan Moser, Georges Kellerhals und Viktor Zimmermann vom KTD, Ursula Meister und Gabriela Künzi als Medienverantwortliche, Polizeikommandant Christian Grossenbacher, Staatsanwältin Christine Horat und Staatsanwalt Martin Schläpfer. Als «Special guests» eingeladen: Joseph Ritter mit seiner Lebenspartnerin, Veronika Schuler aus dem IRM, Generalstaatsanwalt Max Knüsel, Stephanie Imboden, Regula Wälchli und Claudia Lüthi. Und weil sich das vermeintliche Geheimnis von Eugen Binggeli nicht mehr aufrechterhalten liess, sass auch seine Partnerin Sara Rüfenacht zu Tisch. Aarti Sivilaringam kam per Videoschaltung aus den USA hinzu.

Nachdem die Anwesenden ihre Bestellungen an den Mann – an Fritz Kaufmann senior, der trotz Pension noch immer aushalf, wenn Not am Mann – gebracht hatten, begann eine ziemlich spontane Inforunde, bei der niemand Regie führte. «Wie war das jetzt auf dem Gletscher genau?», meldete sich der Generalstaatsanwalt als Erster zu Wort. Eugen Binggeli erklärte die «Inszenierung».

Aufgrund seiner misslichen Lage – kein Verbrechersyndikat auf der Welt betrügt man ungestraft – musste Neuenschwander von der Bildfläche verschwinden, um seinem gewaltsamen Ende zu entkommen. Nur eben – wie? Möglichst spektakulär musste es sein, mit Medienbegleitung. Also kam er auf die Idee mit dem Sturz auf dem Gletscher. Zuerst galt es einmal, im Hotel Rosenlaui und in der Dossenhütte die Aufmerksamkeit auf sich zu ziehen. In seinem grossen Rucksack hatte er alles dabei, was es für das Vorhaben brauchte, ein kleiner Rucksack inklusive, für alle Eventualitäten auf dem Rückweg bei beginnender Abenddämmerung. Den Ausweis im kleinen Rucksack hatte er offenbar übersehen.

Den Rosenlauigletscher hatte Neuenschwander ebenfalls anhand von Flugaufnahmen von Bruno Petroni vom Berner Oberländer bis ins letzte Detail genau studiert, auch die Stelle seines vermeintlichen Absturzes. Das Eis war dort derart massiv und der Spalt entsprechend tief, dass ein Abseilen von Rettungskräften lebensgefährlich gewesen wäre. Nicht einberechnet hatte er allerdings das leichte Erdbeben mit den bekannten Folgen, was ihm aber in die Karten spielte. Zusätzliche Fussspuren hatte er selber angebracht, den grossen Rucksack zum Schluss einfach der blauen Jacke und dem Handy hinterhergeworfen. Selbstverständlich durften auch Blutspritzer nicht fehlen. Während des Abstiegs gab es einige kritische Momente, die für Neuenschwander, mit einer Stirnlampe ausgerüstet, jedoch keine Folgen hatten.

«Und woher wissen Sie das alles, Binggeli?», doppelte Knüsel sozusagen nach, der bekanntlich die Leute in seinem Umfeld nur mit dem Nachnamen ansprach.
«Frau Riedo hat sich kooperativ gezeigt.»
«So plötzlich, mir nichts, dir nichts?»
«Nicht ganz, nein. Die Schweiz hat bekanntlich ein Auslieferungsabkommen mit Frankreich. Wir haben ihr nicht damit gedroht – in Übereinstimmung mit Martin Schläpfer –, sondern es nur einmal en passant erwähnt, im Sinne von Irreführung der Justiz. Sie hat nach der offiziellen Todesbestätigung von Neuenschwander sofort wieder geheiratet, aus Sicherheitsgründen, und heisst jetzt LeGrand. Mit diesem Namen und gefälschten Papieren war sie in Bordeaux unterwegs. Es ist eine Scheinheirat, aber für Geld lässt sich bekanntlich fast alles machen, wie sie selber Simone Reber gegenüber sagte. Im Übrigen war die Trennung von Beat Neuenschwander lange schon bevor seinem Verschwinden abgemachte Sache.»
«Binggeli, hat sie auch erwähnt, ob ihr Mann noch lebt? Und wo?», wollte der Generalstaatsanwalt wissen.
«Nein, wie wir es auch versucht haben, da schweigt sie wie ein Grab. Frau Riedo behauptet, dass sie seit mehr als einem Jahr keinerlei Kontakt mehr

hatten, das sei von Anfang an so abgemacht worden. Aus den Augen, aus dem Sinn. Sicher sei sicher, die Ohren und Augen des Syndikats seien überall, übrigens auch der Grund für ihr eigenes Verschwinden in die Gironde.»
«Und was glauben Sie, lebt Neuenschwander noch?», hakte er bei Binggeli nochmals nach.
«Wir alle im Team müssten eine Münze werfen. Kopf oder Zahl? Finanziell wäre er nach all den Transaktionen, von denen wir wissen, auf Rosen gebettet. Das gilt auch für Karin Riedo, ehhh … LeGrand.»

Was in der Runde niemand wusste: Beat Neuenschwander kam nach seinem angeblichen Todessturz zwei Wochen bei Karin Riedo unter, um sich die noch fehlenden Papiere für eine Ausreise aus der Schweiz nach London zu beschaffen. Den Kriminalisten fielen bei ihren Besuchen an der Gesellschaftsstrasse das Versteck im … Estrich nicht auf. Selbst Frau Anderegg als Sperberauge hatte ihn nicht bemerkt. Gleichzeitig mit den Vorbereitungen zu seiner Aktion, aus nachvollziehbaren Gründen bereits Monate zuvor, hinterlegte Neuenschwander ein neues Testament beim Notar. Darin wurde Karin Riedo in allen Punkten als Begünstigte eingesetzt, um ihr ein sorgenfreies Leben zu ermöglichen. Er selber hatte für sich vorgesorgt. Fürstlich.

Neuenschwander reiste mit nur einem Koffer und einem längst vorbereitetem Pass aus, der ihn als Robert Robinson – britischer Staatsangehöriger – auswies. Mit British Airways flog er von London aus nach Antigua, das im 17. Jahrhundert gemeinsam mit Nevis, St. Kitts und Montserrat eine Konföderation englischer Inselkolonien bildete. Die britische Kolonialherrschaft dauerte bis 1981, danach wurde Antigua in die Unabhängigkeit entlassen. Neuenschwander alias Robinson verbrachte zwei Wochen auf der Insel, um sich nach einer neuen Bleibe in der Karibik umzusehen. Durch seine Transaktionen auf eine Bank auf den Bahamas hatte er – zusammen mit seinem Erbe – genügend Kapital, um bis zum Ende seiner Lebenstage auszuspannen. Der Flug nach Antigua war kein Zufall: Neuenschwander hatte sich durch eine Real-Estate-Firma auf Antigua zwei Hotels gekauft, eines im Hauptort St. Johns, eines für Ferienmachende am Deep Bay Beach, als Sicherheit für den Fall, dass seine Konten, aus welchen Gründen auch immer, gekappt werden würden. Er selber wechselte seinen Aufenthaltsort regelmässig, die vielen Inseln in der Karibik bieten sich dafür geradezu an.

Nicht ge-, sondern verkauft wurden von Karin LeGrand über den Notar in der Schweiz alles, was sich zu Geld machen liess, das Chalet in Diemtigen inklusive. Das Geld dafür ging nach Bordeaux, wo sich Frau LeGrand bei einem bekannten Weinproduzenten in St. Emilion eingekauft hatte. Auch sie hatte ausgesorgt. Noblesse oblige.

«Und wo ist Neuenschwander heute, wenn er denn noch lebt?»
«Herr Generalstaatsanwalt ...», wollte Simone Reber gerade ausholen, als er sie unterbrach.
«Knüsel reicht vollkommen, Reber.»
«Eugen Binggeli ...»
«Ich dachte, er heisse intern Iutschiin ...»
«Das stimmt, ich konnte nicht beurteilen, inwieweit Sie das wissen.»
«Reber, Sie können davon ausgehen, dass ich euer Karussell bestens kenne, ich hatte mit J. R. als Staatser schliesslich lange genug zu tun, nicht wahr, Herr Ritter?», was diesen schmunzeln liess.
«Gewiss, Max, gewiss.»

Simone Reber hätte den Generalstaatsanwalt gerne gefragt, ob er denn nicht richtig zuhört, mit seinem Handy beschäftigt sei oder an Demenz leide, Binggeli habe diese Frage doch bereits beantwortet. Sie gab sich ganz artig und wiederholte Binggelis Antwort eins zu eins. Simone Reber war dermassen beschäftigt, ja keine vom Chef abweichende Antwort zu geben, dass sie nicht bemerkte, wie sich die meisten Anwesenden ein Lächeln unterdrücken mussten. Knüsel war bekannt dafür, neue Leute – und um eine solche handelte es sich bei Simone Reber, na ja, zumindest fast – auf ungewöhnliche Weise zu prüfen.

«Test bestanden», sagte Knüsel sec.
«Ig chume nid nache ...», womit sich die angespannten Lachmuskeln bei Binggeli und Konsorten. lösten.
«Reber, ich habe so meine Eigenarten, angehende Kriminalistinnen und Kriminalisten zu testen. Sie überzeugen mich, Kompliment.»
Hoppla, anerkennende Worte von Max Knüsel gehörten nicht zu seinem Standardrepertoire.

«Was ist eigentlich mit den abgebildeten Autos und den Zeitungsausschnitten, all die Dokumente, die wir im Chalet gesehen haben, die Neuenschwan-

der an der Pinwand hatte?» Die Frage von Viktor Zimmermann richtete sich an Elias Brunner, mit dem «Zimi» in Diemtigen war.
«Wir haben nach zweimaligem Sichten diese Pinwand in den letzten Wochen absichtlich ausser Acht gelassen, weil uns die Aktualitäten sozusagen überrollt haben. Aber immerhin: Mit dem Lada haben wir einen Volltreffer gelandet. Die anderen Fahrzeuge sind nicht zu identifizieren, auch nicht ihr Standort. Okay, das könnte man als unbefriedigend klassieren. So what?», gab Brunner als Antwort.

«Worüber ich mich wundere», meldete sich Staatsanwalt Schläpfer in Richtung des Dezernatsleiters, «weshalb hat euch der Beruf von Beat Neuenschwander vor zwei Jahren nicht interessiert?»
«Martin, frag mich etwas Leichteres, ich nerve mich noch heute, wenn ich daran denke. Ich kann dir nicht einmal eine gute Ausrede präsentieren. Dumm gange.»

«Was ist eigentlich mit diesem Steinwurf und den Drohbriefen von damals, habt ihr jetzt etwas herausgefunden?», wurde via Videoschaltung aus den USA gefragt.
«Aarti, von Karin Riedo und Beat Neuenschwander von langer Hand vorbereitet, auch jener Drohbrief, den Noah Iseli in Stein am Rhein vorgefunden hat. Taktisches Ablenkungsmanöver.»
«Simone, und was war mit dieser Kommandozentrale in Diemtigen, mit den Banderolen, von denen ich gehört habe?», wurde von Sivilaringam angehängt.
«Ach, Aarti, wie soll ich sagen? Gewisse Männer …», sie vermied dabei Augenkontakt mit den anwesenden Mannen, «finden erst dann zu ihrem übertriebenen Selbstbewusstsein, wenn sie einen grossen Audi fahren dürfen, keinen Dacia Duster.» Was sie nicht wusste: Regula Wälchli fuhr einen Dacia Duster, diese liess sich aber nichts anmerken.
Mit «Alles klar, sorry, die nächste Lesson beim FBI steht an. Häbets guet!» und einem fröhlichen Winken meldete sich Aarti Sivilaringam ab.

«Binggeli, und was steht nun in diesem Testament von Neuenschwander? Ich bin übrigens der Max, Iutschiin», was zu ungläubigem Staunen führte.
«Danke … Max. Weil das Ehepaar keine Kinder hat oder hatte, Karin Riedo auch nicht aus erster Ehe, erhielt sie alles zugesprochen, was zu Geld gemacht werden kann oder konnte, auch das Chalet in Diemtigen, das offenbar

bereits verkauft wurde, wie ich gestern vom Gemeindeschreiber vernommen habe. Und jetzt aber zu dir … Max.»
«Inwiefern?»
«Was hörst du aus deinen Kreisen so, aus den verschiedenen Kantonen, wo unsere neun Herren untergebracht wurden?»

Max Knüsel hatte von seinen Kollegen einiges erfahren, auch aus Zug, wo jedoch niemand inhaftiert worden war. Kam hinzu, dass Arben Krasniqi im Regionalgefängnis Bern untergebracht wurde, alle anderen Herren inzwischen in Untersuchungshaft, Widerstand ihrer Anwälte zum Trotz. Wie fast zu erwarten, wusste keiner der acht Männer im Flugzeug – zwei davon Bodyguards –, weshalb man sie festhielt, von Waffenschmuggel und Geldwäsche hatten sie angeblich keine Ahnung. Reine Schikane, was die Schweizer Behörden mit ihnen aufführten. Beweise? Bis jetzt keine. Glaubten sie.

Ihr Verhängnis – wenn man die drei Gorillas ausser Acht liess, die selber nicht in die Geschäfte involviert waren – und ihr Pech: Die beiden Anwälte in der Zuger Kanzlei zeigten sich bei der Zusammenarbeit mit den Behörden weitaus kooperativer, vermutlich um die eigenen beiden Köpfe mehr oder weniger elegant aus der Schlinge zu ziehen. Alle sechs «Geschäftsleute», wie sie von ihren Anwälten betitelt wurden, hatten gehörig Dreck am Stecken, zumindest bezüglich der Geldwäsche, was wiederum für die längere Inhaftierung in der Schweiz ausreichte. Die Waffenlieferungen standen auf einem anderen Papier geschrieben und waren für die Schweiz juristisch gesehen ein «Kriegsnebenschauplatz», wie sich Knüsel ausdrückte, da die Schweiz keinerlei Kriegsmaterial exportierte, zumindest nicht in diese Regionen.

Krasniqi und Neuenschwander hingegen stellten sich als gewiefte Weisswäscher heraus, in Zusammenarbeit mit der Kanzlei, die inzwischen ihre beiden Anwälte gefeuert hatte, ein juristisches Nachspiel auf Konto sicher. Auch hier ermittelte die Generalstaatsanwaltschaft. Nun gut, Neuenschwander hatte sein Pensum erledigt, trat seit über zwei Jahren aus den bekannten Gründen nicht mehr in Erscheinung und hatte deshalb im Nirvana nichts mehr zu befürchten. Der Albaner hingegen zog weiterhin die Fäden zwischen Zug und dem Ausland. Bis am für ihn verhängnisvollen Samstag in Grenchen.
«Herr Knüsel, wissen Sie, weshalb er zwei Wochen lang hier in Bern war?», fragte Viktor Zimmermann.

«Zimmermann, aufpassen. Geldwaschen geht nicht so einfach, wie wenn die eine Hand die andere wäscht, da steckt System dahinter, und viel Zeit. Ich könnte Ihnen viele Beispiele aufzählen. Im Fall Krasniqi – samt seinen Zuger-Attachés – wurden in der Schweiz und im angrenzenden Ausland schöne, aber stark renovationsbedürftige Liegenschaften gekauft, bei uns in Gstaad, Zermatt, Leysin, Saas-Fee, St. Moritz und so weiter und so fort. Diese Immobilien wurden cash in US-Dollars bezahlt, zum grossen Teil am Fiskus vorbei, die Renovationen erstaunlicherweise immer nur von zwei Firmen als Generalunternehmer durchgeführt, die wiederum ihre Präferenzen hatten, wieder unter dem Tisch. So verschwanden die US-Dollars nach und nach, um zum Schluss die Prunkvillen in Schweizer Franken zu verkaufen. Deshalb logierte Krasniqi zwei Wochen standesgemäss in Bern, er zog die Fäden für weitere Käufe und Verkäufe. Die fünfzig Millionen Dollar aus dem Flugzeug bleiben beschlagnahmt.»

Hoppla, da hatte einer gerade ein Stück Wirtschaftskunde vermittelt, wenn auch jenes der berüchtigten Sorte, mit dem man kein Eidgenössisches Fähigkeitszeugnis erlangen konnte. Diese Diskussionen fanden nach der Vorspeise und dem Hauptgang statt. Während des Essens herrschte dann allgemeine Ruhe, die erst vor dem Dessert gebrochen wurde als sich Binggeli zu Wort meldete.

«Max, wann rechnest du mit dem Prozess?»
«Das kommt auf die Beweislage an. Möglicherweise geht das ziemlich schnell, weil Fedpol, Interpol und Europol Dokumente vorliegen. Einigen wird hier in der Schweiz der Prozess gemacht, die beiden Bodyguards, sofern man ihnen nichts anderes beweisen kann, werden wohl mit Bewährungsstrafen ausgeschafft. Bei anderen kommen wohl Auslieferungsanträge. Krasniqi wird aber mit Sicherheit hier gerichtet.»
«Was wirst du als Strafe beantragen?»
«Das, mein lieber Iutschiin, das bleibt für den Moment mein Geheimnis...»

Die Frage aller Fragen konnte niemand beantworten, weil sie nicht gestellt wurde. Weitere Kriminalgeschichten von Neuenschwander alias Thomas Bornhauser würde es in Zukunft aber nicht mehr geben – ein «Prost auf uns alle!», von Binggeli ausgerufen, gab es zum Schluss dennoch.

ENDE

Epilog

Die beiden Leibwächter wurden, wie vom Generalstaatsanwalt vermutet, ausgeschafft und mit einer zehnjährigen Einreisesperre in die Schweiz belegt. Jene Waffenschmuggler und Geldwäscher, denen in der Schweiz der Prozess gemacht wurde, erhielten Freiheitsstrafen zwischen fünf und fünfzehn Jahren, ebenfalls mit anschliessender Ausweisung. Am heftigsten hatte es mit fünfzehn Jahren Freiheitsentzug Arben Krasniqi erwischt, weil er von der Schweiz aus die Fäden zog. Er hatte entsprechende Schlagzeilen in den Medien. Das galt auch für die beiden Zuger Anwälte, deren Anwaltspatente entzogen und die Berufsausübung in der Schweiz nach ihrer Inhaftierung und Verurteilung auf Lebzeiten untersagt wurde. Sie fanden jedoch Unterschlupf in einem anderen europäischen Land.

Der Rosenlauigletscher gab – trotz Rückgang – keine Leiche von Beat Neuenschwander frei. Als Robert «Bob» Robinson verbrachte er die nächste Zeit in der Karibik (ohne Krimis zu schreiben), bis zum Moment, da er in Antigua bei einem Verkehrsunfall ums Leben kam und als britischer Staatsbürger auf dem Cementerio San Lazaro bestattet wurde. Karin LeGrand wiederum übernahm nach dem Tod des bisherigen Produzenten und Inhabers mit grossem Erfolg das Weingut in St. Emilion, an dem sie ohnehin beteiligt war. Zuvor wurde sie wegen Angeben falscher Personalien zu einer bedingten Gefängnisstrafe verurteilt.

Eugen Binggeli heiratete seine Partnerin Sara Rüfenacht. Er blieb der Kantonspolizei treu, schaffte es zum Schluss zum Stellvertreter des Polizeikommandanten. Sara ihrerseits wurde Leiterin der Human Relations beim Hauptsitz eines bekannten Pharma-Unternehmens in der Region Bern.

Stephan Moser und Claudia Lüthi bereisten die Welt und kehrten erst nach einenhalb Jahren zurück. Die verlängerte Auszeit von sechs Monaten wurde vom Polizeikommandanten bewilligt. Stephan Moser – der mit Claudia Lüthi zwei Kinder haben sollte – dient nach wie vor dem Dezernat Leib und Leben, als Stellvertreter von Elias Brunner, zum Nachfolger von Eugen Binggeli berufen.

Simone Reber verliess die Schweiz zwei Jahre später, um Berliner Luft bei den örtlichen Kriminalisten zu schnappen.

Georges Kellerhals vom KTD wechselte als Kriminaltechniker zu Europol, Viktor Zimmermann übernahm seinen Posten am Ringhof. Veronika Schuler vom IRM ging frühzeitig in Pension, Claudia Meister blieb als Leiterin Unternehmenskommunikation bei der Kapo Bern, Gabriela Künzi wechselte der Liebe wegen nach Zürich, wo sie Teilzeit für die dortige Kantonspolizei arbeitete. Martin Schläpfer wechselte den Kanton als Staatsanwalt, weil er nicht für die Nachfolge von Max Knüsel vorgesehen wurde.

Aarti Sivilaringam kehrte nach ihrer Ausbildung beim FBI zur Kapo zurück (sie hatte sich für drei Jahre verpflichtet), jedoch nicht ins Dezernat Leib und Leben, sondern in die Forensik.

Auf Antigua liess sich Beat Neuenschwander als Robert Robinson nieder. Bis zum Schluss.

Quellennachweis

Amt für Bevölkerungsdienste des Kantons Bern, Zivilstands- und Bürgerrechtsdienst, Aufsichtsbehörde.

Brönnimann, Christian / Knellwolf, Thomas: Ehemaliger Zuger SVP-Fraktionschef wird der Geldwäscherei beschuldigt, Berner Zeitung, 13. März 2023.

Der Staatsanwalt, «Licht und Schatten», ZDF vom 27. Januar 2023.

Diekmann, Patrick: Die Hölle auf Erden, t-online.de, 31. Dezember 2019.

Lerf, Matthias: TV-Kritik zum Tatort «Totes Herz», Berner Zeitung, 9. Januar 2023.

Mettler, Jon: «Es sind Qualität und Innovation gefragt – Trägheit ist wenig hilfreich», Berner Zeitung, 27. Februar 2023.

Müller, Adrian: Das Lebenswerk der «Pyri-Sile», Der Bund, 8. September 2015.

Serverin, Christin: Das Darknet funktioniert wie ein komplett unregulierter Markt, NZZ, 27. Januar 2021.

Soibel, Dimitri / Richter, Frederik: Russischer Geheimdienst-Sohn im Europarat, BILD, 22. März 2023.

Vermisste werden frühestens nach zwei Jahren für tot erklärt, NZZ, 18. Mai 2020.

www.adverbis-security.de: Das Funktionieren von Zahlenschlössern

www.blog.police.be.ch:
Sechs Dinge, die Sie über Polizeihunde wissen sollten.

www.de.wikipedia.org: Open Space

www.de.wikipedia.org «Rosenlaui».

www.diemtigen.ch

www.rosenlaui.ch: Hotel Rosenlaui und Familie Kehrli

www.sac-oberaargau.ch: Dossenhütte

www.staw.justice.be.ch

www.studyflix.de/deutsch: Definition «Gamechanger»

www.turn-on.de: So funktioniert ein Satelittentelefon

www.wanderprofi.info: Route Rosenlauigletscher

The Making of …

Gute Frage, die Sie sich da stellen. Wie kommt der Autor auf den Rosenlauigletscher? Die Idee des Gletschers hatte ich von Anfang an, welchen aber in die Handlung einbeziehen? Anruf an den SAC, dort spreche ich mit Bergführer Rolf Sägesser, der mir lang und breit die Gefahr einer Gletscherwanderung erklärt. Weil ich gerne einen Gletscher auf Berner Boden möchte, kommt der grosse Aletschgletscher schon mal nicht in Frage. Zum Schluss blieben vier übrig: der Finsteraaregletscher im Grimselgebiet, das Eismeer nördlich des Mönchs, der Eigergletscher und der Rosenlauigletscher. Ich frage Rolf Sägesser, für welchen er sich als Krimiautor entscheiden würde.

Im Krimi stehen drei Episoden zu lesen, die ich selber erlebte habe: Die beiden Bankenplauderis im IC Zürich Bern (samt der erwähnten Rotweinflaschen zum Schluss!) sowie eine Morddrohung, natürlich anonym, in Zusammenhang mit meinem Engagement im Hinblick auf den Revisionsprozess im Mordfall Kehrsatz.

Und: Die Story von Stephan Moser (von wem denn sonst?), die er während der Wartezeit auf den Einsatz erzählt, habe ich im Capitol angezettelt, genauso wie im Roman beschrieben. Der einzige Unterschied: Bernie Sanders war damals noch kein Thema, wir haben Ted Kennedy getroffen. ☺

Übrigens, glauben Sie nicht alles, was die KI behauptet. Sie gab mir die Flugzeit zwischen Belpmoos und Grenchen mit 2 ½ Stunden und 610 Kilometern an.

Lustig: Unser Enkel Jan (11) erkundigt sich eines Tages aus heiterem Himmel, was ich im Krimi schreibe. Ich erkläre ihm das Verschwinden von Beat Neuenschwander auf dem Rosenlauigletscher, dessen Leiche aber nicht gefunden wird. Jan kombiniert: «Dä isch doch gar nid abegheit, het e falschi Fährte gleit. Het sicher e Gleitschirm gha.» Cleveres Kerlchen.

Zum Schluss noch dies: Auch Enkelin Anna (8) will unbedingt erwähnt werden, «nid nume dr Jan». Was hiermit erfolgt wäre. Mit lieben Grüssen an alle Leserinnen und Leser von Anna und Jan. ☺

Mein besonderer Dank …

geht an Rolf Sägesser, Marguerite Imobersteg-Hofstetter, Karin Helfenstein, David Zweifel, Christian Stähli, Martina Zurschmiede, Isabelle Wüthrich, Bruno Petroni, Arnold Messerli, Magdalena Rast, Joshua Amport, Yvonne Blaha, Guido Schommer, Nicole Walther, Céline Mäder, Barbara Nyffeler-Friedli, Christine Kehrli, Patrick Aegerter, Theres Anderegg, Sonja Berger, Adrian Aellig, Heinz Zürcher, Alice Stadler und Bettina Ogi.

Ein grosses MERCI ergeht an Annette Weber. Annette, es war mir eine Ehre und Freude, diese zehn Krimis publizieren zu dürfen. Danke für diese Möglichkeit. Und … auf Wiederlesen, nächstes Jahr mit «75».

Thomas Bornhauser

Zum Autor

Thomas Bornhauser, *1950, ist als Sohn eines Diplomaten in New York, Bordeaux und Bern aufgewachsen. Einer breiten Öffentlichkeit wurde er als Leiter Kommunikation und Kulturelles bei der Migros Aare bekannt. Nebst seinen Kriminalromanen – «Tod eines Krimiautors» ist sein zehnter und letzter – hat er für den Weber Verlag diverse Bücher über Käse geschrieben.